AF190010

DIE NEUE GEFAHR

Joachim Stengel

Ein Tarne-Krimi

Bibliografische Information der Deutschen Nationalbibliothek
Die Deutsche Nationalbibliothek verzeichnet diese Publikation
in der Deutschen Nationalbibliografie; detaillierte
bibliografische Daten sind im Internet abrufbar unter
http://dnd-dnb.de.

Herstellung und Verlag: BoD – Books on Demand, Norderstedt
ISBN 9 783748 118404

1. Auflage 2018
© 2018 Joachim Stengel

001

Am 22. November 1963 wurde in Dallas, Texas, John Fitzgerald Kennedy erschossen. Der Attentäter Lee Harvey Oswald – ein politischer Sonderling mit paranoider Persönlichkeit – wurde kurz darauf unter den Augen der Polizei ebenfalls für immer zum Schweigen gebracht. Am 8. Dezember 1980 um 22:50 wurde John Winston Lennon in New York durch fünf Schüsse getötet. Der Täter, Mark Chapman, war vorher in psychiatrischer Behandlung und verschwand anschließend wieder in einer geschlossenen Anstalt. Die Diagnose der Psychiater lautete auf paranoide Schizophrenie. Das ist alles sehr lange her. Inzwischen waren Attentate, die heute meist als Terroranschlag oder Amoklauf bezeichnet und als motiviert aus den unterschiedlichen extremistischen Ecken gesehen werden, an der Tagesordnung. Sonderlinge schienen es immer noch zu sein. Sie identifizierten sich heute nur mehr mit einer politischen rechts- oder linksextremen oder einer religiösen fundamentalistischen Richtung.

Peter Urban sah sich nicht so, nicht als Sonderling. Er schaute auf seine Armbanduhr. Es war morgens um 2:30

7

Uhr, der 23. Oktober. Heute würde er ernst machen. Zielstrebig setzte er einen Fuß vor den anderen. Er war auf dem Weg zu dem Haus des Bundestagsabgeordneten Eberhard Lauer im Essener Süden am Waldrand. In einem schwarzen Rucksack auf seinem Rücken lastete das Gewicht einer in die Plastiktüte eines Lebensmittelhändlers verpackten selbstgebastelten Bombe. Urban hatte seine blonden Haare – modisch oben länger, an den Seiten kurz rasiert – unter einer schwarzen Mütze versteckt. Seine dürre langgezogene Figur war insgesamt in schwarze Kleidung gehüllt. Das Gesicht schwarz zu schminken war ihm zu affig vorgekommen. Außerdem, und er hatte lange darüber nachgedacht: Wenn er damit gesehen würde, wäre das auffälliger als ungeschminkt. Wer ihn kannte, hätte sich gewundert, dass er, der sonst eher mit ungelenken, fast schüchternen Bewegungen durchs Leben stolperte, jetzt im Dunkeln dynamisch, zielbewusst, fast katzengleich seinen Weg fand. So sollten ihn die anderen einmal sehen!

Eine halbhohe Mauer, kleine Türmchen mit spitzem Betondeckel obendrauf und dazwischen ein hoher Zaun aus senkrechten, schwarz lackierten Gusseisen markierte die Frontlinie des Grundstücks. Eine undurchdringliche Hecke verbarg die dahinterliegende Villa vor ihm. Im Türmchen neben dem Eingangstor glitzerte selbst im Dunkeln eine polierte Messingplatte mit integrierter Schelle und perforierter Sprechoption. Ein Namensschild suchte man vergebens.
Vor dem Nachbargrundstück sah Urban einen mit den Insignien der örtlichen Polizei beklebten Passat Kombi parken. Seiner Meinung nach stand der mehr zur Demonstration als tatsächlich zur Bewachung dort. Das Observierungsobjekt lag vom Standort des Streifenwagens aus in der Blickrichtung der Beamten.

Helmut Schlieper zwirbelte an den Überresten seines 70er-Jahre-Schnurrbartes herum. Er würde seinem jungen Kollegen schon beibringen, was es hieß, ein richtiger Polizist zu sein. Schließlich hatte er in seinem Alter die meiste Erfahrung, das sollte der respektieren.

„Du interessierst dich doch für Autos? Ich zeig dir, was ich schon alles gefahren habe. Da kannst du nur von träumen." Er zückte sein Smartphone, drückte darauf herum und hielt es seinem Kollegen hin.

„Hier Marc, in deinem Alter, was bist du jetzt, 23?, da habe ich einen Ford Capri gefahren. Manta hatte ich nie. So einer war ich nicht."

„Sieht echt gut aus, der Capri – für die Zeit zumindest. Hast du den auch heiß gemacht? Meinen Scirocco holt so schnell keiner ein. Was ich da schon dran herumgeschraubt habe!"
Beide schauten auf das Haus, das sie zu überwachen hatten.

„Was wird denn aus eurer Hochzeit? Ist das nicht bald? Habt ihr euch schon auf einen Namen geeinigt? Heute kann man ja auch den Namen der Frau annehmen."

„Ich behalte meinen, Marc Grewert ist okay. Ich will nicht anders heißen. Außerdem, vielleicht findet es gar nicht statt."

„Was? Die Hochzeit?"

„Ja, sie meckert dauernd, dass ich so selten Zeit habe, zu oft Nachtdienst, und dann immer am Auto bastele und so. *Ich mach das nicht mehr lange mit*, hat sie gesagt."
Helmut Schlieper legte seinem Kollegen gutmütig die Hand auf die Schulter. „Mach dir keine Sorgen. Sie wird sich mit der Zeit daran gewöhnen."

„Meinst du? Und die Langeweile bei diesen Überwachungen?"

„Damit wirst du dich abfinden müssen. Ich hab noch nie erlebt, dass etwas passiert."

„Gehen wir eine Runde?"

„Gleich. Immer mit der Ruhe."

Urban schlich sich auf der gegenüberliegenden Straßenseite an seinem Zielgrundstück und der Überwachungsmannschaft vorbei. Hoffentlich bemerkten ihn die Beamten nicht. Er hatte sich ein Objekt ausgesucht, das um die nächste Straßenecke zwei Häuser weiter lag. Dort stand die Eingangstür zum Vorgarten immer dreiviertel auf und sah so verrostet aus, dass er annahm, dass sie sich gar nicht mehr schließen ließ. Als er um die Ecke war, aus dem Sichtbereich der Polizisten heraus, huschte er über die Straße und durch diesen Eingang, der wie erwartet offen stand, auf das verwilderte Grundstück. Nur wenig Licht drang von einer Straßenlaterne in das zugewucherte Grundstück hinein.

Er hielt im Schatten eines riesigen, längst verblühten Rhododendrongebüschs kurz inne. Nichts regte sich. Im Haus ging kein Licht an. Alles ruhig, bis auf ferne Autogeräusche, eher einem Rauschen vergleichbar. Ganz ruhig wurde es im Ruhrgebiet ja nie. Sein eigenes Atmen kam ihm unnatürlich laut vor. Fast verräterisch. Er kämpfte sich durch die unterschiedlichen Sträucher und Gehölze rechts am Haus entlang. Die Fenster des Erdgeschosses lagen so hoch, dass er sich unterhalb der Fensterbretter in die Tiefe des Grundstücks hinein bewegte, ohne sich unter den Fenstern bücken zu müssen, falls dort noch jemand wach sein sollte. Die Helligkeit der Laterne drang kaum noch bis hierhin vor. Am hinteren Ende war vor langer Zeit eine Garage errichtet worden. Hinter dieser begann das dahinter gelegene Grundstück – ein Neubau, erkannte er auch in dieser Finsternis. Der Zaun war neu, hoch und ein ernst zu nehmendes Hindernis. Aber seine Richtung war ja sowieso das rechts daneben gelegene Grundstück. Vor der Garage überquerte er die einsehbare Zufahrt, bestehend aus zwei mit Betonplatten belegten Spuren, dazwischen hoch gewachsenes Gras. Dahinter drang er in das einen Meter breite Dickicht zum rechten Grundstück ein. Die Begrenzung bestand aus einem Zaun aus Holzlatten, 1,80 bis 2 Meter hoch. Sie waren vermodert, unten zum Teil abgefault, oben spitz und an zwei Querbalken angenagelt. Die Reste des Zauns waren dick mit Efeu überwachsen. An einer Stelle fehlten einige Latten. Urban zwängte sich durch diese Lücke. Ein Haus weiter. Noch eines bis zur Straßenecke und dann das dritte. Dann war er am Ziel. Hoffentlich gab es nirgends Wachhunde.

Das Grundstück machte auf Urban einen wesentlich gepflegteren Eindruck. Wenige Pflanzen warfen lange Schatten bis zum Haus. Er bewegte sich von Deckung zu Deckung nah an der Hauswand entlang. Die Fenster begannen knapp über ihm. Das plötzliche Gebell eines Hundes ließ ihn zusammenfahren. Ein helles hysterisches Kläffen. Es wollte nicht aufhören.

„Cindy, was ist denn los! Jetzt gib aber Ruhe", drang eine weibliche Stimme an sein Ohr und gleichzeitig wurde das Licht eingeschaltet. Urban presste sich an die Wand, seine Finger berührten den Rauputz knapp unterhalb der Fensterbank. Genau über ihm öffnete sich das Fenster.

„Schau doch, Cindy, da ist nichts. Beruhige dich doch."
Aus dem Hintergrund tönte eine männliche Stimme.
„Vielleicht muss sie nur mal raus?"
Ach du Scheiße, wenn die den Köter in den Garten lassen, dann würde der ihn natürlich sofort erwischen. Die Nase eines Hundes konnte man nicht täuschen. Das war Peter Urban klar. Er wischte sich über die Stirn. Sie

war feucht. Er spürte, wie sein Atem schneller ging und sein Blick hektisch zwischen Fenster und dem weiteren Weg hin und her irrte. Wie weit noch bis zur Grundstücksgrenze? War die nächste Begrenzung genauso leicht zu überwinden wie die letzte? Eher nicht, nach dem Zustand der Anlage zu urteilen. Wenn die doch nur das verdammte Licht wieder ausmachen würden. Der Lärm könnte auch die Bullen noch auf ihn aufmerksam machen.

„Nein, das werde ich bestimmt nicht tun. Ich bin froh, dass sie inzwischen stubenrein ist und die Nacht durchhält. Das will ich gar nicht wieder einführen."
Das Geräusch von Schritten, Türenklappern und das Gebell drang nur noch gedämpft an Urbans Ohren und verstummte kurz darauf ganz. Dann wurde das Fenster geschlossen und das Licht gelöscht.
Urban atmete tief durch und wartete noch einige Minuten, bevor er sich um zwei Koniferen herumdrückte, die zu beiden Seiten des Hauseingangs standen. An dieser Seite des Hauses hatten früher einmal Drainagearbeiten stattgefunden. An der Hauswand befand sich ein fünfzig Zentimeter breiter Streifen aus Kieseln, um durch einen besseren Abfluss von Wasser das Eindringen von Feuchtigkeit ins Mauerwerk zu verhindern. Er hob das Bein zum nächsten Schritt, weiter an die Hauswand gedrückt, und wollte den Fuß gerade aufsetzen, als er die Steine bemerkte. Das hätte gerade noch gefehlt, das Knirschen würde alle auf ihn aufmerksam machen. Geduckt sprintete er auf dem kurzgeschnittenen Rasen neben dem Kiesbett zum Grundstückrand und verbarg sich hinter einer weiteren Konifere, die mit mehreren in einer Reihe, mit Abstand dazwischen, die Grenze zum Nachbarn markierte. Dahinter behinderte ein Maschendrahtzaun sein Vorankommen. Ein Meter achtzig oder höher schätzte er. Er griff in seine Jackentasche und zog

den eigens für diesen Zweck mitgebrachten Seitenschneider hervor. Er probierte das Werkzeug an einer Drahtschleife aus. Ein feines Pitschen ertönte. Der Draht trennte sich wie Butter. Das funktionierte gut. Er schnitt weiter, *Ping – Ping – Ping*, bis das Loch groß genug war. Dann durchtrennte er oben und unten noch in Querrichtung einige Maschen, bog das Drahtgeflecht wie eine Tür zur Seite und stieg hindurch. Hinter sich bog er das Maschendrahtstück wieder in seine richtige Form zurück und drang in das neue Gelände vor.

Hier war es dunkler. Das gelbe Licht der Straßenbeleuchtung störte nur in den Grundstücken, vor denen Laternen standen. Rasen für geräuschloses Gehen, Gebüsch für unsichtbare Fortbewegung, aber leider eine breite Zufahrt und ein Wendekreis mit Brunnen in der Mitte und alles mit weißem Geröll. Das ging nicht gut. Er musste es hinter dem Gebäude versuchen. Jetzt war es Zeit für sein neuestes Spielzeug. Mit einem Schulterzucken schwang er den Rucksack herum, stellte ihn vor sich und zog ein Nachtsichtgerät aus einem der Fächer. Seine Kumpel hatten ihn ausgelacht. Was er damit wollte, hatten sie gefragt. Aber was wussten die schon! Es war einfach großartig, was man alles im Versandhandel heute bekommen konnte. Er setzte das Gerät, seinen ganzen Stolz, auf und schaltete es ein. Wie im Kino. Absolut. Alles war sichtbar. Wenn ihn seine Freunde so erleben würden, dann würden sie bestimmt anders über ihn denken. Sie würden schon sehen, wozu er imstande war. Den Rucksack geschultert, setzte er mit großer Sicherheit einen Fuß vor den anderen. Begleitet von einem leisen Knistern, wenn er auf die dekorativ angeordneten Bodendecker trat. Was war eigentlich mit Spuren, die er hinterließ? Daran hatte er noch gar nicht gedacht. Hatte er Fußspuren hinterlassen? Konnten die durch so etwas auf seine Fährte kommen? Ach was. Er würde einfach die Sneaker sofort morgen entsorgen. Seine Schuhgröße, 44, war so weit verbreitet, die hatte bestimmt jeder Zweite. Da sollten die doch so viele Abdrücke von seinen Fußabdrücken machen wie sie wollten. Damit würden sie gar nichts herausfinden.

Hinter dem Haus war eine Terrasse, dann Sträucher, etwas Rasen und an der rückwärtigen Grenze ein Carport, einige Schuppen und überdachte Regale, in denen Kaminholz gelagert war. Genau in der Ecke zum Nachbarn lag ein großer Haufen gehackter Holzklötze. Bei genauerem Hinsehen erkannte er, dass es einfache Baumstücke waren, die wohl noch mit dem Beil bearbeitet werden sollten. Nur ein viel kleinerer Haufen schien schon brennfertig gespalten zu sein. Auch ein Hackklotz stand dort. Dahinter erstreckte sich ein schmiedeeiserner Zaun, der sich zwischen gemauerten Säulen auf einer kleinen Mauer erstreckte. Den zu überwinden würde ein Problem darstellen. Die Mauer war zwar klein, aber der Zaun darauf ziemlich hoch. Er müsste hinüberklettern. Durchtrennen war hier nicht möglich. Aber zu seinem Glück hatte er einen hervorragenden Eindruck der gesamten Trennungsvorrichtung durch das Nachtsichtgerät. Hinter dem letzten gemauerten Turm gab es einen Abstand von etwa fünfzig Zentimeter, bis ein anderer Zaun das Grundstück vom dahinter liegenden Nachbarn trennte. Er musste also nur über diesen Berg von zukünftigen Holzscheiten klettern, möglichst ohne Lärm zu erzeugen und ohne sich zu verletzen, und sich dann durch diese Lücke quetschen. Vorsichtig schaffte er die Überquerung und zwängte sich durch die Aussparung. Auf diesem Gelände gab es wenig Deckung. Er musste hinter dem Haus bleiben. Die Straßenseite und auch die nächste Grenze zu seinem Zielobjekt waren durchgehend mit demselben hohen schmiedeeisernen Zaun umgeben. Darunter ein kleines Mäuerchen und alle paar Meter ein gemauerter

Turm mit einer Betonplatte als Abdeckung. Der Zaun war ziemlich hoch. Über zwei Meter, schätzte Urban. Das Grundstück war gut zu übersehen. Fast nur Rasen, Einfahrt und Parkplätze mit Natursteinplatten ausgelegt und sehr wenige Buchsbaumpflanzen, die zu großen Kugeln geschnitten waren. Hier standen rechts in der Ecke mehrere Fahrzeuge. Er erkannte einen Jaguar, eine größere BMW-Limousine und ein Cabrio. Ein japanisches Modell. Hoffentlich gab es am rückwärtigen Ende des Zauns wieder eine Lücke. Aber diesmal hatte er kein Glück. Das dahinter liegende Grundstück war mit einer Mauer auf der Grenze abgetrennt. Vermutlich eine Garage von hinten. Nach rechts in sein Zielgrundstück schloss wieder eines dieser Türmchen an, aber der Spalt dazwischen war hier für ihn zu schmal. Es blieb nur eins: Klettern. Hoffentlich waren auf diesen Türmchen nicht noch Glasscherben einbetoniert. Das fehlte ihm gerade noch. Er verstaute das Nachtsichtgerät wieder in seinem Rucksack und begann zu klettern. In demselben Moment hörte er eine Autotür zuschlagen und kurz darauf die nächste. Das konnte nur der Streifenwagen sein. Geräusche eines weiteren Fahrzeugs hatte er nicht wahrgenommen.

„Ich sag dir, wenn man nicht ab und zu ein paar Schritte tut, dann übersteht man so eine Nacht nicht. Außerdem kann es nicht schaden, sich umzusehen. Tut gut, die Beine zu vertreten."
Von dem anderen war nur ein Murren zu hören.
Urban vergegenwärtigte sich den Standort des Polizeiwagens. Wenn sie in seine Richtung unterwegs waren, dann mussten sie erst am Grundstück des Politikers vorbei. Ein Stück noch davor hatten sie geparkt. Also waren es vielleicht fünfzehn bis zwanzig Meter. Wie lange benötigten sie dafür? Wahrscheinlich nur Sekunden. Er sprang hinunter, lief gebückt zurück und duckte sich hinter die Autos. Die Schritte der beiden

Beamten hallten laut in der Ruhe der Nacht. Sie gingen am Zaun des Grundstücks entlang und blieben auf der Höhe der Autos stehen.

„Sieh mal da hinten."

„Was ist denn da?"

Der Strahl einer Taschenlampe streifte über die parkenden Wagen, hinter denen Urban auf dem Bauch lag. Hatten sie ihn entdeckt?

„Sieh doch mal. Da steht ein Jaguar XKR Coupé, das ist doch mal ein Auto."

Die beiden Beamten fachsimpelten einige Zeit über Automodelle, ihre Vor- und Nachteile, bevor sie sich wieder in ihr Dienstfahrzeug zurückzogen.

Urban atmete erleichtert aus. Es kam ihm so vor, als ob er die ganze Zeit die Luft angehalten hätte. Jetzt aber weiter. Die Klettertour klappte besser als erwartet. Auf der anderen Seite sprang er herunter und eilte auf die Terrasse seines Zielobjektes zu. Hier war es wieder dunkler, da der Bereich sich seitlich am Haus befand und nicht der direkten Einstrahlung des Laternenlichts ausgesetzt war. Er stieß gegen einen Korbtisch, den er übersehen hatte. Die Füße des Tisches kratzten über den Natursteinboden und erzeugten ein quietschendes Geräusch. Urban stockte der Atem. Er hielt in der Bewegung inne. Die Tischplatte neigte sich leicht und er bemerkte einen Schatten, der sich in Bewegung setzte und über die Tischkante zu fallen drohte. Im letzten Moment griff er zu und erwischte den Aschenbecher, bevor der auf den Boden poltern konnte. Mit seinen Oberschenkeln hielt er den Tisch in der Schräglage und ließ ihn dann ganz langsam wieder auf seine vier Beine hinunter. Das war gerade noch einmal gut gegangen. Alles blieb ruhig. Nirgends wurde Licht eingeschaltet. Nach mehreren ruhigen Atemzügen setzte er erneut das Nachtsichtgerät auf und begann mit seiner Arbeit.

002

Tarne saß an seinem Schreibtisch, die Füße auf der Tischplatte, und beobachtete die Sonnenstrahlen, die die kleinen Staubpartikel sichtbar werden ließen, die unbeweglich in der dicken Luft standen. Die Tür stand halb auf und war mit einem Holzkeil gegen das Zufallen gesichert. Auf dem Fußboden war der Schatten der Türbeschriftung verzerrt zu lesen: *Robert E. Tarne, Ermittlungen.* Die Sonne ließ die gelben Fliesen der ehemaligen Metzgerei in neuem Glanz erstrahlen, die Tarne als sein Büro und Domizil nutzte. Es waren die günstigsten Gewerberäume, die er kriegen konnte, ein Nebenraum, der als Schlafzimmer diente, und eine Küchenecke. Tarne betrachtete die Fliesen, die als Alterserscheinung allesamt mit einem Muster aus kleinen schwarzen Linien gezeichnet waren. Sein Gehirn begab sich von ihm unbeeinflusst auf eine Gedankenreise, ob darin wohl irgendwelche Hieroglyphen und Geheimbotschaften versteckt sein könnten. Die Grundfrage, ob er sich darüber ärgern sollte, dass er nichts zu tun hatte, oder darüber freuen, dass er seine Ruhe hatte, war noch nicht geklärt. Vielleicht sollte er üben, sich möglichst nicht zu bewegen. Gab es nicht so ein Kinder-spiel: Wer sich zuerst bewegt, hat verloren? Es wurde langsam kühler. Er überlegte, ob er die Tür schließen sollte.

Die alte Metallrahmentür mit dem Sicherheitsglas, die durch die vielen Farbschichten mittlerweile das doppelte Gewicht haben musste, wurde durch einen Keil offen gehalten. Das erste Herbstlaub wurde von einem Luftzug über die Straße getrieben. Einige bunte Blätter verirrten sich in sein Büro. Nach den letzten Hitzemonaten war es jetzt ganz angenehm. Ob er aufstehen und sich einen Kaffee holen sollte? Lieber nicht bewegen, in der meditativen Stellung bleiben. Kindergekreische drang zur Tür herein, eine Fehlzündung und die Geräusche vorbeifahrender Autos und zur Untermalung die mono-tone Geräuschkulisse, die WDR 2 um diese Zeit zu bieten hatte.

In diesem Moment passierte es: Zuerst ein klirrendes Geräusch, dem wie als Antwort fast im selben Moment ein Klatschen folgte. In der Glastür befand sich plötzlich eine kleine runde Öffnung mit einem dünnen Spinnen-gewebe darum herum, an einer Stelle, an der eben noch durchsichtiges klares, leicht verdrecktes, aber heiles Glas gewesen war. Genau gegenüber hatte eine der gel-ben Fliesen ein neues Muster. In der Mitte ein schwarzes Loch und rundherum, in frischem Weiß, abgeplatzte Fliesenstücke. Feiner weißer Staub hing über der zer-störten Kachel. Die Staubpartikel, die Tarne beobachtet hatte, waren zwischen beiden Einschlägen in wilde Bewegung geraten.

Tarnes Herz setzte einen Schlag aus und die Luft blieb ihm weg. Das war ganz klar ein Einschussloch. Man hatte es auf ihn abgesehen. Irgendjemand schoss auf ihn. Erst nach diesen Überlegungen hatte sein Gehirn die

18

Reflexe in Bewegung gesetzt und er rutschte vom Stuhl und glitt in einer geschmeidigen Bewegung in die einzige Ecke des Büros, in der eine massive Mauer zur Außenseite hin Deckung bot. Er hatte das Gefühl, ein Déjà-vu zu erleben. Das Glas war doch gerade eben erst nach dem letzten Einschussloch ausgewechselt worden.[1] Das konnte doch nicht wahr sein! Warum sollte jemand auf ihn schießen? Er lugte vorsichtig hinter der Wand hervor und versuchte die Schussrichtung ausfindig zu machen. Wenn er die Linie verlängerte, von der Wand zu dem Loch in der Tür, dann kam das aus dem Dachgeschoss des Hauses, vor dem die amerikanische Flagge gehisst war. Er hatte schon öfter im Vorbeigehen die Harleys der Biker bewundert, die dort wohnten. Aber die hatten doch keinen Grund, auf ihn zu schießen, oder hatte er etwas Falsches gesagt? Sollte er die Polizei anrufen? Nein, bestimmt nicht. Das würde ein schönes Lachen geben. Ha ha, private Ermittlungen und Personenschutz und kann sich nicht mal selbst beschützen.

Schatten verdunkelten die Tür. Zwei massige Gestalten in schweren Lederkutten schoben sich zur Tür herein.

„Hallo, ist da jemand?", fragte der mit dem roten fitzeligen Vollbart.

Tarne war ihnen gegenüber im Vorteil, da sie die Sonne im Rücken hatten und ihre Augen sich erst an das schummerige Licht im Raum gewöhnen mussten. Sie hatten keine Waffen in den Händen. Tarne trat ihnen aus der Dunkelheit der Ecke entgegen.

„Wart ihr das? Was habt ihr euch dabei gedacht?" Trotz ihres bedrohlichen Äußeren schreckten sie im ersten Augenblick zurück. So große Kerle und so verlegen. In Tarnes bleiches Gesicht strömte langsam das Blut zurück. Er hatte sich wieder gefangen. Irgendwie

---

[1] Siehe *Tod vor der Tür*.

hatte die Situation etwas Komisches. Der Zweite, lange glatte schwarze Haare mit einem Gummiband zu einem Pferdeschwanz zusammengehalten, meldete sich zu Wort:

„Du bist doch dieser Schnüffler? Tarne, ne?"

„Das steht zumindest an der Tür. Wer will das wissen?"

„Ich bin Kalle, und das", er deutete auf den zippeligen roten Bart, „das ist Walla. Wir wohnen da drüben. Das heißt, wir haben da unser Clubhaus."

„Also, das ...", setzte Walla an.

„Was?"

Die beiden wechselten einen schnellen Blick.

„Also, ja. Also das war keine Absicht. Okay?"

„Okay. Dann will ich auch gar nicht wissen, wie es passiert ist." Tarne machte eine Kunstpause, „... aber meine Tür ..."

„Klar, versteht sich, das richten wir wieder her." Kalle erklärte: „Tut uns leid, die ganze Sache. Walla wollte nur ein paar Tauben schießen, weißt du, die scheißen immer auf sein Moped und da ist er eben wütend geworden. Dann wollte ich ihm das Gewehr entreißen und, naja, das Weitere weißt du ja."

„Ja, ich war wütend", ließ sich Walla vernehmen, als wenn das nun alles erklären würde, „und dann habe ich geschossen."

Tarne strich sich mit zwei Fingern gedankenverloren über die rechte Augenbraue.

„Ihr solltet Unterricht nehmen, damit ihr auch trefft, was ihr treffen wollt. Könnte sonst schon mal Ärger geben."

Kalle sagte darauf:

„Da hast du völlig recht. Tja, aber du bist ja schlau, was? Also keine Polizei, klar!", und Walla fügte hinzu: „Du hast was gut bei uns. Das ist sicher mehr wert als zur Polizei zu gehen, was, Walla?"

„Klar. Immer besser, uns zum Freund als zum Feind zu haben." Mit diesen Worten drehten sie sich um und verließen sein Büro. Auf ihren Rücken entdeckte Tarne kunstvoll verschnörkelte Versalien DW und entzifferte darunter die fantasievollen Worte ‚Dragon Wheels'.

Träumte er oder war das Wirklichkeit? Auf einmal wurde Tarne die beginnende herbstliche Kälte deutlich. Die Staubpartikel standen wieder bewegungslos in der Luft.

003

Tarne rührte sich wieder, schüttelte den Kopf, ging ins Bad, füllte ein Glas mit Leitungswasser, trank einen Schluck und stützte sich mit beiden Armen auf das Spülbecken. Er vermied es, sich im Spiegel anzusehen, wusste, dass er wie üblich unrasiert war, seine kurz geschnittenen Haare grau zu werden begannen und er zu seinem kantigen Kinn einen brutalen Zug um die Mundwinkel herum haben sollte. Zumindest hatte er das schon einmal von einer Frau gehört. Nach dem heißen Sommer versprach es auch ein heißer Herbst zu werden, wenn das so weiter ging. Tarne atmete noch einmal tief durch, setzte sich wieder hinter seinen Schreibtisch und lehnte sich zurück. Das Radio dudelte leise vor sich hin. Das musste er erst einmal verdauen. Diese Hirnies. Schossen einfach so in der Gegend herum. Was hatten die da auf den Lederwesten stehen? Dragon Wheels? Was kannte er? Hot Wheels, seinerzeit, die Hotties, natürlich die Hells Angels und die Bandidos. Aber Dragon Wheels? Nie gehört.

Sein Grübeln wurde von den Nachrichten unterbrochen.

„ ... nun die Nachrichten aus NRW. In den frühen Morgenstunden ... ging in Essen auf der Terrasse des CDU-Abgeordneten Eberhard Lauer eine Bombe hoch. Bisher hat sich keine Gruppierung zu diesem Anschlag bekannt. Der Polizeipräsident war nicht zu einer Stellungnahme zu erreichen ... Näheres konnten wir von den zuständigen Stellen bis zur Stunde noch nicht erfahren ... "

An dieser Stelle wurde Tarne durch das Läuten des Geschäftstelefons abgelenkt.

„Esser hier. Hör zu, ich hab was für dich. Falls du es schon in den Nachrichten gehört hast: Attentat. Ist wieder das Thema der Stunde. Oder besser: immer noch! Weißt du, unsere Zuschauer haben die Nase voll von IS. Der ganze islamistische Terror, Selbstmordattentäter und so. Davon hatten wir zu viel in letzter Zeit. Wir wollen ja auch nicht immer die Islamisten diskreditieren, sind ja auch Zuschauer. Das ist auch politisch nicht gewünscht. NSU liegt auch schon lange zurück. Da ist viel zu tief gegraben worden. Unser Geheimdienst mit seinen V-Leuten. Ist immer schwierig zu entscheiden: Wie viel davon ist wichtig und was ist zu viel? Wir von den Medien haben die Verantwortung, aber wenn wir zu viel aufdecken, bekommen wir vom Verfassungsschutz auf die Finger. Aber moralisch, finde ich, sollte die extreme Rechte im Auge behalten werden. Wir müssen da einfach aufpassen, dass so etwas wie damals nicht wieder passiert, *you know*? Deshalb denke ich, wir brauchen jemanden, der uns da ein wenig unterstützt. Jemanden wie dich. Du solltest in diese Richtung ermitteln. Man muss diese Tendenzen rechtzeitig erkennen und unterbinden, *you know*? Du warst schon immer pfiffig und wenn ich an dein Thema *Ehre* denke, das stand für dich doch immer vorne an. Ich bin sicher, wenn, dann schaffst du das, da etwas Licht ins Dunkel zu bringen. Also dachte ich mir, beauftragen wir Tarne. *So what?* Was sagst du?"

Aber Tarne kam nicht zu Wort.

„Wir wollen hier keine Partei diffamieren. Keine Seite, solange sich alle im Rahmen der Gesetze bewegen, aber diese extremistischen Auswüchse, das muss man endlich stoppen. Da sehe ich uns in der Pflicht."

Dieser Name. Esser … Wer war das? Ach ja. Paul, Paul Esser. Das war der, der immer jeden kannte. Alles wusste. Blonde Mähne und immer die modernste Brille, von der er glaubte, dass sie ihn intelligenter aussehen ließ. Sommersprossen, so ein vierschrötiger Typ. Wollte sich früher schon immer dadurch wichtigmachen, dass er englische Brocken in jedes Gespräch einstreute. Wie *whatever* oder *You know*. Aber Billigschuhe mit schiefgetretenen Absätzen. Immer überall dabei. Wollte wichtig sein. Erst Klassensprecher, später an der Uni in der Fachschaft engagiert und dann hat er beim ASTA mitgearbeitet. Die großen Uni-Partys organisiert. Politisch aktiv. Debattiert, argumentiert, polemisiert, agitiert. Aber ein Opportunist. So einer war das, erinnerte Tarne sich. Aus den Studienzeiten kannten sie sich. Tarne hatte ewig nichts von ihm gehört.

„Paul? Paul Esser? Wie geht's dir denn?"

„*Great, man.* Auf dem aufsteigenden Ast. Bin Redakteur im Privatfernsehen. Läuft super. Hab es geschafft, bin dick drin, wie man so sagt. Ich hab einen Job für dich. Leg am besten sofort los. Unsere Konkurrenz hat eine Sendung gebracht, groß angelegt, über die Terrorismusszene. So nach dem Motto, NSU-Gerichtsverhandlung ist vorbei, Autonome Zellen zerschlagen, was noch übrig war, waren nur angeheuerte Spitzel und V-Männer usw. usw. Und dann haben die mit diversen hochkarätigen Sachverständigen – alles ganz wichtige Leute – gezeigt, dass es nur noch Wochenend-terroristen gäbe. Keine Verbindungen untereinander, keine Organisation usw. Wir recherchieren jetzt und wollen da etwas entgegensetzen, wenn's geht, *you know*. Wir müssen investigativen Journalismus betreiben. Aufdecken, was dahinter steckt. Wir wollen nicht, dass … du weißt, unsere Vergangenheit … dass so etwas noch einmal passiert. Dafür sind wir schließlich da. Dafür gibt es die Pressefreiheit."

Da kam der Idealismus durch, wie in alten Zeiten an der Uni. Der Gut-Mensch. Der soziale Gedanke. Informationen für die Bürger. Aufklärung.

„Ich hab dafür schon eine geniale Schlagzeile: Die Rechte formiert sich neu! Schlagkräftiger denn je. Wie hört sich das an?"

Tarne pflichtete ihm bei.

„Wo komme ich da ins Spiel?"

„Ha, das liegt doch auf der Hand. Ich hab sofort an dich gedacht. Du hast doch die Verbindungen, du kennst dich doch wie kein anderer im Ruhrpott aus. Da hat sich doch sicher nichts dran geändert, oder? Welche Szene wo spielt, und außerdem dachte ich, ich könnte dir was zukommen lassen, du weißt doch, die zahlen gut hier, nenn mir deinen Tagessatz."

Für Tarne klang es so, als wenn er Almosen verteilen wollte. Er nannte ihm aber seinen normalen Tagessatz, plus Spesen.

„Alles kein Problem."

„Nett, dass du an mich gedacht hast. Aber diese Szene, das ist noch nie mein Bereich gewesen. Wo soll ich denn da ansetzen, Mensch?"

„Dir fällt bestimmt etwas Brauchbares ein. Bei deinen Verbindungen. Ich denke mal, wir können das doch nicht so unkommentiert lassen, verstehst du? Bei diesem neuen Attentat, die können doch nicht die Augen verschließen und so tun, als wenn es die rechte Szene nicht mehr gäbe. Wenn wir hier in den Medien eine Aufgabe zu erfüllen haben, dann ist es doch Aufklärung, oder? Verhindern, dass so etwas noch einmal passiert. Je mehr Hintergrund du uns da beschaffen kannst, umso besser. Wie diese Unverbesserlichen immer wieder und immer mehr junge Menschen verführen. Das können wir doch nicht einfach zulassen. Du hilfst dann mit, dass wir das verhindern können. Das muss doch in deine Sichtweise passen, oder? Da fällt mir deine Abschlussarbeit ein. Das Thema war doch Ehre, wenn ich mich recht erinnere? Das passt doch. Was hast du denn dafür gekriegt?"

„Oh, nein, erinnere mich nicht daran."

„Sorry, falsches Thema?"

„Kann man sagen …"

„Okay, aber das aktuelle Thema, da bist du doch dabei, oder?"

„Gibt es denn einen Beleg dafür, dass es aus der rechten Ecke kommt?"

„Ach, bestimmt, den wirst du uns schon bringen können."

Tarne versprach, sein Bestes zu geben. Dann tauschten sie noch drei Minuten Erinnerungen aus.

004

Tarne führt einige Telefongespräche, unter anderem mit Alexander Dorfmann.

„Ich komm dann morgen im Laufe des Vormittags vorbei."

„Jederzeit, du weißt, wo du mich findest."

Dann beschäftigte er sich ein wenig damit, Informationen über Neonazis aus dem Internet zu bekommen. Stichwort *Rechte Szene*: 191.000 Ergebnisse bei Google. *Rechtsextremismus*: 1.750.000. Das Angebot war ihm zu umfangreich. Er verschob das auf das für den nächsten Tag angesetzte Treffen mit Dorfmann.

Bevor Tarne sich auf den Weg nach Oberhausen zum Grillen bei Hesse machte, schaute er kurz bei den Bikern vorbei und hinterließ einen Schlüssel, damit sie die Scheibe auswechseln konnten. Das Loch hatte er kurzfristig von beiden Seiten mit durchsichtiger Klebefolie gesichert. Auf dem Grundstück stand ein weißer Fahnenmast und die US-Fahne flatterte im Herbstwind. Walla schraubte an seiner Harley. Motorradteile lagen überall herum. Mehrere abenteuerliche Gestalten standen dabei und gaben ihre Kommentare ab. Als Walla Tarne entdeckte, schaute er verlegen und schuldbewusst weg. Die Atmosphäre war freundlich. Einige lachten. Die Geschichte hatte sichtlich die Runde gemacht.

Sein alter Volvo, der ihm lange Zeit gute Dienste erwiesen hatte, hatte bei seinen letzten Fällen sehr gelitten und war in der Schrottpresse gelandet. Diesmal hatte er sich für einen etwas älteren, aber dafür recht gut motorisierten Dodge Charger entschieden. Natürlich in Schwarz. Er hielt es da ganz mit Henry Ford, der gesagt haben soll, welche Farbe ein Auto hat, ist völlig egal, wenn es denn nur schwarz ist.

Unterwegs wurde er mit weiteren Informationen aus einem Radiosender versorgt:
> *„ ... bei dem gestrigen Bombenattentat auf den ... kann ein Terroranschlag aus der rechtsextremistischen Ecke nicht ausgeschlossen werden ... erste Stimmen ... dagegen muss mit allen zur Verfügung stehenden harten rechtsstaatlichen Mitteln vorgegangen werden ... "*

Königshardt war ein kleiner verschlafener Stadtteil Oberhausens. Tarne bog in die Pfälzer Straße ein, wendete und parkte seinen Dodge Charger mit zwei Rädern auf dem Bürgersteig, halb vor einer Garageneinfahrt. An der Tür hing ein Zettel: Wir sind im Garten. Zwischen Haus und Garage führte ein kleiner Weg in den Garten. Früher trennten nur Zäune die kahlen Grundstücke. Mittlerweile war alles zugewachsen und gewährte mehr Privatsphäre.
Hesse, inzwischen Oberkommissar und seit langem Tarnes Freund, hatte von Anfang an in dieser damals Neubausiedlung einzelner Pappschachteln, wie Tarne sie immer genannt hatte, mit seiner Frau und seinen beiden

Kindern zusammen gewohnt, als diese gerade geboren waren. Damals war das nett. Mit den anderen jungen Paaren, die alle auch gerade Kinder bekommen hatten, gab es viele Gemeinsamkeiten in der Organisation und Erziehung der Kinder. Jetzt wohnte Hesse aber seit einiger Zeit nicht mehr hier mit seiner Frau Helen zusammen. Man hatte sich auseinandergelebt. Wie so etwas hieß. Beide hatten unterschiedliche Ansichten über ihre Lebensplanung entwickelt. Umso mehr verwundert war Tarne, als er hierhin zum Grillen eingeladen worden war.

Tarne begrüßte seinen Freund, der mit Jeans und Holzfällerhemd in hochgekrempelten Ärmeln an einem riesigen Gasgrill stand, der wirkte wie die Steuerkonsole eines Raumschiffes. Harald Hesse war Mitte 40. Genau ein Jahr älter als er. Tarne hatte sich schon immer gewundert, ob die Querfalten auf der Stirn seines Freundes durch den Ärger entstanden waren, den sie beide empfanden, wenn sie den in ihren Augen oft dummen Anordnungen übergeordneter Autoritäten ausgeliefert waren. Seine schwarzen Haare trug er kurz, damit man die Anlage zu Locken nicht sah. Das Gesicht war breit, wurde dominiert von gütig blickenden Augen unter dicken, wuchernden Augenbauen und einer langen Nase.

Hesse erklärte gerade einigen Gästen die Funktion der Lavasteine. Dozierte über die Vor- und Nachteile der unterschiedlichen Grillarten.

„Da kannst du mir erzählen, was du willst, aber so richtig verbranntes Grillgut mit Holzkohle, es mag ja so ungesund sein wie es will, schmeckt doch am besten."

„Für einen ordentlichen Kerl auf jeden Fall."

„Mann, ich glaub, ich hab dich noch nie ohne deine alte Lederjacke gesehen."

„Hör bloß auf, glaubst du eigentlich, du kannst mit deinen Anzügen deine schlampige Art vertuschen? So teuer kann kein Anzug sein, dass er an dir nicht in 10 Minuten wie ein Putzlappen aussieht. Kannst übrigens das Jackett ausziehen. Ist warm genug hier. Wir haben Glück mit dem Wetter."

Tarne kannte seinen Freund gut genug, um zu wissen, dass er sich nur in seiner Lederjacke wirklich wohl fühlte. Als wenn sie ihm Sicherheit gab wie eine zweite Haut. Ein Schutz gegen den ganzen Dreck, mit dem er bei der Polizeiarbeit in Berührung kam.

Die Begrüßungszeremonie dauerte an. Es kamen immer neue Gäste, Nachbarn, Arbeitskollegen und -kolleginnen – auch von weiter her – und sonstige Bekannte.

Auf dem Weg, sich etwas zu trinken zu organisieren, schnappte Tarne im Vorbeigehen an einer Gruppe weiterer Gäste einige Gesprächsfetzen auf:

„Wer ist das denn?"

„Ein alter Freund von Harald. Das ist einer, der noch ziemlich hohe moralische Ansprüche hat. Im Gegensatz zu der heute üblichen Praxis. Kann man sagen. Er selbst sagt immer, Geradlinigkeit sei das Einzige, wofür er seinem Vater dankbar sei. Der war Polizist, wie Haralds Vater auch. Auf ihn treffen so Sprüche zu wie, *Was nicht tötet, macht hart …* und so. Glaubt es mir ruhig. Für ihn ist jeder, der sich nicht ehrenvoll verhält, ein Penner. Er ist der einzige Mensch, den ich kenne, der nicht bestechlich ist. *Jeder ist käuflich* trifft auf ihn nicht zu."

Da schien ihn jemand ganz gut zu kennen. Mit einer Flasche Bier bewaffnet gesellte Tarne sich zu der Herrenrunde am Grill.

Hesse wendete die Würstchen.

„Sind schon gut angebraten von der Seite."

Das Fett tropfte auf die Lavasteine. Es flammte kurz auf.

„Riecht sehr gut."

„Wer will gleich Würstchen? Wie viele soll ich auf den Grill legen?"

„Ich warte auf die eingelegten Filets."

„Machst du die immer noch mit der Marinade mit dem Traubenzucker? Wie ging das noch mal?"

Markus Krause, ein Kollege aus dem Präsidium, kannte sich aus:

„Du meinst die mit Olivenöl, Grillgewürz und Pfeffer und extra Traubenzucker?"

Tarne kannte Krause sonst nur in billigen Synthetik-Anzügen von der Stange, doch der hatte seinen zum Übergewicht neigenden Körper in eine kurze, schwarzweiß karierte Hose gezwängt. Dazu ein enges T-Shirt mit der Stones-Zunge, Sneaker und weiße hoch-gezogene Socken. Sehr gewagt, dachte Tarne, verkniff sich aber die Bemerkung.

„Genau, der Geheimtipp war der Trauben-zucker."

„Nee, habe eine neue Version, die ist viel besser. Ich nehme jetzt Öl, Maggi und Senf, und natürlich auch wieder Traubenzucker. Das ist noch besser."

Auf den fragenden skeptischen Blick antwortete Hesse:

„Wart's mal ab."

Das Gespräch stockte einen Moment, als eine Frau, die sie alle nicht kannten, auf ihrem Barhocker an einem der Stehtische ein Bein über das andere schlug und ihr enges kurzes Kleid kaum etwas verbarg. Die Blicke aller um den Grill stehenden Männer folgten dem Schwung ihrer Beine.

„Gut, dass Helen nicht da ist. Wenn die unsere Blicke gesehen hätte …", sagte Hesse mit gedämpfter Stimme und begann dann mit seinem mächtigen Bass ein neues Thema:

„Jetzt will ich euch mal erzählen, wo das Herz des Ruhrgebiets und somit das Herz der Welt liegt."

„Rom?"

„Also, hört ihr auch alle zu? Ich bin in Röhlinghausen geboren."

„Nie gehört."

„Wo liegt das denn?"

„Ich sage es euch! Das ist ein Stadtteil von Wanne-Eickel. Wanne wurde zu Herne eingemeindet. Das wird dort auch immer noch nicht akzeptiert. Dazu könnte ich noch eine extra Geschichte erzählen, aber …"

„Und der Mond von Wanne-Eickel …"

Hesse ließ sich nicht beirren.

„Ja, der gehört auch uns! Also, in der Mitte, auf dem Marktplatz von Röhlinghausen liegt ein Stein, der ist die Mitte des Ruhrgebiets. So, und da das Ruhrgebiet in der Mitte Deutschlands liegt und Deutschland in der Mitte Europas und Europa die Mitte der Welt ist, ist Röhlinghausen in Wahrheit die Mitte der Welt. Und da bin ich geboren! Ergo bin ich in der Mitte der Welt geboren. So, da habt ihr's!"

Tosender Applaus. Alles lachte. Hesse hatte seinen Starauftritt. Die rechte Hand an der Grillzange, die linke Hand den Teller mit dem Fleisch haltend, verkündete er:

„Und was ich noch sagen will: Die Würstchen sind fertig!"

Tarne hoffte, dass er seinen Freund Hesse im Laufe des Abends noch unter vier Augen erwischen würde, um Näheres über das Attentat zu erfahren.

005

Später – die anderen saßen alle irgendwo und schoben sich das Fleisch in ihre gierigen Schlünde, Hesse hatte die Grillschürze abgelegt, die fettigen Hände an der Jeans abgewischt – stand er mit seinem Freund etwas abseits von den anderen.

„Wie sieht es überhaupt mit Helen aus? Ich wundere mich, dass wir uns hier treffen. Ich dachte, du bist ausgezogen?", fragte Tarne.

„Alles für die Kinder. Ist besser, wenn ich hier bin. Solange Helen weg ist, geht das schon mal. Bei mir ist's sowieso zu klein und die beiden haben ja all ihre Freunde hier. Nur Helens Neuer, dem gefällt das nicht so … und bei dir? Mit Manu, wie steht es da?"

„Nach der letzten Aktion: Funkstille."

„Wen wundert es. Das war ja auch ein bisschen *strange*. Erst die Entführung und dann dieser Unfall."
Er bezog sich auf seinen letzten großen Fall, in dem Manu entführt wurde, um eine CD mit brisanten Daten steuerflüchtiger Bürger zu erpressen, die sich zeitweise in Tarnes Besitz befunden hatte.

„Aber das hatten wir schon häufig."

„Hmm."

„Daher ist das vielleicht ganz okay so. Auch wenn die Pausen länger werden."

„Vermisst du sie?"

„Hmm, ach weißt du … unüberbrückbare Schwierigkeiten, wie es so schön heißt. Weißt du, wir waren so weit, wie soll ich es ausdrücken … Sie hatte so an die hundert verschiedene Arten, *Hmm* zu sagen. Hinten höher, tiefer, bestimmte Ton-Nuancierungen, bestimmte Veränderungen der Mimik dabei … und das Schlimmste war, ich kannte sie alle und wusste, wie ich darauf zu reagieren hatte. Nicht nur das, sondern ich fing an, das auch zu erfüllen, weißt du."

„Immer dasselbe."

„Aber auf der anderen Seite …"

Tarne war nicht so ganz klar, warum er meinte, seinem Freund gegenüber so cool erscheinen zu müssen, vielleicht, weil es ihm peinlich war.

„Du musst gar nicht so cool tun, ich kenne dich doch, wenn du drüber wärst, dann hättest du längst eine Neue …"

Tarne strich sich mit zwei Fingern über die Stirn.

„Hmm."

„Wie lang hast du sie denn nicht mehr gesehen?"

„Jetzt so ein halbes Jahr. So lange war es beim letzten Mal auch. Dann kam diese dicke Aktion dazwischen."

„Warum meldest du dich nicht einfach mal bei ihr?"

„Nee. Du weißt doch, wie das ist. Wenn man so lange zusammen war wie wir, dann kann man nicht mehr mit und nicht mehr richtig ohne den anderen … „

„… irgendwie …", fügte er noch an.

„Hmm."

„Hin und wieder, wenn wir uns durch Zufall …"

„Man kann diesen Zufall auch herbeiführen …"

„Nee, aber, wenn wir uns getroffen haben, war es oft wieder super. Zumindest kurz und im Bett und so, du verstehst. Aber dann kommt der ganze alte Scheiß wieder hoch. Das klappt einfach nicht."

„Aber ein halbes Jahr?"

„Davor war es auch phasenweise länger. Auf einer Seite verstehen wir uns ja auch gut. Dann sind wir eher so etwas wie Freunde. Man kann sich aufeinander verlassen, weiß, was man am anderen hat. So eben …"

„Hmm."

„Aber wenn Sex dazu kommt, gehen schnell die ganzen Probleme wieder los."

„Hat sie denn jemand Neuen?"

„Nicht dass ich wüsste. Auch keine Ahnung, ob sie es mir erzählen würde, falls wir uns einmal wieder über den Weg laufen. Es gab mal so ein Gerücht über einen Arbeitskollegen, aber sie hat es abgestritten."

Hesses Tochter kam strahlend auf ihren Vater zu. Man konnte sehen, wie sehr sie sich freute, dass ihr Papa heute wieder da war. Als wenn alles beim Alten wäre. Hesse nahm seine Tochter in den Arm, drückte sie seitlich an sich. „Meine Rena ist ja mein Goldstück, nicht?"
Tarne beherrschte sich, nicht dieselben dummen Bemerkungen zu machen, die er aus dem Elternhaus kannte. Dieses hassenswerte *Mein Gott, bist du aber groß geworden.* Aber Verena, wie sie mit vollem Namen hieß, war eine schlanke junge Frau geworden. Fast so groß wie er selbst. Ihre hellblonden langen Haare umschmeichelten ein Gesicht, das nur noch durch die Zahnspange kindlich wirkte.
Sie genoss sichtlich die Nähe zu ihrem Vater, entwand sich ihm aber genauso rasch wieder, um sich mit einer Freundin zu unterhalten.

„Eine richtige junge Dame, wie alt ist sie jetzt?"

„14.“ In Hesses Stimme klang sein ganzer väterlicher Stolz mit.

„Ich sehe deinen Sohn nicht?“

„Heikles Thema. Ist mit seinen Kumpels unterwegs. Hört auf nichts mehr.“

Hesses Sohn war mit seinen mittlerweile 16 Jahren der Ältere.

„Über ihn mache ich mir ständig Sorgen. Das wird von Tag zu Tag schlimmer. Rena ist völlig unproblematisch. Sie läuft so mit im Gegensatz zu Tom.“

Krause, mit einer neuen Flasche Bier, gesellte sich wieder zu ihnen, als sie auf Tarnes Weltanschauung kamen, die nicht so weit von Hesses entfernt war. Vielleicht verstanden sie sich deshalb so gut. Krause, der – das schwammige Gesicht mit einer randlosen rechteckigen Brille verziert – das Lästern nicht sein lassen konnte, hob seine Bierflasche an den Mund. Dabei bot er selbst so viele Angriffsflächen. Tarne wusste, dass er große Probleme mit dem beginnenden Verlust seiner Haarpracht hatte. Er kämmte die mittellang gehaltenen rötlichen Haare über die kahlen Stellen.

„Ungerechtigkeit kann ich nicht ausstehen“, führte Tarne aus, „da muss ich einfach eingreifen. Allein deshalb bin ich richtig gut in dem, was ich mache.“

Hesse grinste süffisant und konnte sich eine Bemerkung nicht verkneifen:

„Und du weißt natürlich immer, was richtig und was falsch ist!“

„Ich denke, schon.

„Das ist die Aufgabe der Polizei. Dafür sind wir da“, mischte sich Krause ein.

Hesse fand Spaß an dem Frotzeln.

„Aber ich fürchte, er traut uns da nicht so ganz.“

„Von mir weiß ich, dass ich nicht bestechlich bin."

„Was soll das heißen?", regte Krause sich auf.
„Was ist falsch mit meiner Sichtweise?"
Krause konnte das Stänkern nicht lassen:
„Nichts, solange er sich an die Gesetze hält."
Hesse bezog eindeutig Stellung für seinen Freund.
„Ich wünschte manchmal, du hättest mehr davon."
Krause zog beleidigt ab, die leere gegen eine volle Bierflasche auszutauschen, und kehrte nach einer Weile zurück.
Wortlos stießen sie alle ihre Flaschen aneinander und tranken einen Schluck. Tarne nutzte die Gelegenheit zu einer Frage.
„Wo wir gerade so nett beieinander stehen, was könnt ihr mir über Motorradgangs sagen?"
Hesse, beide Hände tief in den Hosentaschen vergraben, um sich selbst deutlich zu machen, dass jetzt Freizeit war, deutete mit dem Kinn auf Krause.
„Der kennt sich da aus."
Krause fühlte sich geschmeichelt.
„Um was geht's denn?"
„Schon mal was von einem Club in Kray gehört?"
„Dragon Wheels?"
„Genau die."
„Reine Motorradnarren. Höchstens mal leichte Drogen, mal einen Versicherungsbetrug, so etwas eben. Verbringen die meiste Zeit mit ihren Maschinen. Reden über nichts anderes. Im Grunde genommen harmlos. Eigentlich ganz nette Kerle. Geben sich alle Tarnnamen, wie Punisher, Qualle, Terminator, Hellboy oder so. Hin und wieder eine Schlägerei, aber eher selten. Nichts Ernstes. Haben so eine Art Ehrenkodex, *Einer für alle,*

alle für einen und *Ein Mann, ein Wort* und so einen Quatsch eben. Wenn die was zusagen, kann man denen vertrauen. Wie in vielen von solchen Vereinen."

„Gut zu wissen."

Hesse schaltete sich ein:

„Das gefällt dir. Hab ich mir gedacht!" und grinste dabei.

„Was macht denn eigentlich deine Arbeit?"

Tarne war klar, was sein Freund Hesse meinte. Es war nicht seine Arbeit als Ermittler, sondern seine seit Jahren nicht vollendete Abschlussarbeit für sein damaliges Germanistik-Studium. Über den Begriff der Ehre. Inhaltlich verfolgte ihn dieses Thema immer noch, aber darüber geschrieben hatte er schon lange nichts mehr. Wenn er in den wenigen freien Minuten, die seine berufliche Arbeit ihm gelassen hatte, noch einmal kurze Skripte entworfen hatte, so hatte er sie ebenso schnell wieder verworfen. Er würde sich wohl doch damit abfinden müssen, dass das nichts mehr würde.

„Dein Gesicht spricht Bände", fuhr sein Freund fort, „sag nichts. Und ich hatte so damit gerechnet, dass doch noch einmal etwas Anständiges aus dir würde."

Er grinste dabei.

„Jetzt fang du nicht auch noch an wie mein Vater früher!" Aber auch er musste lachen.

„Genau genommen bin ich echt froh, meinen Job zu haben. Als Lehrer? Mensch, stell dir mich mal als Lehrer vor. Das geht ja gar nicht. Und da würde ich bestimmt nicht in der Woche das verdienen, was ich jetzt habe."

„So viel ist das zurzeit?"

„Es gibt genug reiche Frauen, die ihren untreuen Ehemännern hinterherspionieren lassen."

Das war wieder ein Stichwort für Krause.

„Na, das ist ja ein feiner Job, schmutzige Wäsche waschen."

„Bist doch nur neidisch, weil du nicht so viel verdienst, aber dafür bist du Beamter und hast deine Sicherheit."

Krause zog erneut beleidigt ab.

In einem ungestörten Augenblick beim Verabschieden gelang es Tarne noch, seinen Freund auf Informationen über den rechtsradikalen Bereich anzusprechen.

„Lass uns nicht politisch werden."

„Nein, nein. Ich soll in dem Umfeld etwas recherchieren. Wüsste nicht wirklich, wo ich da ansetzen könnte. Ich brauche jemanden, der sich in dieser Szene der Neonazis auskennt, der weiß, wo diese Typen so rumhängen."

„Wir haben genug zu tun mit dem Attentat."

„Ist das der rechten Szene zuzuschreiben? Schon Hinweise?"

„Jede Menge. Nur nichts Konkretes."

Tarne ließ nicht locker.

„Bekennerschreiben oder so?"

„Leider nicht. Rechte Szene ... Hmm?"

„Wenn dir etwas einfällt, gibst du mir einen Tipp?"

Hesse brummte zustimmend.

006

Peter Urban lag auf seinem Bett, hörte den Song *All Along the Watchtower* von der *Electric Ladyland*-CD zum fünften Mal und starrte auf das Hendrixposter, das er an seiner Tür hängen hatte. Warum mussten die Besten alle immer so früh sterben! Das war sein Trauma. Er war einfach zu spät geboren. Alles, was es an Gutem gegeben hatte, hatte vor seiner Zeit stattgefunden. Alles konnte er nur aus zweiter Hand erleben, als Konserve. Aber er war dabei, das zu ändern. Er hatte angefangen, etwas zu tun. Er hatte etwas getan, er hatte es ihnen gezeigt. Es hatte sogar in der Zeitung gestanden. Und keiner wusste, dass er dahinter steckte. Einfach großartig. Die Informationen zu beschaffen war am schwierigsten gewesen, die Bombe zu bauen war dagegen dann ein Klacks. Er lachte in sich hinein und drückte auf der Fernbedienung noch mal die 7 für *All Along the Watchtower*. Selbst den Sprengstoff und die Zünder zu besorgen war einfacher gewesen als er es sich hätte träumen lassen. Die Uhren, die geräuschlos laufen mussten, damit vorher durch das Ticken kein Verdacht erregt werden konnte, hatte er bei Karstadt bekommen. Er hatte einen elektrischen Wecker benutzt, mit dem Zünder verbunden. Um die benötigte Spannung zu erzeugen, hatte er einen Satz Batterien eingesetzt. 0,3, höchstens 0,4 Ampere waren für den elektrischen Zünder ausreichend. Ein Schuhkarton hatte von der Größe vollkommen ausgereicht. Dann alles für den Transport zur Tarnung in einer Aldi-Tragetüte verstaut und in seinen Rucksack gepackt. Und *Bumm*, das war's. Bei *Bumm* musste er grinsen. Die Nacht, als er die Sprengladung platziert hatte, war das Aufregendste in seinem Leben gewesen. Er konnte sich nicht vorstellen, dass Bungee-Jumping aufregender sein konnte, auch wenn er es noch nicht ausprobiert hatte. Das hier war auf jeden Fall besser. Schade, dass ihn niemand seiner Freunde mit dem Nachtsichtgerät gesehen hatte. Die hätten gestaunt. Er hatte sich alles sehr genau überlegt. Hatte es richtig gut gemacht. Er war mächtig stolz auf sich. In seiner Clique wusste bisher keiner davon. Vielleicht sollte er sie doch einbeziehen. Dann konnten sie sehen, was er draufhatte.

Seine Zimmertüre wurde aufgerissen und der Kopf seiner Mutter erschien in dem Spalt.

„Hast du noch mehr schmutzige Wäsche irgendwo verstreut?" Ihre Stimme unterbrach die Gedanken. Über ihrem altrosa Pullover baumelte eine Lesebrille an einer Kette. Auf Fotos hatte er gesehen, dass sie früher ein hübsches Gesicht hatte, jetzt fand er die roten Äderchen auf ihren Wangen abstoßend und erst recht die spießige Frisur, die sie mit ihren Lockenwicklern aus den blond gefärbten Haaren fabrizierte. In seinen Augen unmöglich. Er konnte ihr fürsorgliches Getue nicht ertragen.

„Nein, weiß nicht."

Seine Mutter kam immer noch alle vierzehn Tage, seine Wäsche zum Waschen abzuholen und seine Wohnung und die Treppe zu putzen. „… damit die Nachbarn nichts zu meckern haben", waren immer ihre Worte. Er regte sich zwar jedes Mal auf und ärgerte sich darüber, wie seine Mutter mit ihm umsprang, aber es war einfach bequem. Er musste grinsen.

„Bring mir was zu trinken", rief er.

„Kannst du nicht *bitte* sagen?"

„Nein."

„Was möchtest du denn?"

„Egal, was hast du, Cola?"

„Nein, das ist nicht gut für dich, ich hab dir Saft geholt, den guten von …"

Er stöhnte.

„Du weißt doch, dass ich keinen Saft mag." Warum brachte die blöde Kuh ihm immer nur Saft mit, wo er ihr immer wieder sagte, dass er den nicht mochte.

„Na gut, dann nehme ich eben Saft." Als sie ihm das Getränk reichte, fing sie wieder an: „Ich habe mir überlegt, du könntest …"

Er verschloss sich, wie er es seit Jahren tat, ohne sich dessen bewusst zu sein. Nur noch ein paar Geräusche wie *Blah, blah,* … gelangten an sein Ohr. Er hing wieder seinen eigenen Gedanken nach. Trotzdem vergaß er nicht, in den Gesprächspausen entsprechende Fülllaute von sich zu geben.

„Ach, lass mich in Ruhe!"

Es kam jedes Mal zum Eklat. Trotz allem konnte er sich darauf verlassen, dass sie mit schöner Regelmäßigkeit spätestens in vierzehn Tagen wieder auf der Matte stand, als wenn nie etwas gewesen wäre. Als er zu Hause gewohnt hatte, war es noch schlimmer gewesen. Soweit er sich zurückerinnern konnte, hatten sie und ihre Mutter, also seine Großmutter, ständig auf ihn eingeredet, ihn zu Dingen gezwungen, die er nicht wollte, ihm Druck gemacht. Manchmal träumte er davon, wie sich zwei riesige Fratzen über ihn beugten und mit verzerrten Gesichtern und übergroßen Mündern – eher Schlünden

– auf ihn einschrien. Er sah die Spucke aus beiden Mäulern sich in einer Wolke kleiner Tröpfchen über ihn ergießen. Der ausgestoßene Atem war so heiß, dass er sich als weiße Dunstwolke vor einem dunklen, blauen, kalten Hintergrund abzeichnete. Sogar den Geruch glaubte er wahrzunehmen, den diese vor Anstrengung bis zur Unkenntlichkeit verzerrten Gesichter verströmten. Es war ein fauliger, abgestandener, verbrauchter Geruch. Es stank wie nach Verwesung. Ihm wurde regelrecht schlecht davon. Wenn er erwachte, musste er sich häufig wirklich übergeben. Im Traum kam noch das Gefühl dazu, die Augen nicht schließen zu dürfen, weil dann alles noch schlimmer werden würde. Das Ganze wirkte noch bedrohlicher dadurch, dass er dabei nichts hören konnte. Seit Jahren meinte er diesen gleichen fauligen Geruch auch oft tagsüber wahrzunehmen.

007

Tarne schlief, bis er von selbst aufwachte. Er fühlte sich gut und gönnte sich eine ausgiebige Dusche. Dann sammelte er die Post zusammen, die vom Postboten durch den Schlitz im unteren Metallrahmen der Glastür geworfen worden war. Das Einschussloch mit dem Spinnennetzmuster des zersprungenen Glases prangte noch im oberen Drittel der Türe. Ein Wunder, dass die mit DC-Fix gesicherte Scheibe noch nicht weiter gerissen und herausgefallen war. Hoffentlich kamen die Burschen bald ihrem Versprechen nach.

Nachdem er ein Omelett aus drei Eiern und einer halben Packung Champignons verputzt hatte und bei dem zweiten Becher Kaffee angekommen war, sah er diesen Berg Papier aufmerksam durch und entlud alles in den Abfalleimer.

Tarne schaute durch die Glastür seines Büros und entschied, dass dies ein guter Tag werden würde. Etwas kühl, aber sonnig. Er ging zu seinem Wagen und fuhr auf die A40 Richtung Uni Bochum.

Alexander Dorfmann saß inmitten seiner Schäfchen, umgeben von mehreren Rechnern, die Tastatur klickte und die Bilder von zwei Monitoren spiegelten sich in seiner dicken Hornbrille. Alle beugten sich interessiert vor und starrten gebannt auf die Bildschirme. Wahrscheinlich dachten sie, es wäre ein weiterer Student hereingekommen. Um die Gruppe herum stapelten sich Akten, Computerausdrucke, Tabellen, Statistiken, leere Pizzakartons, teils offen, mit Resten darin und endlosen leeren Cola-light-Flaschen, die Dorfmann immer umgaben. Dorfmann würde sich nie selbst als Nerd bezeichnen. Er sagte immer: „Ich bin doch kein Nerd … ich hab eben Ahnung!" Von seinen Kollegen wurde er eher gemieden, die Studenten hingegen verehrten und bewunderten ihn.

„Das ist ja ein Andrang hier. Du bist wohl sehr gefragt?"

Dorfmann blickte auf, lehnte sich zurück und strich sich mit beiden Händen das widerspenstige lange schwarze Haar gleichzeitig rechts und links aus dem Gesicht.

„Hi. Da bist du ja. Hab dich nicht so früh erwartet."

Die Studenten musterten Tarne, der mit seinem zerknautschten Anzug und dem unrasierten kantigen Gesicht etwas fehl am Platz wirkte.

Nachdem Dorfmann seine Schützlinge hinauskomplimentiert hatte, schimpfte er:

„Ich komm kaum noch zu den wichtigen Dingen. Immer muss ich für die Studies ihre Bachelor- und Masterarbeiten ausrechnen."

„Was?"

„Naja, weißt du, die müssen empirische Untersuchungen machen und dabei eben Statistiken rechnen."

„Sollen die das nicht selbst machen?"

„Schon, aber ich überprüfe das, damit es hinterher keinen Ärger gibt, wenn mal etwas nicht stimmt."

„Hmm. Wie sieht es mit den …?"

„Alles klar. Ich hab so viele Infos, da brauchen wir Jahre, um das alles durchzugehen."

Tarne setzte sich auf einen der frei gewordenen Stühle, griff in seine Tasche und zog ein zerknautschtes Etwas hervor.

„Habe dir etwas mitgebracht."

Er überreichte Dorfmann eine Plastiktüte, die dieser auseinanderfaltete und ein längliches Päckchen hervorzauberte.

„Ah! Dominosteine! In den Genuss kommt man ja leider nur zu bestimmten Jahreszeiten."

„Durchaus bedauerlich. Aber zum Glück fangen die ja jedes Jahr früher mit dem Weihnachtszeug an."

„Zeug?" Dorfmann verdrehte die Augen zur Decke. „Wie kannst du ein solcher Ignorant sein. Das nennt sich Weihnachtsgebäcksortiment. Oder so."

„Wie auch immer, liegt jedenfalls seit Wochen schon wieder überall aus. Kommt mir schon fast wie Monate vor."

„Also die *Dominosteine* können sie gerne das ganze Jahr über anbieten", sagte Dorfmann und riss die durchsichtige Folie auf.

„Auf keinen Fall, das würde ich nicht überleben."

„Das Fantastische an den Dingern ist, dass man direkt diese ganzen unterschiedlichen Geschmacksorientierungen auf der Zunge hat. Alle auf einmal …" Dorfmann verlor sich in seinen Schwärmereien: „… es gab eine Zeit, da habe ich das schichtweise abgegessen, um vor allem das Marzipan zu genießen. Heute: Lieber senkrecht in der Mitte durchbeißen. Dann hat man zweimal etwas von der fantastischen

Geschmacksmischung. Dem Marzipan, der Marmelade, dem Gebäck und der umhüllenden Schokolade.

Wobei die schwarze nicht so toll ist. Die weiße ist besser, aber absolut optimal ist die hellbraune. Aber nur sehr selten zu bekommen. Die wissen eben nicht, was gut ist, sonst würden sie mehr davon produzieren."

„Dominosteine mit hellbrauner Schokolade? Nee, das ist doch nur etwas für Mädchen."

„Das sagst du mir? Du hast sie wohl nicht alle, das ist der absolute Genuss. Wer ist hier der Ignorant?" Beide schmatzten mit zufriedenem Gesichtsausdruck vor sich hin.

„Genial." Dorfmann leckte sich die Finger ab und murmelte noch etwas Unverständliches mit vollem Mund.

„Was?"

„Welterfolg! Für Dominosteine würde ich sterben." Nachdem er den fünften oder sechsten Dominostein hinuntergeschluckt hatte, fegte er alle Akten vom Schreibtisch und nahm die Ausdrucke für Tarne hervor.

„Also, nun zu den ernsten Dingen. Wie gesagt, wir können uns den Rest des Tages damit aufhalten. Aber ob und was du damit anfangen kannst, weiß ich nicht."

„Das lass mal meine Sorge sein. Bisher war ich noch immer zufrieden mit allem, was du für mich recherchiert hast."

„Ich habe da mal ein wenig vorsortiert."

„Das hatte ich gehofft."

„Diese ganze Neonazi-Szene ist unglaublich verworren. Ich beginne erst einmal mit der Verteilung: Momentan herrscht die Meinung vor, dass die Hochburg sich in Dortmund gebildet hat. Dadurch, dass die wohl auch noch viel Zuzug aus dem Sauerland haben – das sollte die Erklärung dafür sein. So wie ich das sehe, ist es aber eigentlich gleich verteilt zwischen Duisburg und Dortmund. Es lässt sich nicht wirklich lokalisieren, ob die vorwiegend aus bestimmten Stadtteilen kommen. Man kann sagen, wo sie aktiv werden. Zum Beispiel Duisburg. Hauptsächlich im Norden. So war die letzte Rechtendemo in Neumühl. In beiden Städten ist es aber in den Stadtteilen mit dem höchsten Ausländeranteil und höchsten Arbeitslosenzahlen. In Duisburg, neben einem Multikulti-Gemisch aus allen anderen Völkern, vor allem viele Russen. Die diversen Parteien des rechten Spektrums werden dadurch natürlich auf den Plan gerufen und fischen da nach weiteren Mitgliedern. Kennst du einen Wahlspruch von denen?"

„Nein, guck ich nie hin, aber sollte ich wohl mal, was?"

„Ja, jetzt hör zu, der Spruch lautet: *Lieber Geld für die Oma als für Sinti und Roma!*"

„Gibt es doch nicht!"

„Das sag ich dir. Das ist ja nur die – wie soll ich sagen – satirische Seite der Szene, in die du eintauchen willst."

„Von Wollen kann nicht die Rede sein. Aber scheint wohl nötig zu sein."

„Bei so einer Demo kommen – zumindest war es beim letzten Mal so – um die 200 Rechte, aber dann 2000 linke Radikale und Autonome zusammen, die dafür sorgen, dass die Steine fliegen. Dazwischen dann 1000 Polizisten mit Hundestaffeln und was weiß ich, um den Rechten ihr Recht auf Demonstration zu gewährleisten."

„Ist ein Ding, die sind gegen unser demokratisches System, aber wir schützen ihr Recht auf Demonstration?"

„Genau. Und was glaubst du, was das uns, den Steuerzahler kostet?"

„Will ich gar nicht wissen. Und dazwischen?"

„Wozwischen?"

„Na zwischen Duisburg und Dortmund?"

48

„Ach so. Einzelne Zellen, überall. Recklinghausen, Gladbeck, Castrop, Bottrop, eigentlich überall in Form von Splittergruppen. Oft findet man Auffälligkeiten in der Nähe der einzelnen Parteibüros. Wenn denn deren Lage überhaupt bekannt ist.

„Und Essen, Bochum?"

„Klar, in Essen gibt's auch speziell einen Laden, wo die ihr Outfit kaufen können …"

„Outfit?"

„In Essen auf der Viehofer Straße existiert ein Laden, der führt Kleidung, die angeblich von dieser Szene bevorzugt wird. Soll der einzige Laden westlich von Hannover sein. Hat viel Protestaktionen dagegen gegeben. Ich kann dir aber nicht sagen, ob die sich noch gehalten haben. Ja, das ist noch einmal ein Thema für sich. Welche unterschiedlichen Gruppierungen es da gibt. Ich kann dir sagen – weiß gar nicht, wo ich da anfangen soll. Du kannst auch prima Infos über diese Leute von der *Antifa* in Essen bekommen, die geben jährlich eine Broschüre heraus, um über die Aktivitäten der rechten Szene zu informieren. Solltest du mal lesen."

„Du weißt doch, ich fahr am besten mit deiner zusammengefassten Quintessenz. Selbst einlesen in jedes Thema, wie in Uni-Zeiten, ist viel zu zeitaufwendig."

„Gelsenkirchen habe ich dann noch. Da gibt es auch Auffälligkeiten. In Gelsenkirchen-Horst wurde das Haus von Heike Jordan in roter Farbe mit SS-Runen und Hakenkreuzen beschmiert. So weit ist es schon. Wenn jemand sich zu auffällig offen in unserem Land antifaschistisch zeigt, muss man sich schon vor diesen Gruppierungen in Acht nehmen."

„Wer ist Heike Jordan?"

„Das ist die, die diese Aktion *Stolpersteine* auch in Gelsenkirchen durchgesetzt hat. Die Aktion kennst du doch."

Tarne brummte, um sich nicht noch ungebildeter zu zeigen.

„Natürlich, der Künstler, der überall auf den Bürgersteigen …"

Dorfmann fuhr mit seiner Wissensdemonstration fort:

„Wo wir gerade bei Gelsenkirchen sind. Da gibt es noch hin und wieder Zusammenstöße zwischen Rechten und den Schalker Ultras, die es auch schon einmal schaffen, Demonstrationen der Rechten zu stören oder sogar zu verhindern. Die Ultras fühlen sich historisch der Zechenkultur im Ruhrgebiet verbunden. Da gibt es eine Ultra-Gruppe, die sich Hugos nennt – nach der Zeche Hugo. Einmal, zum 1. Mai, wollte der Kreisverband Dortmund der Partei *Die Rechte* eine Demo von Kray nach Gelsenkirchen durchziehen. Gerade der 1. Mai ist für die Ultras auch von Bedeutung, weil am 1. Mai 1873 der Grundstein für die Zeche Hugo gelegt wurde. Da haben dann tatsächlich Gelsenkirchener Bürger und die Schalke-Fans UGE, Hugos und Marler Jungs diese rechtsradikale Demo verhindert."

Hier unterbrach Tarne:

„UGE habe ich schon einmal gehört, kommt von Ultras Gelsenkirchen."

„Das war jetzt nicht so schwer."

„Diese Gruppen stehen also nicht rechts, aber sind gewalttätig?"

„Da muss man ganz feine Unterschiede machen. Denen geht es primär nur um Fußball. Die sind einfach nur Fans, zwar auch gewaltbereit, aber für ihren Verein. Das ist bei Hooligans anders, die gehen ausschließlich wegen der Gewalt da hin. Da scheinen die Rechten eher auch Nachwuchs zu erhalten. Die handeln nach dem Motto *Erst schlagen, dann fragen*."

Dorfmann macht eine Pause. Das kam selten vor. Tarne sah ihn an.

„Ich versuche dann für dich die Suche ein wenig einzugrenzen, indem ich einen Algorithmus darüber laufen lasse, dann häuft sich das Vorkommen von kleinen Aktionen mit Neonazis an bestimmten Ecken. Nehmen wir einmal Duisburg. Da gibt es ein Muster hinter dem Mercator-Center, da kommt Real, ein Zaun und die Emscherstraße. Dann sammelt es sich um eine Ecke in Meiderich. In Marxloh viele Aktionen, aber das eher deswegen, weil dieser Stadtteil vorwiegend von ausländischen Mitbürgern bewohnt ist. Man kann nicht ernsthaft einen Stadtteil benennen. Da würde man den anderen Bürgen unrecht tun. Die einzelnen Mitglieder verteilen sich eher über das ganze Stadtgebiet. So wie in Duisburg sieht es letztlich auch in allen anderen Ecken des Ruhrgebiets aus. Essener Norden, Kray-Leithe …"

„Das ist ja bei mir um die Ecke. Mir ist da bewusst noch nie etwas in der Richtung begegnet."

„Sag ich ja. Man würde den Menschen unrecht tun, wenn man grundsätzlich sagt, da und da häuft es sich. Trotzdem gibt es minimale Hinweise, dass schon in bestimmten Stadtteilen mehr passiert. Grenze Gelsenkirchen, Bochum, Wattenscheid."

„Wattenscheid ist doch Bochum?"

„Klar, aber sag das einmal einem, der aus Wattenscheid kommt."

„Ja, sicher … "

Nach einer Pause setzte Tarne wieder an:

„Also, was heißt denn nun Algorithmus? Was hast du da gemacht?"

„Ich habe alle Meldungen bei der Polizei zu diesem Thema in einem bestimmten Zeitraum und alle Pressemitteilungen und ähnliche Informationen zusammen genommen und geschaut, wo sich am meisten Treffer ergeben. Verstehst du?"

„Nicht wirklich. Wie bist du an die Infos gekommen, von der Polizei zum Beispiel? Ach, ich glaube, das muss ich gar nicht wissen."

Dorfmann schaute ihn über den Rand der dicken schwarzen Hornbrille hinweg an.

„Auffälligkeiten, irgendetwas Aktuelles, irgendetwas Besonderes?", hakte Tarne nach.

„Außer der stärksten Konzentration in Dortmund und … vielleicht …" Dorfmann zögerte.

„Na, sag schon."

„Tja, wenn ich eine aktuelle Auswertung vornehme …"

„Ja?"

„In der Nähe eines Parteibüros in Gelsenkirchen, da gibt es ein Lokal. Etwas Merkwürdiges ist mir aufgefallen, als ich dieses neue Programm über die Daten habe laufen lassen. Du fragst ja nach unserer näheren Umgebung. Ich dachte erst, das sei nicht so wichtig. Aber ich habe da einen Treffer, so will ich es mal nennen. Es sieht so aus, als wenn es in Gelsenkirchen eine Konzentration gibt. Da wird ein Vereinslokal genannt. Oder sagt man Parteilokal? Das befindet sich in der Nähe einer rechten Parteizentrale. Das taucht relativ häufig auf. Für diesen Bereich werden meiner Meinung nach wirklich mehr als nur zufällig häufig Unregelmäßigkeiten gemeldet worden. Schlägereien oder Beschwerden wegen Auseinandersetzungen, rassistischen Äußerungen, Messerstechereien, die Schmierereien, die ich schon erwähnt hatte, und, und, und. Vor allem in letzter Zeit."

„Vielleicht lohnt es sich, sich das einmal näher anzusehen. Das ist ja ein so weites Feld, sonst habe ich nichts."

„Eine Gaststätte mit dem sinnigen Namen *Haus Deutschland*, Inhaber Herbert Schultheiß. War länger geschlossen. Seit die wieder auf hat, scheint sich da viel zu tummeln. So ein Treffpunkt der rechter Gesinnungs-genossen, eine Art geheimer Zentrale. Eine der rechten Parteien hat auch um die Ecke ein Parteibüro."

Dorfmann wühlte in seinen Notizen und reichte ihm einen Ausdruck mit der Adresse.

„Kannst du dir vorstellen, ob es in diesen extre-mistischen Kreisen jemanden gibt, eine Gruppe, die ein Bombenattentat durchführen würde? Könnte?"

„Hmm. Dazu kann ich nichts sagen. Demon-strieren, prügeln, ja, aber … in dieser Form konstruktiv planen, organisieren und durchführen? Das ist eine Frage der Führungskräfte, die so etwas strategisch Komplexes handhaben können. Sprengstoff und Waffen werden bei diesen Gruppierungen ja häufig auch gefunden. Schwer zu sagen, ob das spontan passierende Aktionen sind oder von langfristiger Hand geplant werden. Also, das zu ermitteln, ist jetzt deine Aufgabe. Wo soll man da anfangen? Ich beneide dich wirklich nicht."

In die entstehende Pause hinein schlug Tarne vor:
„Tja, ich habe heute sonst nichts. Wie wär's? Wie in alten Zeiten?"

„Klar, nichts gegen einzuwenden. Ins *Clochard*?"

„Am Buscheyplatz? Gibt's das noch? Haben die immer noch die Spaghetti mit der Thunfischsoße?"

„Lass es uns rauskriegen. Wo wir gerade bei alten Zeiten sind: Was macht eigentlich deine Examensarbeit? Schreibst du die noch zu Ende? Die war doch seinerzeit zum Thema Ehre, hab da doch eine Menge für dich recherchiert. Was ist daraus geworden?"

„Frag mich nicht. Ich kann es nicht mehr hören."
Daraufhin drehten sich die Themen anfangs noch um Szene und Splittergruppen und nach dem Essen machten sich die beiden ins Bermuda-Dreieck auf.
Wer auch immer es vorschlug:

„In Bochum auf jeden Fall ein Fiege Pils!"

Der Abend wurde länger. Nachdem sie durch die einschlägigen Lokale *Sachs*, *Mandragora*, *Tucholsky* und andere gezogen waren, endete der Abend in einer der ältesten Institutionen, *Intershop* in Bochum. Bei dröhnender Musik tauschten sie Erinnerungen an die gemeinsame Studienzeit aus.

„Schön, dass ich dich so lange von deinen Rechnern weg bekommen habe. Dachte, du gehst überhaupt nicht mehr raus. In Kneipen."

„Wenn, dann hierhin. Wie damals im Studium. Ist immer noch eine Attraktion. Aber ob du es glaubst oder nicht, ich gehe wieder öfter abends noch raus."

Eine lange Schlanke mit dunklen fettigen Haaren, Tarne nannte so etwas Rattenfrisur, brachte ihnen die Kaffees.

„Ich mag sie. Sie hat so etwas Laszives, Schlampiges, dieses verspielte verschmutzte T-Shirt, wie zufällig eine Schulter frei. Falle immer auf so was rein", sagte Tarne.

„Die sollte schon so an die zwanzig Jahre hier sein. Lass die Finger davon. In der stecken jede Woche drei andere Kerle."

008

Nach der längeren Nacht mit Dorfmann und den vielen Erinnerungen an alte Uni-Zeiten wachte Tarne mit einem pelzigen Geschmack im Mund auf. Bochum, Fiege Pils. Vielleicht hätte es doch eines weniger sein sollen. Ein ungemütlicher Morgen. Sein Kopf fühlte sich wie ein Amboss an, auf den ein Hammer einschlug. Welcher Tag war heute? Sein Magen rebellierte. Am liebsten wäre er liegen geblieben. Bei seinem Zustand halfen kein Kaffee, Mineralwasser oder Orangensaft. Er musste zu anderen Mitteln greifen, um für diesen Tag einigermaßen frisch zu werden. Aspirin? Alka-Seltzer? Nein, wer sich so hatte gehen lassen, sollte auch leiden. Er entschied sich für die harte Kur. Heute war der richtige Moment für *Prairie Oyster*.

Tarne kroch zu seiner kleinen Küchenzeile und begann die Zubereitung. Einen Schluck Tomatensaft in ein Rialtoglas, ein rohes Ei dazu. Dann das Ganze mit einem Schuss Essig verdünnen, würzen mit einigen Tropfen Tabasco, etwas Worcestershire Sauce sowie Salz und Pfeffer. Nichts anmerken lassen, sagte er sich. Einfach durch und runter damit. Wenn die erste Abneigung, der

Ekel vor dem Geruch überwunden war, fühlte sich der Magen gefüllt und warm an, die Kopfschmerzen verschwanden wie mit Zauberkraft. Immer wieder unbegreiflich, aber wirksam.

Genau richtig, um auf die Beine zu kommen. Weil er sich am Vortag so hatte gehen lassen, entschied er sich dafür, heute extra endlich einmal wieder etwas für seinen Körper zu tun. Zum Abhärten. Tarne erinnerte sich an die Sprüche aus seinem Elternhaus, *Wer saufen kann, kann auch arbeiten*, *Was nicht tötet, macht hart*. Und ähnlichen Schwachsinn. Eigentlich hatte er sich davon verabschiedet, aber irgendwie blieben diese Dinge wohl doch ein Leben lang erhalten.

Nachdem er sein Auto in Bochum wieder eingesammelt und dabei erneut festgestellt hatte, dass er öffentliche Verkehrsmittel immer noch hasste, schaffte er die Strecke zu Sagatzkis Sportstudio auf der Altendorfer Straße in erstaunlichen fünfundzwanzig Minuten. Unterwegs sah Tarne eine Frau, die ihren Rock hinunterdrückte, der vom Herbstwind hochgeweht worden war. Es stimmt ihn wehmütig, dass er darauf jetzt, wo es auf die kalte Zeit zuging, für ein halbes Jahr verzichten musste. Er schien heute anfällig für solche Stimmungen zu sein.

Sagatzki hatte immer von morgens bis abends geöffnet. Von 7 bis 23 Uhr. Aber nicht 24 Stunden wie die Konkurrenz.

„Völlig ausreichend", pflegte er zu sagen, „ich habe keine Konkurrenz", und diese Aussage war absolut wahr. Sagatzki forderte und förderte eine unbedingte Kameradschaft und Zusammengehörigkeit zwischen seinen Kunden. Es kamen Menschen aus allen Nationen zu ihm, aber damit keiner ein dummes Gefühl hatte, jemand könne über ihn in einer anderen Sprache sprechen, gab es ein knallhartes Gesetz. Es musste

Deutsch gesprochen werde. Das sollte gerade nicht diskriminierend sein, sondern vor allem höflich und respektvoll. Damit, wenn mehrere zusammenkamen, nicht einer dann dabei saß, der nicht verstand, was die anderen zu reden hatten. Wenn nicht, dann ist das kein höflicher und respektvoller Umgang. Wenn jemand die Regel brach und erwischt wurde, waren sofort zwanzig Liegestütze fällig. Manchmal, wenn das Vergehen besonders stark war, trat Sagatzki demjenigen bei den Liegestützen noch auf die Schulter.

Der Trainingsbereich war mäßig besucht. Diejenigen, die vor der Arbeit kurz vorbeigekommen waren, hatten sich längst wieder verzogen. Tarne hatte seinen eigenen Spind mit Zahlenkombination. Auf dem Weg zu den Geräten warf er einen Blick in die Halle für Gruppenarbeit. Sagatzki quälte eine Gruppe in Krav-Maga-Training. Eine Selbstverteidigungsform, die der israelische Geheimdienst für den Straßenkampf entwickelt hatte. Im Moment lagen die Teilnehmer nebeneinander auf dem Boden. Zum Abhärten lief immer der letzte über die Bäuche und legte sich am Ende vor die Reihe. Die nächste Übung erfolgte in Zweierteams. Klappmesser. Einer lag und der Zweite hockte als Gegengewicht auf den Beinen, dann geht es ja besser. Wenn dann der Untere hochkam, wurde er von demjenigen, der seine Beine fixierte, sofort mit drei Schlägen in den Bauch empfangen. Dabei musste man sehr aufpassen. Wenn man im falschen Moment Luft holte und die Muskeln nicht entsprechend angespannt waren, konnte das sehr unangenehm sein, erinnerte sich Tarne an sein eigenes Training.

Laufband zum Aufwärmen, dann Dehnen, etwas im Freihantelbereich, jetzt glühte er. Stemmte Gewichte. Er startete mit leichten Übungen, ging in aller Ruhe die

Muskelpartien seines Körpers durch. Je mehr Giftstoffe mit dem Schweiß zusammen seinen Metabolismus verließen, umso besser fühlte er sich. Er benutzte das Navy-Seals-Trainingsgerät, Sagatzkis Neuerwerbung. Trug von Station zu Station Handtuch, Wasserflasche, Handy und Schlüssel mit sich, während er bei den Übungen für Kraft, Ausdauer und Schnelligkeit seinen Parcours von Maschine zu Maschine abarbeitete. Irgendwann schaute Sagatzki vorbei, nachdem er einen aus der Mannschaft zur Beaufsichtigung des Trainings verpflichtet hatte.

„Harte Nacht gehabt?"

„Wie kommst du darauf?"

„Schau in den Spiegel."

Tarne riskierte eine Blick in die Spiegelwand, die sich über eine ganze Seite des Raumes hinzog und drehte sich schnell wieder weg. Dann berichtete er von seinem neuen Auftrag und schloss mit den Worten:

„Ich habe nicht den blassesten Dunst, wo ich ansetzen soll."

„Höre ich nicht zum ersten Mal."

„Sehr hilfreich. Das baut nicht gerade auf."

„War nicht meine Absicht."

„Schon mal was von Dragon Wheels gehört?"

Sagatzki nickte und wartete, ob Tarne noch etwas spezieller fragen würde. Als nichts kam, sagte er:

„Sind nette Jungs."

„Ich habe zwei getroffen. Walla sieht aus wie ein Neandertaler und Kalle ein wenig wie ein Indianer."

„Walla kenne ich. Ist von Beruf Krankenpfleger. Verlässliche Typen."

Ein lauter Bluesakkord ertönte. Tarne ergriff sein auf dem Boden liegendes Handy. Es war Hesse.

„Ich will dir mal was verraten. Du kennst mich lange genug, ich hätte dich auf jeden Fall unterstützt.

Wenn es gegen die Rechten geht, bin ich immer dabei. Du hast beim Grillen gefragt und ich habe gesagt, ich helfe dir. Du suchst jemanden, der sich auskennt, ich hab da jemanden. Du bist erfolgreich bei deiner Arbeit. Aber jetzt kriege ich sogar noch Druck von oben. Dein Auftraggeber, also irgendein hohes Tier in diesem beschissenen Fernsehsender, hat einen guten Kontakt zu meinem zweithöchsten Vorgesetzten hier in der Stadt. Leiter der Führungsstelle, Polizeioberrat.

Und dann erfahre ich, dass du glaubst, hinter dem Attentat stecken die Rechten? Hör mal, das kann doch nicht wahr sein…"

„Das glaubt mein Auftraggeber, nicht ich …"

„Mir egal. Das ist doch unsere Arbeit. Wieso hast du so wenig Vertrauen, dass du mir das vorenthältst? Du müsstest doch wissen, dass ich dir helfe. Dir ist doch wohl klar, dass wir Freunde sind und du jederzeit auf mich zählen kannst, oder? Aber wir haben jetzt tatsächlich den offiziellen Auftrag, dich zu unterstützen, wo es möglich ist. Mann, jetzt werde mir ja nicht überheblich!" Tarne pfiff durch die Zähne.

„Ja. Das kannst du laut sagen. Du hast hier jetzt bei uns Priorität. Also hier ist, was ich vermitteln kann. Du triffst morgen früh um 7:00 Uhr einen unserer Informanten. Und zwar in Dortmund, Hansaplatz, in einer Selbstbedienungsbäckerei."

„Bist du wahnsinnig? So früh?"

„Jetzt stell auch noch Forderungen. Passt dich wohl ganz der neuen Generation an, große Erwartungshaltung und nichts dahinter? Das ist die beste Zeit. Da schlafen alle anderen noch. Denk daran, das ist schließlich ein V-Mann! Wir müssen seine Identität auf jeden Fall schützen."

Als das Gespräch zu Ende war, sagte Sagatzki:

„Kommst du jetzt zum Telefonieren her?"

„Mann", stöhnte Tarne.

„Sollen wir ein wenig auf die Matte gehen?"

Tarne war einem kleinen Training nicht abgeneigt. Sie gingen in die Halle, in der die anderen ihre Übungen machten. Tarne legte Schlüssel und Handy neben die Matte.

„Messer? Pistole? Entwaffnen?"

„Auf jeden Fall."

Sie spielten einige Angriffs- und Verteidigungstechniken durch. Es kam darauf an, beim Angriff sofort den größtmöglichen Schaden zu verursachen. Ein Haken auf die Leber, rechts, derjenige knickt dann zur Seite ein, vor Schmerz, dabei geht die Deckung auf und man kann weiter zulangen. Das ist so schmerzhaft, dass die Deckung dann ganz vergessen wird, dann auf die Nase, auch äußerst unangenehm. Sobald die Sicht durch Tränen eingeschränkt ist, ist der Weg frei, um den Angreifer endgültig kampfunfähig zu machen.

„… oder einfach in die Eier treten", sagte Sagatzki, der inzwischen auch einige Schweißtropfen vergossen hatte. Das machte Tarne insgeheim stolz.

Die Mitglieder der Übungsgruppe hatten, ohne dass sie es mitbekommen hatten, ihre Aktionen eingestellt und sich um die beiden versammelte. Jetzt klatschten sie Beifall.

Sagatzki äußerte zu der Einlage:

„So soll es aussehen, Leute. An die Arbeit."

Sagatzki und Tarne gingen in das Büro und machten es sich bequem. Sagatzki hinter seinem Schreibtisch, Tarne versank davor in einem der alten schweren grünen Polstersessel für die Besucher. Handtuch um den Hals, Handy und Schlüsselbund auf dem Schreibtisch vor sich. Sagatzki schenkte Orangensaft in zwei Gläser ein, die er von einem Sideboard nahm.

„Weißt du", begann Tarne, „eigentlich müssten wir doch Gegner sein. Du bist im Sicherheitsdienst, das betrifft ja nicht nur den Personenschutz, sondern auch in weiterem Sinne das Sichern oder Bewachen von Daten, damit die nicht in falsche Hände gelangen. Und ich? Ich mache das Gegenteil, ich bin Ermittler. Ich soll diese geheimen Informationen beschaffen. Und der Bedarf scheint immer größer zu werden. Mehr Beschaffung von Informationen führt zu mehr Einsatz von Security. So sieht die Welt heute aus. Das ist eben so."

„Nicht zu ändern."

„Und wir haben immer zu tun."

Sie prosteten sich mit dem Orangensaft zu.

„Ich weiß nicht", fing Tarne wieder an, „was nun moralischer ist: das Schützen oder das Aufdecken von Daten."

„Das kommt auf den Inhalt an, denke ich."

„Ja, bestimmt. Wenn es Daten sind oder Taten oder Personen, die anderen zum Nachteil, zum Schaden dienen, dann ist es wohl besser, wenn man das bekannt macht. Auf der anderen Seite kann das Ausspionieren von Dingen auch dem Auftraggeber unmoralische Möglichkeiten eröffnen, oder?"

„Du hast bestimmt recht."

„Also ist das etwas, das man von Fall zu Fall entscheiden muss. Ich hatte bei meinem letzten Fall so etwas. Da gab es ein großes Unternehmen, die hatten vierundzwanzig Azubis, die für ein Vierteljahr täglich zu einer Berufsschule fahren mussten."

Tarne lehnte sich zurück und faltete die Hände hinter dem Kopf und fuhr fort:

„Also insgesamt natürlich drei Jahre Lehre, aber mehrmals ein Block von drei Monaten, dann immer zu der theoretischen Ausbildung etwas weiter weg fahren. Im Sauerland war das. Clever wie die waren, haben die sich zu Fahrgemeinschaften zusammengeschlossen und sind immer gemeinsam gefahren. Haben aber jeder das Fahrgeld mit der Firma abgerechnet. War über die Zeit ein ganz schönes Sümmchen. Irgendwie hat der Arbeitgeber so etwas geahnt oder einer hat es verpfiffen. Jedenfalls haben die mich beauftragt, ich sollte dafür Beweise erbringen. Habe ich auch geschafft."

„War klar."

„Ja, sicher, aber … Was ist passiert? Bis auf acht sind alle von den ursprünglich vierundzwanzig nicht übernommen worden. Den acht konnten sie nichts nachweisen. Also, ich habe so den Verdacht, dass die Firma die billige Arbeitskraft über die drei Jahre ausgenutzt hat und von Anfang an nicht vorhatte, die zu übernehmen, und so einen Grund gefunden hat …"

Tarnes Handy auf dem Schreibtisch meldete sich wieder mit seinem schrillen Bluesakkord.

„Hesse. Ich hab noch was für dich."

„Du schon wieder?"

„Soll ich auflegen?"

„Nein, nein. Ich bin froh, wenn ich etwas erfahre, das mir weiterhilft."

„Also, wir haben einen Aussteiger oder Überläufer oder wie immer du das nennen willst. Aus der rechten Szene. Zwei Sozialarbeiter kümmern sich im Moment um ihn. Du kannst morgen auch mit ihm sprechen."

„Wieso Sozialarbeiter? Wieso ist der nicht bei euch?"

„Der ist bei denen in der Beratungsstelle aufgetaucht, möchte in ein Zeugenschutzprogramm. Das Ganze ist durch deinen Auftraggeber angestoßen worden, der hat den ausgegraben und verspricht sich davon Schlagzeilen. Hat auch die Staatsanwaltschaft eingeschaltet. Wenn es um die Macht der Medien geht, machen die doch alles mit."

Tarne räusperte sich.

„Du meinst so etwas wie ein *Skinhead steigt aus* – oder *Überläufer verrät Geheimnisse der Neonazis*? Das passt zu Esser."

„Ja, das vermute ich. Jedenfalls bearbeiten die Sozialarbeiter den angeblichen Aussteiger seit Tagen, versuchen aus ihm etwas einigermaßen Vernünftiges herauszubekommen. Die Staatsanwaltschaft unterstützt den Versuch und die wohnen jetzt fast bei ihm. Kommen jeden Morgen zu ihm, bleiben ihren achtstunden Arbeitstag und versuchen ihn zu bequatschen. Immer in abwechselnden Schichten. Sobald sie verwertbare Aussagen anbieten können, kämen wir ins Spiel. Bisher nichts Brauchbares. Der wohnt da in einem Haus, das er von seiner vor kurzem verstorbenen Großmutter geerbt hat. Sieh mal zu, ob du etwas daraus machen kannst."

„So Gutmenschen, die ihn retten wollen?"

„Wenn du es so sehen willst. Ja. Eine ehemalige Kollegin hat einen Termin gemacht und ich habe dich dazu eingeladen. Okay?"

„Auf jeden Fall."

„Wie heißt sie?"

„Klar."

„Wie, klar? Was?"

„Klar, wie klar und wahr. Anne Klar. Eine ganz toughe Person."

„Hattest du was mit ihr?"

„Wo denkst du hin, so eine ist das nicht."

„Woher …?"

„Sie ist eine ehemalige Kollegin."

„Ach … Und wieso nicht mehr?"

„Hatte seine Gründe."

„Ist das ein Geheimnis?"

„Da musst du sie schon selbst fragen."

„Wie ist sie sonst?"

„Lass dich überraschen. Du kannst sie morgen um 14:00 Uhr abholen. Vor ihrem Büro. Sie wird auf dich warten." Hesse gab ihm die genaue Adresse.

„Hast du alles?"

„Ja. Woran erkenne ich sie?"

„Du wirst sie erkennen, da bin ich ganz sicher."

„Okay."

„Und noch etwas. Jetzt mache ich schon deine Termine. Ich komme mir langsam wie deine Sekretärin vor."

„Wenn ich einmal eine hätte, …" Pause, „… dann sollte sie hübscher sein als du."

„Ach du … du …" Dann hatte Hesse die Verbindung getrennt.

Als Tarne das Handy wieder auf den Schreibtisch gelegt hatte, fragte Sagatzki:

„Verlegst du dein Büro hierher?"

„Fang du auch noch an."

„Wie ging denn der Auftrag mit den Azubis weiter?"

„Na ja, jetzt war ich in der Bredouille. Ich dachte, das kann ich denen doch nicht antun."

„Kann ich verstehen."

„Ich hab hin und her überlegt. Genau genommen war das aber nun einmal Betrug. Das ist eben so. Hätten die sich vorher überlegen sollen. Die vierzehn, denen man den Abrechnungsbetrug nachweisen konnte, sind fristlos entlassen worden. Keiner hat widersprochen. Es stand die Drohung im Raum, dass die Firma sonst Betrugsanzeige gestellt hätte."

„Sicher. Da fällt mir ein, was ist eigentlich aus deiner Abschlussarbeit über die Ehre geworden?"

„Ich kann es nicht mehr hören." Wieso musste ihn plötzlich jeder damit nerven?

„Kein gutes Thema?"

„Nein!" Das kam deutlicher, als Tarne es beabsichtigt hatte. Diese alte, nie abgeschlossene Examensarbeit ließ ihn einfach nicht los. Für ihn war das eine Niederlage, die er vergessen wollte. Er erhob sich, ergriff seine Utensilien und sagte: „Danke für die Trainingseinheit. Kam mir heute gerade recht. Ich glaube, ich werde jetzt duschen, nach Gelsenkirchen fahren und mich im Umfeld einer ganz bestimmten Partei einmal umsehen."

009

Das Ruhrgebiet erstreckte sich über ein Areal von 4450 km², auf dem über 5 Millionen Bürger leben. Die jährlichen Besucher nicht eingerechnet. Es hatte viel Grün und Lebensqualität zu bieten. Und an die 200 Museen, wie Tarne gelesen hatte. Wem diese Form der Kultur wichtig war. Wie viele Kinos oder Theater gab es wohl? Die meisten Leute waren sich – seiner Meinung nach – der Qualität ihrer Region gar nicht bewusst. Der Ruhrpott, wie seine Einwohner die Gegend auch nannten, war der größte Ballungsraum Deutschlands. Genug Arbeit für ihn als Detektiv. Aber um zu seinem Problem zurückzukommen: Wo sollte er in diesem weitläufigen und vielschichtigen Umfeld anfangen zu suchen? Warum also nicht in Gelsenkirchen, wenn sich dort nach Dorfmanns Recherchen mehr Aktivität in der rechten Szene konzentrierte? Also auf!

Der goldene Oktober mit seiner herrlichen Sonne und der fast noch spätsommerlichen Wärme wurde langsam ungemütlicher. Wenn es Herbst im Ruhrgebiet wurde, das war nichts für Tarne. Trotz Nässe, Kälte und Dunkelheit musste er hinaus auf die Straße. Den anderen Menschen hier schien es ähnlich zu gehen, es war lauter als sonst und alle wurden irgendwie aggressiver. Nach dem Training bei Sagatzki fühlte er sich auf jeden Fall erheblich besser und sah dem Tag mit offenen Augen entgegen.

Das *Haus Deutschland* sah abgewrackt aus, war aber größer als gedacht. Es gab Anbauten, vermutlich mit Räumen für größere Veranstaltungen oder Versammlungen, Parkfläche, Garagen und eine Freifläche für einen Biergarten. Überall lagen Stapel mit vergammelten Gartenmöbeln herum. Über allem in alter Schreibschrift *Haus Deutschland*, in Gelb, aber nicht erleuchtet. Der Laden war zu. Tarne strolchte über das Gelände, soweit es begehbar war, versuchte, zwischen den Ritzen der schief in den Angeln hängenden Holztüren der beiden Garagen hindurchzulugen, konnte aber nichts erkennen. Zwei Häuser weiter um die Ecke hing ein quadratischer Leuchtkasten mit dem Logo der Partei, auf die Dorfmann hingewiesen hatte, an einem unscheinbaren Haus. Die Fenster waren vernagelt, die Eingangstür aus massivem Holz, neben dem Gebäude etwas zurückgesetzt, wirkte stabil. An den zwei Schellen waren frühere Namensschilder ausgekratzt und bis zur Unkenntlichkeit überkritzelt.

Hier war niemand anzutreffen. Die Menschen hier im Ruhrgebiet, egal, wo sie wohnten, identifizierten sich mit der Gegend sehr. Es wirkte hier in Gelsenkirchen genauso wie in einem Stadtteil, in dem die Menschen sich geborgen fühlten. Eben nicht alles perfekt und geleckt, sondern auch einmal ein wenig abgewrackt und össelig. Trotz Großstadt ein wenig dörflich. Man kannte sich. Man mochte keine Kopftücher. Wenn etwas passierte, wurde beim Frisör und beim Bäcker getuschelt. Aber die zentrale Informationsverbreitung war immer noch das Büdchen. Da ging alles schnell herum. Jetzt musste er nur noch einen Treff ausmachen. Was gab es denn hier? Ein Sonnenstudio, ein Nagelstudio, einen Supermarkt und gegenüber genau das, was er suchte, eine Trinkhalle. Tarne liebte die Trinkhallenkultur im Ruhrpott.

Bunte Wimpel, Zeitschriften mit Klammern auf ein Holzbrett geheftet und eine Werbetafel, auf der mit Kreide: *Kaffee to go, auch zum Mitnehmen, 1 Euro* angeboten wurde. Das stand tatsächlich da. So etwas konnte es nur im Ruhrgebiet geben. Tarne schmunzelte bei dem Gedanken, dass der Schreiber des Schildes wohl der englischen Sprache nicht mächtig war, und ließ sich einen Becher Kaffee, ein Mettbrötchen und eine *Bild* geben und stellte sich an einen der ehemals weißen Stehtische.

Der Betreiber des Büdchens war ein gesprächiger Typ. Trotz des Andrangs schien Tarne für ihn eine willkommene Abwechslung zu sein. Man kam ins Gespräch.

„Ich kenn sonst jeden hier. Sie sind mir noch nicht untergekommen. Neu zugezogen?"
Tarne stellte sich ein wenig neben das Ausgabefenster, blätterte durch die Zeitung und nippte an seinem Kaffee. Mit jedem Kunden, der dazu kam, wechselte der Inhaber ein paar Worte.

„Hallo Liesbeth, wie immer eine Marlboro und die Zeitung für Otto?", zu Tarne gewandt:
„Is ne nette Gegend hier, ich mach das schon seit 20 Jahren."
Der nächste Kunde stellte sich an.

„Tach, Herr Zeisig, die *WAZ* und den neuen *Perry Rhodan*?"

Tarne mischte sich ab und zu unauffällig in den Smalltalk ein. Es kamen Kommentare wie:

„Wir sind selten nachts draußen. Das kann man ja sowieso nicht mehr, wegen der vielen Ausländer. Und die ganze Kriminalität und so."

„Sie meinen die Kneipe da, *Haus Deutschland*? Also, das ist nichts für uns. In diese Kneipe haben wir schon Leute hineingehen und mit blutiger Nase herauskommen sehen."

„Das ist eigentlich hier eine ruhige Gegend. Hier wohnen nur anständige Bürger im Umfeld. Nein, in unserer Gegend kommt so etwas nicht vor. In dem Laden da? Ja, es ist ziemlich voll oft. Ziemlich viel Betrieb. Gibt manchmal Beschwerden wegen Lautstärke-Belästigung."

„Ja, da laufen mal so ein paar mit rasiertem Kopf herum. Sehen zum Fürchten aus. Tun aber nichts."
Jemand anders erwähnte leise, unter vorgehaltener Hand:

„Ich habe mal mitbekommen, wie die einen Ausländer angemacht haben. Aber, naja, wer weiß schon, was der gemacht hat."
Eine Frau war gesprächiger:

„Ich habe in der Zeitung gelesen, dass da welche bei einer Frau so Hakenkreuze und so etwas an die Wände geschmiert haben. Aber wer das war, weiß ich auch nicht. Hier in unserem Viertel habe ich davon noch nichts mitgekriegt."

„Manche von denen sehen zum Fürchten aus."
Tarne registrierte aus den Augenwinkeln, dass sich gegenüber drei Glatzen zusammengerottet hatten. Als er wieder hinsah, waren es fünf. Sie schauten zu ihm herüber. Es waren böse Blicke. Das Wort *Gewalt* stand ihnen in den Augen geschrieben. Einer, in Lederklamotten, rasierter Schädel, bis auf einen kleinen Deckel mit kurzen schwarzen Haaren oben darauf, trat

wie ein Kind eine leere Bierdose über die Straße, nur aggressiver. Es war Zeit, sich zurückzuziehen.

Der Typ von der Trinkhalle wurde nervös, verkroch sich in sein Häuschen.

„Ich kann Ihnen nicht mehr sagen."

„Sie müssen doch sehen, was sich hier so abspielt."

„Verstehen Sie doch: Sie gehen wieder weg. Ich bleibe hier und lebe davon, den Leuten was zu verkaufen. Was ist, wenn die nicht mehr kommen? Oder sonst sich keiner mehr zu mir traut?"

„Bedroht Sie denn jemand?"

„Das habe ich nicht gesagt. Verdrehen Sie mir nicht die Worte."

Tarne wollte in diesem Stadium der Ermittlung eine Konfrontation vermeiden und entfernte sich langsam. Er hörte noch, wie eine der Glatzen über die Straße kam und orderte:

„Gib mal fünf Flaschen, Kalle. Alles fit? Hast du Probleme?"

„Nein, nichts. Der wollte nur was wissen."

Tarne saß in seinem Wagen und rief Hesse an:

„Könntest du bei deinen Kollegen in Gelsenkirchen in Erfahrung bringen, ob die etwas über eine Kneipe mit dem schillernden Namen *Haus Deutschland* haben?"

Dabei behielt er die Gruppe im Auge.

Der Dickste und Älteste der Gruppe, der mit dem Haartoupet, löste sich nach einem Disput von der Gruppe und kam auf Tarne zu und forderte ihn mit einer pantomimischen Geste auf, das Fenster zu öffnen.

„Schickes Auto haste da. Wat issen dat?"

Tarne legte sein Handy auf den Beifahrersitz.

„Das ist ein Dodge …"

„Sag mal, was willste denn hier?"

70

„Wer will das wissen?"

Er lehnte sich vor, kroch halb in den Wagen hinein.

„Nun pass mal auf, mach hier nicht auf laut, sonst kannste ganz schnell Ärger kriegen."

„Mach du mal halblang, wenn du schön brav bist, kannst du gleich in aller Ruhe zu deinen Kumpeln zurück und denen sagen, dass du es mir aber gegeben hast. Ansonsten ziehst du den Kürzeren."

Der Typ lachte, zog sich aber aus dem Wagen zurück und legte eine Hand auf das Dach.

„Du halbe Wurst? Da muss aber ein anderer kommen, um gegen mich, den schwarzen Roland, anzukommen. Wir wollen nur, dass hier in unserer Gegend alles ruhig ist. Wir sorgen dafür, dass es auch so bleibt."

„Was seid ihr? So eine Art Bürgerwehr oder wie nennt ihr euch? Karnevalsverein? Brr. Ich zittere schon."

Tarne ließ den Motor an.

Roland nahm die Hand vom Wagen, beugte sich herunter und deutete mit zwei gespreizten Fingern in seine Augen.

„Du Witzbold, merk es dir gut: Ich hab dich gesehen und wenn du hier noch einmal auftauchst, dann kriegst du richtig Ärger, klar? Diesmal lass ich dich noch ziehen."

Tarne ersparte sich eine Antwort, gab Gas und nahm das Handy wieder ans Ohr.

„Bist du noch da?"

„Ja, hab alles mitbekommen. Hört sich richtig sympathisch an."

„Die Typen haben hier alles im Griff."

„Brauchst du Hilfe?"

Tarne sah im Rückspiegel, wie zwei aus der Bande in einen alten roten Mazda sprangen und ihm folgten. Er gab Hesse das Kennzeichen durch und die geplante Fahrstrecke.

„Ich schicke einen Wagen. Die Jungs sollen die einmal überprüfen. Sehen wir einmal, ob da etwas vorliegt."

010

Tarne machte sich auf den Weg, die besten Jahre seines Lebens im Stau auf der A40 zu verbringen. Nach dem ersten Eindruck in Gelsenkirchen hatte er sich einen ruhigen Abend gegönnt, dabei die Aufzeichnungen Dorfmanns durchgesehen. Ihm war klar geworden, wie stark die Verfilzung in diesem Bereich war. Nicht vorstellen konnte er sich, wie der Undercoveragent, der sich in der Hooligan-Szene im Westen Dortmunds mit seinen Betonsilos auskannte, ihm weiterhelfen sollte außer mit mehr als nur allgemeinen Informationen. Unterwegs dorthin las er auf einem mit Graffiti über-sprühten Transformatorenkasten, der neben der Auto-bahn stand: *No Nazis*.

Mit schnellen Schritten ging er an dem riesigen gelben Kran vorbei, der im Dunklen darauf wartete, den 200 kg schweren Engel auf die Spitze des größten Weihnachts-baums der Welt zu heben. Der ganze Stolz des Dort-munder Weihnachtsmarktes. Tarne hatte irgendwo gelesen, dass der jedes Jahr aus 1700 Rotfichten zusammengesetzt wurde. In der Wißstraße gab es mehrere Cafés, die bereits geöffnet hatten. Er fand das richtige gegenüber der Nummer 7, das mit Selbstbedienung. Zu dieser frühen Stunde herrschte ein reges Treiben. Alle, die auf dem Weg zur Arbeit in der Stadtverwaltung oder wo auch immer waren, holten sich auf dem Weg ihr Frühstück. Hier traf er auf die ersten Frühaufsteher, graue Gestalten, die zur Arbeit hasteten, ihren alltäglichen Pflichten nachhechelten, ebenso wie auf die letzten übriggebliebenen Ruinen der letzten Nacht. Letztere waren an der Ruhe erkennbar, in der sie den neuen Tag angehen ließen.

Ein unglaublich fetter Typ mit einer schwarzen Lederweste, die sich nicht mehr über seiner Wampe schließen ließ, saß direkt am Fenster. Seine gelockten grauen Haare fielen offen bis über die Schultern herab. Sein Bart war so lang, dass er ihn mit drei Gummibändern gebändigt hatte, einen direkt unter dem Kinn, die andern immer in zehn Zentimetern Abstand. Hals und Hände waren mit Tattoos überzogen. Am Hals lugte ein Totenkopf mit offenem Knochenmund aus dem Kragen. Tarne fragte sich, wo er wohl das Metallica-T-Shirt Größe XXXL her hatte. Seine Börse hatte er mit einer silbern glänzenden Kette gesichert. Ob das der V-Mann war? Tarne überlegte, dass er die gelben Zahnruinen nicht sehen wollte, wenn der den Mund öffnete, um ihm Informationen zu geben.

Tarne sah sich um, solange er in der Schlange stand, um seinen Kaffee zu bezahlen. Hinten in der Ecke saß ein Mann, der so wirkte, dass man ihn sofort wieder vergaß. Das musste er sein. Mitte zwanzig, kurze dunkle Haare und exakt geschnittenen kurzen Bart und einer Baseballkappe, die er verkehrt herum trug. Der Typ wirkte sportlich durchtrainiert, in der Erscheinung fast zu konservativ und gepflegt. Mit einer zerschlissenen Windjacke mit Camouflagemuster wirkte er, wenn überhaupt, eher wie ein unauffälliger Mitläufer der rechten Szene. Tarne wunderte sich, wie er wohl mit diesem Aussehen dort zurechtkam.

Er näherte sich dem Tisch.

„Tarne?"

Tarne nickte.

„Mister Unknown?"

„Ja ja, nenn mich einfach Mütze, so kennen mich alle. Ist immer ein Risiko, jemanden zu treffen. Irgendein dummer Zufall … Hesse meinte, es sei dringend. Worum geht es?"

„Du hältst dich nicht lang mit Vorreden auf. Okay, ich ermittele in diesem Anschlag in Essen. Es wird vermutet, dass der Täter in der rechten Szene zu suchen sei. Können Sie, kannst du mir da weiterhelfen?"

„Hab davon gehört. Wie kommst du darauf, dass es Täter aus der rechten Szene sein sollen?"

„Mein Auftraggeber vermutet das. In den Medien wird es so dargestellt."

„Die Medien. Die sagen viel, wenn der Tag lang ist. Hier hat niemand darüber gesprochen."

„Könnte es denn sein?"

„Das kann man nie wissen. Die Szene ist inzwischen groß und unübersichtlich. Trotz der unterschiedlichen Gruppierungen sind die immer besser vernetzt. Ich kann mich umhören."

„Was bringt diese Leute nur dazu? Ich denke, bei allem, was wir als aufgeklärte Menschen über die Nazizeit wissen, sollte sich niemand mehr dafür interessieren."

„Die Hintermänner sind ziemlich clever. Die machen sich die Musik zunutze, Rechtsrock, alle Jugendlichen, die dahin tendieren, finden Aufnahme und Anerkennung bei den Organisationen in diesen Kreisen.

75

Die Skinheads, bei denen haben die Rechten es geschafft, der ziellosen Gewaltbereitschaft ein Ziel, eine Zugehörigkeit, eine Richtung, wenn du so willst, zu geben. Die sind Schmelztiegel für alle Unzufriedenen geworden. Die arbeiten an der Machtablösung. So nennen die das."

„Du bist doch hier in Dortmund dabei, was kannst du denn über die Leute in Essen sagen?"

„Ich sagte ja schon, die sind inzwischen gut vernetzt. Besser organisiert als unser Polizeiapparat. Das macht die immer gefährlicher. Früher hat sich das immer um die jeweiligen Parteizentralen herum in den Stadtteilen konzentriert. Du kommst aus Essen? Ich kenne einen, der wohnt in Kray-Leithe."

„Ich komme aus Kray, da ist mir noch nie so direkt etwas aufgefallen."

„Man sollte auch nicht die Stadtteile und alle Bewohner verteufeln. Die wissen oft nicht, was sich da in ihrer Mitte abspielt. Die wohnen halt überall. Durch die neue Organisation kann man das nicht mehr örtlich begrenzen, da jeder zu jeder Zeit überall erreichbar, verschiebbar, einsetzbar ist. Und wenn etwas los ist, reagieren die dadurch natürlich sehr schnell. Die wirklich Gefährlichen sind die Hintermänner. Die sind meist unauffällig. Das ist mein Auftrag, mehr über die herauszubekommen."

„Ja, das hab ich schon gehört. Aber wo treffen die sich denn, wenn es notwendig ist? Halten die Versammlungen ab oder so etwas?"

„Im Umfeld gibt es da …", er überlegte, „… Gelsenkirchen Marienstraße, Nähe Hochstraße, das ist Buer und auch Ückendorf, in Bochum Günningfeld. Auch Wattenscheid." Pause. „Aber, wie gesagt, das sind nur Adressen, von einzelnen Personen. Wo die sich treffen, das ändert sich häufig. Für die aus Sicherheitsgründen. Für uns ist es dadurch schwerer. Wenn, dann gibt es einmal diese, dann jene Kneipe, so eine Art Vereinslokal oder Parteilokal, man könnte auch sagen, heimliche Zentrale, da finden Parteiversammlungen im Hinterzimmer statt. Oder Partyräume in Schrebergarten-siedlungen, Partykeller, alte Turnhallen, wo die Zugang haben. Das wechselt ganz schnell."

„Ich war gestern in Gelsenkirchen, im Umfeld einer Kneipe, die *Haus Deutschland* heißt …"

„Jetzt, wo du es sagst. Ich höre da in der Richtung so einiges. Ziemlich merkwürdig. Aber es scheint tatsächlich so, als wenn sich eine bestimmte Szene aktuell in Gelsenkirchen konzentriert. Aber Genaueres weiß ich noch nicht. Weder wer noch, um was es geht. Es bewegt sich was. Aber alle halten sich bedeckt. Es herrscht viel Aufregung, aber keiner sagt, warum. Aber nach meinen Erfahrungen kann es morgen schon wieder woanders sein.

Viel gefährlicher als diese Gruppen gestörter Jugendlicher sind aber meiner Meinung nach deren Verführer. Die Leiter, die wissen im Gegenteil zu den jungen Leuten genau, was sie wollen. Die nutzen alle Strategien, die gewaltbereiten Jugendlichen für ihre Zwecke einzu-spannen. Die Schläger … – so wie ich die einschätze, haben die nicht die erforderlichen Fähigkeiten. Wenn du da jemanden suchst, der den Überblick hat, so ein Attentat zu planen, zu organisieren und durchzuführen, dann musst du weiter oben suchen."

„Wie?"

„Das versuchen wir. Darin besteht vor allem meine Aufgabe."

„Kannst du mir denn etwas über Sprengstoff sagen? Haben die Zugang, bei wem oder wo könnte ich in dieser Szene dafür Ansprechpartner finden?"

„Tja, Dortmund-Hacheney, dort haben wir gerade einen Einsatz gehabt. Nachbarn haben eine Schießerei in einem Haus gemeldet. Ich wusste wohl, dass dort ein Waffenlager war, aber wir brauchten einen Tipp von draußen, damit ich gedeckt war. Daher kam uns der Nachbar ganz recht. Unsere Jungs sind da mit einer Einsatzgruppe gekommen, das glaubst du nicht. Und was haben sie gefunden: einen Haufen Waffen und Sprengstoff, in Massen, damit hättest du alle Einkaufszentren des Ruhrgebiets in die Luft jagen können. Aber wen du da ansprechen kannst … wüsste ich nicht. Ich hör mich aber gerne um."

„Wenn du etwas erfährst, kannst du mir die Info auf mein Handy schicken?"

„Nein, du kannst keinen Kontakt zu mir aufnehmen. Ich schicke auch keine SMS, WhatsApp oder Mail. Alles zu gefährlich. Es läuft nur so. Wenn ich etwas habe, dann informiere ich meine Kontaktperson und das wird dann an dich weitergeleitet. Aber diese Kneipe, *Haus Deutschland*, das hört sich doch ganz vielversprechend an. Sinnigerweise ein echt passender Name. Das ist doch in der Nähe einer Parteizentrale, soweit ich weiß."

Tarne kam sich ein wenig abgefertigt vor. Nichts Konkretes. Nur Schwafelei. Sollte er hier verschaukelt werden oder was?

Auf dem Rückweg quälte er sich durch den Berufsverkehr. Wieder einmal umsonst, für Nüsse, durch die Hauptschlagader, die A40 hinauf und hinunter, an der die Städte des Ruhrgebiets aufgereiht lagen wie Perlen an einer Kette.

Zwischen den beiden Songs *Happy* und *No Roots* berichtete WDR 2 über Polizeiaktionen gegen Neonazi-Gruppierungen.

… bei Durchsuchungen in Essen, Gelsenkirchen, Dortmund und anderen Ruhrgebietsstädten wurden zwölf Personen vorläufig festgenommen. Es wurden mehrere

Schusswaffen, Messer und Schlaginstrumente sicher-
gestellt ... "

Das konnte doch nicht wahr sein, aus dem Rundfunk
bekam er mehr Informationen als von diesem
Undercover-Typen.

011

Nach dem frühen Start würde er sich jetzt ein
ausgiebiges ruhiges Frühstück genehmigen. Er steuerte
den Essener Süden an. Der gemütliche Isenbergplatz und
das Umfeld boten jetzt genau das richtige Flair, um seine
Stimmung etwas zu verbessern. Auf dem Weg entschied
er sich für das *Café Livres*, Moltkestraße, Ecke
Rellinghauser. Es wirkte so leicht, schon von außen, mit
seiner weißen Einrichtung und den vielen Büchern, die
durch die großen Scheiben zu sehen waren. Früher
beherbergten die Räumlichkeiten über Jahrzehnte ein
Reisebüro, das sich in Zeiten der Online-Buchungen
vermutlich nicht mehr rentiert hatte. Jetzt konnte er ein
Frühstück vertragen.

Tarne ließ seinen Dodge gegenüber auf dem Parkplatz
von *Edeka*, früher *Kaisers*, zurück und machte es sich
zwischen den Büchern am Fenster gemütlich. Von hier
konnte er auf das Treiben an der Haltestelle *Moltkestraße*
hinausschauen. Zwei Tische waren jeweils mit zwei
Frauen besetzt, an einem anderen saß ein Pärchen. Sonst
befanden sich noch zwei einzelne junge Mädchen und

ein Rentner im Raum. Er wählte einen Platz mit Blick nach draußen und bekam sein Rührei mit Speck und ein mit Käse überbackenes Croissant auf das Thekenbrett vor dem Fenster serviert. Der erste Schluck des aromatischen Kaffees drängte jede Unzufriedenheit über den bisherigen Fortschritt seiner Ermittlungen in den Hintergrund. Die blondlockige Kellnerin trug ihr Oberteil so, dass es eine Schulter freigab. Wenn sie sich nach einem Glas oder einer Tasse reckte, ermöglichte sie Tarne einen bewundernden Blick auf die minimale Rundung eines geahnten Bauchansatzes und einen wunderhübsch ausgeprägten Bauchnabel.

Die Straßenbahn quietschte um die Kurve am Fenster vorbei. Leute drängten sich an der Haltestelle, während zwei Männer in blauen Latzhosen die Schaukästen und Windschutzscheiben reinigten. Der kleine Eisladen *I Am Love*, der in einer Durchfahrt entstanden war und in dem man ausgefallene Eissorten aus Datteln, Gurken oder Lakritz bekommen konnte, war noch geschlossen. Bei dem Wetter sah es auch nicht so aus, als wenn sich mit Eis heute ein Geschäft machen ließ. Daneben lag der Laden mit den Flohmarktartikeln, in dem jeder sich für den Verkauf eigener Waren meterweise Angebotsfläche mieten konnte. Tarne versuchte von seinem Standort aus einige der dort angebotenen Kuriositäten im Schaufenster zu erspähen. Hier lebte die Stadt. Der Straßenlärm kam gedämpft herein.

Das Handy, das er neben seinem Teller deponiert und auf dem er die Nicht-Stören-Taste wieder deaktiviert hatte, meldete mit wohlbekanntem Klingelton, dass ihn jemand sprechen wollte. Das Display zeigte, dass es Hesse war. Er betätigte die Taste mit dem grünen Hörer. Weiter auf dem letzten Bissen des Käsecroissants herumkauend, schmatzte er ein kaum verständliches „Ja. Mmh?"

„Störe ich dich beim Frühstück?"

„Hört man das?"

„Nein, gar nicht. Kannst du zuhören?

„Klar."

„Tja, ich weiß nicht, wie du auf Gelsenkirchen gekommen bist, aber du liegst da wohl nicht so verkehrt. Ich könnte mir vorstellen, dass da mehr los ist in der Richtung als bisher allgemein bekannt. Nach deinem Anruf habe ich bei den Kollegen dort angefragt. Was die erzählen, da sträuben sich die Haare, sag ich dir. Es gibt da ein Parteibüro und in der Nähe diese Kneipe, nach der du gefragt hast. Die ist einschlägig bekannt. Um das Lokal herum gibt es bei unseren Kollegen in Gelsenkirchen sehr häufig Meldungen und Einsätze: ruhestörender Lärm, Gewalt, Schlägereien. Zu verschiedenen Tages- und Nachtzeiten Anrufe von Anwohnern. Die Bewohner in der Umgebung hätten teilweise Angst, abends zu spät nach Hause zu kommen. Es gab auch schon einen Einsatz mit drei Mannschaftswagen und mehreren Hundertschaften. Allgemein herrscht die Stimmung vor, wer seine Nase in diese Kneipe steckt und da nichts zu suchen hat, kriegt einen drauf. Nachts steht oft ein Pulk vor der Tür. Also alles in allem, ich kann bestätigen: *Haus Deutschland* ist der Hammer. Nach Aussage der dortigen Kollegen."

Tarne hatte inzwischen den letzten Bissen hinuntergeschluckt und unterbrach Hesses Bericht immer wieder mit bestätigendem Brummen.

„Diese Typen, die dich verfolgt hatten, mussten wir wieder laufen lassen. Ich habe die Personalien, aber da gegen sie nichts vorlag, konnten wir sie nicht festhalten. Falls du Anzeige erstatten willst. Aber mehr als ein Fall für den Schiedsmann wird es kaum geben. Sie haben abgestritten, irgendjemandem hinterhergefahren zu sein."

„Das war ja zu vermuten. Um ehrlich zu sein, ich habe noch eigentlich gar nichts. Außer meinem

Erstaunen, was sich in dieser Szene hier mitten zwischen uns abspielt."

„Genau genommen wundert mich das nicht. Sieh dir doch das Ruhrgebiet an, nach außen, an der Oberfläche, alles hübsch und fein, aber darunter brodelt es doch. Jede Art von Kriminalität, die du dir nur denken kannst. Wieso sollte es die Neonazis nicht auch hierhin ziehen? Du hörst dich müde an?"

„Ha! Kein Wunder bei dem frühen Termin, den du mir aufs Auge gedrückt hast."

„Na hör mal …"

„Ja, ja, schon okay."

„… dieser Informant, der ist zwei Monate durchgehend in der Szene. Wir hatten wochenlang keinen Kontakt, jetzt meldet er sich häufiger mit wichtigen Mitteilungen. Immer nur kurz. In der ganzen Zeit hat er seine Freundin nicht gesehen. Das nenn ich mal einen Einsatz. Die sind beide Mitglieder in einer Freikirche. Setzen sich mit voller Überzeugung für ihre Aufgaben ein. Und du beschwerst dich."

„Ich weiß, ich weiß, bin ja auch froh, dass du deine Beziehungen spielen lässt." Tarne wollte wieder schön Wetter machen. „Wie läuft es denn mit deinem Sohn? Du hattest beim Grillen so etwas angedeutet?"

„Ich sag dir, da machst du was mit. Seit der in der Pubertät ist, nur noch Stress! Du kennst bestimmt noch die Sprüche, die wir von unseren Eltern gehört haben? So etwas wie: *Solange du deine Beine unter meinen Tisch stellst …?*"

„Klar, habe ich auch zu hören bekommen."

„Ich hatte mir wirklich geschworen, wenn ich einmal Kinder habe, ich werde das nie sagen. Ich habe das so gehasst. Weil man konnte sich gegen diesen dämlichen Spruch ja nicht wehren. Heute weiß man nicht, wie soll man sich gegen den Rabauken durchsetzen."

„Und? Hast du es ihm auch gesagt?"

„Nein. Besser. *Junge, habe ich gesagt, in Deutschland herrscht zwar Demokratie, aber hier bei uns im Haus hat es sich mit Demokratie, hier gibt es nur eins, und das ist Diktatur. Und das heißt, hier wird gemacht, was ich sage. Klar?*"

„Super. Dann hast du es ihm aber gegeben. Hat es gewirkt?"

„Nee, ich glaube, nicht wirklich. Er ist aufmüpfig wie eh und je."

„Lass mal, wenigstens hast du es versucht. Das gibt sich wieder."

„Darauf warte ich schon lange."

Beide lachten entspannt. Die Speisen und Getränke hatten in Tarne ein wohliges Gefühl verbreitet. Seine Unruhe war verschwunden.

„Wo wir gerade über unseren V-Mann sprachen, ehe ich es vergesse, du sollst eine Nummer in Dortmund anrufen, aber erst um Punkt 18 Uhr. Jetzt schläft er wohl erst einmal. Aber er habe etwas für dich. Das ist eine der wenigen Telefonzellen, die es noch gibt. Er erwartet dort deinen Anruf."

„Danke. Das ging ja schnell. Da bin ich aber gespannt."

„Also, ganz ehrlich, aber wenn ich du wäre, würde ich die Finger davon lassen. Das ist unsere Aufgabe, dafür ist die Polizei da. Aber ich weiß ja, du hältst dich sowieso nicht an meine Ratschläge. Also, wenn, dann würde ich an deiner Stelle weiter in Gelsenkirchen bohren. Das heißt aber auch, ich befürchte, dass du Ärger kriegst, wie üblich. Aber aufgeben? So etwas kommt für dich ja eh nicht in Frage." Hesse stöhnte. „Und achte darauf, unsere Unterstützung in diesem Fall, das ist keine Einbahnstraße. Wenn du etwas hörst, will ich es erfahren. Und zwar sofort. Und denk an deinen Termin mit Anne Klar."

Nach dem Abschluss des Gespräches sah Tarne die kleine rote 1, die eine Voicemail anzeigte. Er hörte die Mailbox ab. Es war Paul Esser, sein Auftraggeber.

„Und?", hörte er, „Noch nichts? Ich muss rechtzeitig Bescheid wissen, damit wir Sendeplatz freihalten können. Wenn du etwas Interessantes hast … melde dich! Halt dich ran. Ich baue auf dich! *You know*? Ich höre von dir!"

Jetzt galt es, sich auf konstruktive Gedanken zu konzentrieren. Er hatte Dorfmanns gesammeltes Wissen erhalten, mit dem V-Mann gesprochen und die Stimmung in Gelsenkirchen vor Ort in einem ersten Kontakt mit diesen Typen erlebt. Das war aber noch ganz und gar nicht das, was sich Paul Esser wünschte. Außer Hintergrundinformationen hatte er für seinen Auftraggeber noch nichts in der Hand. Was konnte er mit dem ganzen Wust anfangen? Diesen unübersichtlichen Dschungel, dieses scheinbar undurchdringliche Dickicht würde er durchdringen. Nur, wo ansetzen? Ach was, einfach anfangen, ein paar Steine hochheben und darunter schauen, was für Ungeziefer hervorkriechen würde. So leicht ließ er sich nicht entmutigen. Er nicht.

Durch die Tür kam Charly herein. Begleitet von Lärm und einer Windböe von draußen. Das Wetter wurde schmuddeliger. Charly war Taxifahrer. Er besaß einen eigenen Wagen, also war er sogar Taxiunternehmer. Das durfte man nicht verwechseln. Sonst wäre Charly sauer, und das brauchte man nicht. Dann konnte es passieren, dass er schon einmal volle Biergläser durch Kneipen warf. Aber jetzt machte er Pause auf einen schnellen Kaffee. Sonst war er ein sehr gemütlicher Mensch. Charlys Kopf war rund wie eine Bowlingkugel, auch genauso blank. Den kleinen verbliebenen Haarkranz hatte er so kurz geschoren, dass er wie ein Schatten wirkte. Eine Fliegerbrille und wulstige Lippen verzierten die Kugel. Er trug eine kurze, ehemals braune Leder-jacke, die einen Strickkragen hatte, der so speckig war, dass man eine Großküche damit versorgen könnte. Tarne und Charly hatten eine gemeinsame Vergangenheit: Er hatte Charlys Frau einmal aus der Patsche geholfen und seitdem war der anhänglich und wollte Tarne bei jeder Gelegenheit den Gefallen zurückzahlen.

„Hi, Tarne. Was machst du denn hier? Ist doch gar nicht dein Gebiet. Du bist doch sonst immer auf der Rüttenscheider?"

„Du doch auch. Was machst du hier?"

„Ist nett hier. Rüttenscheider ist doch nichts mehr los."

Tarne hatte den Eindruck, als wenn Charly dabei die Kellnerin im Auge hatte.

„Soll ich dir einen Kaffee ausgeben?"

„Danke Charly, bin gerade im Aufbruch, soll ich dir einen spendieren?"

Er zierte sich, nahm dann aber doch Tarnes Angebot an.

Tarne hatte es im Gefühl. Es tat sich etwas. Sein Instinkt sagte ihm, dass er in Gelsenkirchen weiterkommen wür-de. Irgendetwas zog ihn geradezu dort hin. Jetzt würde er Anne Klar kennenlernen. Auf nach Gelsenkirchen-Buer, dort würde er sie vor ihrem Büro abholen.

012

Buer-Mitte. Treffpunkt war der Parkplatz an der Markthalle. Dieses alten Hallen nachempfundene Gebäude,
auf einem ehemaligen Bunkergelände errichtet, stand
seit Jahren leer. Sehr zum Ärger der Buerer, hatte Tarne
gehört. Das konnte nur sie sein. Sie stand vor den Stufen,
die zur Markthalle hineinführten. Die blaue Jeans
umschmeichelte ihre perfekten Formen. Das schwarze
Business-Jackett teuer und edel, obwohl das nicht nötig
gewesen wäre – an ihrer Figur hätte alles edel
ausgesehen.
In ihren Stiefeln kam sie ihm so vor, als wenn sie wüsste,
was sie wollte. Tarne merkte sofort, dass sie etwas
Besonderes war. Sie wirkte feminin, dabei aber auch
tough, und sie vermied es, jedwede Art von sexuellen
Signalen zur Schau zu stellen. Sie sendete nicht die
üblichen Botschaften wie ihre Geschlechtsgenossinnen,
die sich Anerkennung und Vorteile über das kokette
Zurschaustellen ihrer Sexualität holen. Aber genau das,
dass sie das nicht tat, das Erwartete, das löste bei ihm
eine starke Begehrlichkeit aus. Verbarg sich hinter dieser

Fassade eine ausgeprägte Begierde und Leidenschaft? Oder war das nur seine Wunschvorstellung?

Einen Arm auf dem Fenster fragte Tarne:

„Anne Klar?"

Tarne schätzte sie zwischen 25 und 28. Ihr Gesicht wurde dominiert durch hochstehende Wangenknochen, dunkle große Augen, schwarz umrandet. Wirkte französisch. Mit ihrem Aussehen hätte sie sämtliche aktuellen Stars in Hollywood ausgestochen. Schwarze Haare halblang, glatt geschnittener Pony, helle, gepflegte Haut.

„Das bin ich."

Ohne Zögern – Angst oder Unsicherheit schien sie nicht zu kennen – kam sie auf den Wagen zu. Sie war kleiner als sie im ersten Moment gewirkt hatte. Sie bewegte sich wie eine Katze, Sportlerin oder auf dem Laufsteg.

Tarne stieg aus und ließ die Fahrertür auf, ging ihr auf dem Bürgersteig entgegen und stellte sich vor,

Ihre Hand war kühl, der Druck fest.

„Sie kennen den Weg? Dann fahren Sie besser."

Es kostete Tarne große Mühe, seine Augen nicht ihren Körper hinauf und hinunter begutachten zu lassen. So billig wollte er sich nicht zeigen. Aber es bereitete ihm wirklich eine enorme Kraftanstrengung.

Sie stellte Rückspiegel und Sitz ein.

„Ein tolles Geschoss, das Sie mir so einfach anvertrauen."

Tarne betrachtete mit Vergnügen ihren schlanken Hals und die Linie, wie dieser in die Schulterpartie überging. Perfekt und verführerisch.

Erst herrschte Schweigen, Anne klar fuhr zügig, sicher und routiniert.

„Ich hätte Sie auch direkt an Ihrem Büro abgeholt."

„Das ist nett, aber da hätten Sie nicht halten können. Fußgängerzone. Ich residiere in einem Haus mit einer Anwaltskanzlei. Ganz vornehm, mit Säulen am Eingang", scherzte sie.

Tarne ließ seinen Blick über die graue Umgebung schweifen.

Anne begann erneut in das Schweigen hinein:

„Ich nehme an, Harald hat Ihnen erzählt, dass ich früher bei der Polizei war."

Tarne brauchte einen Moment, bis er den Vornamen mit seinem Freund verband. Sie waren es gewöhnt, sich mit den Nachnamen anzusprechen. Ihre Art von Frotzelei.

„Ja. Er erwähnte so etwas."

„Hat er sonst noch etwas gesagt?"

„Nur das Beste."

„Davon gehe ich aus."

Sie lachte und warf ihm einen Blick zu.

„Wie sind Sie zu ihrem Beruf gekommen?"

„Interessiert Sie das wirklich? Ist eine langweilige Geschichte."

„Natürlich."

„Habe erst als Student als Nebenjob in diversen Kaufhäusern im Ruhrgebiet und weiter weg aufgepasst, dass niemand etwas klaut. Und dann kam eins zum anderen und plötzlich war das mein Hauptberuf"

Tarne schwieg und begann nach einer Pause mit einem neuen Thema.

„Sollte ich etwas über diesen, wie soll man ihn nennen, diesen Typen wissen? Was ist Ihr Interesse an ihm?"

„Ich weiß nur, dass er aus der rechtsradikalen Szene kommt und angeblich aussteigen will. Da kümmern sich irgendwelche Sozialarbeiter um ihn und es gehen Verhandlungen mit der Polizei. Er behauptet, Schutz zu benötigen, weil er auf deren Abschussliste stände. Er wüsste zu viel über illegale Aktivitäten. Er soll eventuell in ein Zeugenschutzprogramm kommen, falls er überhaupt etwas zu sagen hat und sich nicht alles als heiße Luft herausstellt. Aber entscheiden muss das die Staatsanwaltschaft. Ich persönlich hoffe auf Hinweise, die mich zu einer gesuchten Person führen."

Inzwischen näherten sie sich ihrem Ziel. Walter-Bälz-Straße. Dann abbiegen. Es musste eine der Sackgassen sein, die vom Regenkamp abzweigten. Es war das einzige Haus mit alten Fenstern. Alle anderen waren renoviert.

013

Die ockerfarbenen Klinker – wie die Klos in den 60er Jahren von innen – des Hauses wurden nur noch durch Moos und Spinnweben zusammengehalten. Die Tür wurde ihnen geöffnet, bevor sie schellen konnten. Es sah so aus, als wenn derjenige, der sich als ein Sozialarbeiter vorstellte, auf sie gewartet hatte. Im Flur roch es nach Urin, kaltem Kohl und hundert Jahren Fäulnis. Wie in den meisten dieser alten Gemäuer.

    „Riecht wie in meinem Geburtshaus.“

„Wo lag das denn?“

    „Altenessen. War ein altes Zechenhaus. Hat mein Vater damals preiswert erworben. Der Geruch vermittelt mir immer den Eindruck, dass man genug zu essen bekommt, aber nicht gerade das Beste.“

Anne Klar schaute von einem zum anderen. Von der engen Diele, die sich durch das ganze Haus zog, gingen mehrere Türen ab. Sie standen neben der Garderobe, deren Rückseite mit Bast bespannt war, an einer kleinen Kommode, über der eine gebogene Wandlampe mit Tulpenschirm mickriges Licht verteilte.

Der Sozialarbeiter flüsterte ihnen zu:

„Hatten Sie schon mal Kontakt mit einem dieser Neonazis? Sie werden sich wundern. Nehmen Sie das alles nicht so ernst. Obwohl es das eigentlich ist. Eher traurig, möchte ich fast sagen."

„Ja, habe schon mit diesen Typen zu tun gehabt."

„Aber bestimmt nicht mit so extremen, das kann ich mir nicht vorstellen. Der ist anders. Sie werden sehen. Sie glauben nicht, was der so alles von sich gibt. Das ist sogar für uns schwierig."

Die beiden Sozialarbeiter vor Ort, die sich um den Aussteiger kümmerten, stellten sich vor: Markus Schleicher, Strickjacke mit Lederflicken auf den Ellenbogen über ockerfarbener Cordhose mit ausgeleierten und abgewetzten Knien. Daniela Brühne, rote lange kräftige Haare, die sie während des Gespräches immer wieder öffnete und erneut flocht und hochsteckte, wie um die ganze Zeit ihre Hände zu beschäftigen.

„Wir sind von der Beratungsstelle und helfen bei Ausstieg aus der Szene und Umerziehung", begann Markus Schleicher.

Seine Kollegin warf ein:

„Umerziehung ist kein gutes Wort, ich nenne es lieber Reintegration in die Gesellschaft. Der Biberneid hier, der nimmt sich unglaublich ernst. Als wenn er der Nabel der Welt wäre." Sie reichte Tarne einen ockergelben Heftordner.

„Wenn Sie einmal in die Akte schauen wollen?"

„Die halten sich doch alle für die Größten", warf ihr Kollege dazwischen, „seit der diese abbruchreife Hütte von seiner Oma geerbt hat, glaubt der doch, er sei der King! Der fühlt sich jetzt reich und glaubt, nie mehr arbeiten zu müssen. Aber das hat er ja sowieso noch nie. Mit Verlaub, die arme alte Frau hat ihm wohl immer den Arsch nachgetragen."

Tarne bekam mit, wie Daniela Brühne ihren Kollegen strafend anschaute. Für sie war das wohl respektlos.

Tarne legte die Akte auf die Kommode im Flur, blätterte darin herum und verweilte auf der einen oder anderen Seite, um ein paar Stichworte zu überfliegen. Anne Klar stellte sich dicht neben ihn und schaute mit hinein. Wenn es ihr zu schnell ging, legte sie ihre Hand auf seine und verhinderte ein vorzeitiges Umblättern.

Biberneid, Thorsten, geb. Castrop-Rauxel, 19 Jahre.
Vater Gerüstbauer, vom Gerüst gefallen, halbseitig gelähmt, Frührente.
Mutter Hausfrau, früher Verkäuferin.
In Grundschule Spuren von Misshandlung am Körper festgestellt.
Jugendamt eingeschaltet.
Schlägereien
Sozialstunden
Jugendarrest
Partydrogen, Speed, Ecstasy

Im Ordner befand sich auch ein psychologisches Gutachten, das irgendwann einmal erstellt worden war. Auch diesem entnahm Tarne nur kurze Stichworte:
... Biberneid sei immer der Macht der Eltern ausgeliefert gewesen, habe nicht tun dürfen was er wollte, überall sich Regeln unterwerfen müssen, in der Schule, bei Arbeitgebern und beim Fußball ... habe ihm nicht gefallen und ihn früh aggressiv gemacht ... nicht gelernt, sich zu beherrschen ... als er auf die Gruppe gestoßen war, habe seine Aggression plötzlich eine Richtung bekommen, ... für ihn habe das seinem Leben Sinn gegeben ... jetzt war er nicht mehr nur gegen alles, sondern er habe ein Ziel, er kämpfte für etwas ... seine Gesinnung wurde durch die Anerkennung dieser

Peergroup verstärkt ... Großmutter mütter-
licherseits hatte ihm immer Schutz geboten ...
für sie war der Junge ein Heiliger und alle
anderen schuld an seiner Misere ...
In diesem Tenor ging es weiter. Als Letztes registrierte
er noch eine Diagnose:
Antisoziale Persönlichkeitsstörung

Tarne schaute Anne Klar fragend an und nahm ihr
Nicken als Bestätigung, dass auch sie genug gesehen
habe.

Er händigte der Sozialarbeiterin Daniela Brühne, die
geduldig wartete, die Akte wieder aus.
„Scheint ja ein schwerer Fall zu sein."
Sie verdrehte die Augen und zuckte mit den Schultern.
„Wenn Sie mich fragen, der redet nur Dünnschiss,
ganz ehrlich. "
„Dabei bist du doch diejenige von uns, die sonst
immer alles positiver beurteilt", sagte ihr Kollege.
Sie zuckte nur genervt mit den Schultern.
„Wir werden sehen."
„Der Typ heißt Thorsten Biberneid. Wir versuchen schon seit zwei Tagen, ihn umzudrehen", raunte
uns der Sozialarbeiter zu, „haben uns die ganze Zeit
bemüht, uns gegenseitig immer wieder abgelöst. Es
immer wieder mit Zuspruch und Gegenargumenten
versucht. Wenn überhaupt, nur mit minimalem Erfolg,
soweit ich das einschätze."
„Ich bin mir überhaupt nicht sicher, ob er wirklich aussteigen will. Er scheint nur vor irgendetwas oder
irgendwem große Angst zu haben", meldete sich Daniela
Brühne wieder zu Wort.
Tarne dauerte das Ganze zu lange.

„Können wir ihn jetzt sprechen? Wir brauchen dringend Informationen. Seine Unterstützung ist wichtig und es eilt."

Markus Schleicher wiegte zweifelnd den Kopf hin und her.

„Wir bearbeiten ihn gemeinsam."

„Können wir nicht alleine mit ihm sprechen?"

„Stellen Sie sich das nicht so einfach vor. Wir hatten ihn schon ein wenig bearbeitet, dass wir glaubten, jetzt ist etwas mit ihm anzufangen. Aber als wir ihm sagten, dass Sie heute kommen, ist es, als wenn alles wieder wie weggeblasen ist. Wie ein trotziger kleiner Junge. Als wenn er sich noch einmal mit allen seinen alten Seiten zeigen will. Es ist, als wenn wir wieder ganz am Anfang wären. Man muss erst einmal wieder eine Beziehung zu dem Jungen aufbauen. Es ist zum Mäusemelken."

Tarne spürte, wie eine Ader an seiner Stirn anschwoll und zu pulsieren begann. Sein ureigenstes Warnsignal für anwachsenden Ärger.

„Wollen Sie mir meinen Job erklären? Ich mache das schon seit Jahren."

Markus Schleicher warf seiner Kollegin einen sorgenvollen Blick zu:

„Die Regularien geben uns das Recht zu entscheiden, ob Sie mit ihm reden dürfen. Die Staatsanwaltschaft hat uns eine Woche genehmigt. Ziel ist, ihn so weit zu einem Umdenken zu bewegen, dass wir ernst zu nehmende Aussagen erhalten, die vor Gericht standhalten. Nur dann hat er die Chance auf eine neue Identität. Es hängt viel für ihn davon ab. Ich will nicht, dass unsere Anstrengungen noch mehr zunichte gemacht werden."

„Regularien …"

Tarne wurde in seinem Satz unterbrochen, da Anne Klar ihm mit der Stiefelspitze auf seine Fuß trat und sagte:

„Ich bin sicher, dass es sehr hilfreich sein kann, wenn wir gemeinsam unsere Erfahrungen in das Gespräch einbringen."

Als Sozialarbeiterin verstand sich offensichtlich auch Daniela Brühne auf jede Art der Deeskalation.

„Markus, hör mal, was haben wir denn bisher erreicht? Er lässt sich noch nicht einmal ärztlich untersuchen. Er steht garantiert die ganze Zeit unter Speed. Es kann nur nützlich sein, wenn wir es zusammen versuchen."

Fehlt nur noch, dass sie gemeinsam zum Klo gehen, dachte Tarne.

Markus Schleicher stimmte der Vorgehensweise endlich mit einem vorsichtigen Nicken zu.

„Aber seien Sie vorsichtig", konnte er sich nicht verkneifen, Tarne mit auf den Weg zu geben.

014

Als sie die Küche betraten, saß Thorsten Biberneid mit einem stark verschmutzten Feinripp-Unterhemd und einer Jogginghose am Küchentisch. Die Arme aufgestützt, Haare fettig, richtig schmierig. Der Raum stank nach Alkohol und Schweiß.

„Was seid ihr denn für welche? Wollt ihr mich auch retten?", fing er sofort an.

Mager, ausgemergelt, im knalligen Licht der Neonröhre, waren jeder einzelne Bartstoppel, jede Unregelmäßigkeit der Haut, jeder Pickel zu sehen.

Daniela Brühne versuchte offensichtlich, da wieder einzusteigen, wo sie unterbrochen worden war.

„Thorsten, sag uns doch einmal, ob du wirklich glaubst, dass das alles in Ordnung war, was die Nazis gemacht haben."

Er sah sie mit großen Augen an, stöhnte und stellte die Ellenbogen auf den Tisch und legte den Kopf auf beide Hände.

„Ach, Schwester, das haben wir doch schon durchgekaut. Woher weißt du denn, dass das, was ihr mir über die Nazis erzählt, stimmt? Warst du dabei? Meine Leute haben mir das anders erklärt. Was soll man denn da glauben?"

Er trank aus der Flasche Bier, die auf dem Tisch stand, und warf die Flasche dann an die Wand neben dem Herd. Die Splitter flogen durch den halben Raum.

„Muss das denn sein?", fragte die Sozialarbeiterin.

Er stand auf und holte ein neues Bier aus dem Kühlschrank. Dann rückte er den Stuhl so weit vom Tisch zurück, dass er nur noch an den Tisch kam, wenn er sich weit vorbeugte. Das Ganze führte er mit abgehackten Bewegungen durch und knallte dabei mit dem Stuhl auf den Fußboden.

„Das ist mein Haus. Da kann ich machen, was ich will." Um diese Aussage zu unterstützen, schleuderte er den Kronkorken quer durch den Raum.

„Ich weiß auch nicht, was ihr wollt. Wir werden doch von euch, von den Bürgern, zu Extremisten, weil ihr das so erwartet. Mit anderen Worten: Ihr seht uns so, also erfüllen wir eure Erwartung."

Er schaute sich stolz um, als keiner widersprach, und schien nicht zu merken, wie genervt alle von seinen Erklärungen waren.

„Gehören denn nicht zu unserem Vaterland viel mehr Gebiete? Das, was die uns nach dem Zweiten Weltkrieg weggenommen haben, steht uns das nicht rechtens zu? Das ist doch eine ganz große Sauerei. Ganze Gebiete zum Beispiel von Polen, ist das nicht unser? Unser Land und unser Volk muss gerettet werden vor diesem ganzen Betrug und dem, wie wir von anderen geschluckt werden."

Für Tarne klang das so, als wenn die Sozialarbeiter noch viel Arbeit vor sich haben würden, falls sie es überhaupt schafften, diesen Menschen zum Umdenken zu bewegen.

Biberneid nahm einen Schluck Bier und knallte die Flasche so auf den Tisch, dass etwas herausspritzte. Die Sehnen am Hals spannten sich, der Adamsapfel ruckte rauf und runter.

Tarne meinte zu erkennen, wie er sich in seiner Aufregung bei seiner Argumentation völlig verkrampfte.

„Wenn die da oben das mal einsehen würden, dann hätten wir hier keine Schmarotzer mehr, keine Ausländer und unser eigenes Volk hätte genug Arbeit. Dann gäbe es so etwas wie Kinderarmut nicht, oder etwa nicht?"

Auf Tarne wirkten die beiden Sozialarbeiter, als wenn sie völlig am Ende wären. Sie hatten ja bereits zwei Tage endlose Diskussionen hinter sich. Der hörte sich ganz und gar nicht nach Aussteigen an. Wer weiß, ob der Typ sich mit dieser Masche nicht nur um irgendeine Strafe herumdrücken wollte.

Der Neonazi, der angeblich aus der rechtsextremistischen Szene aussteigen wollte, setzte seine Parolen fort.

„Volksfront vor. Das ist doch ein Ziel, eine Vision, für die kämpfen wir. Das ist doch was Gutes. Wieso versteht ihr das denn nicht?", schrie er mit sich fast hysterisch überschlagender Stimme. Dann machte er eine Pause, holte Luft und sagte mit Trotz in der Stimme:

„Und außerdem: Hitler hatte doch auch Gutes getan, Arbeitsplätze geschaffen und so…"

Nicht das auch noch, dachte Tarne.

Aber Biberneid trug seine gelernten Weisheiten ungerührt weiter vor. „… und gewählt war der auch."

Dann lehnte er sich grinsend zurück, als ob er den erwarteten Widerspruch gewohnt wäre.

„Das kannst du doch nicht im Ernst so sagen." Die Sozialarbeiterin verdrehte die Augen zur Decke, dass es Tarne, nicht aber Thorsten Biberneid sah. Schien eine schwere Aufgabe zu sein, jemandem mit solchen Einstellungen eine demokratische Sichtweise zu vermitteln und ihn in unsere Gesellschaft zu re-integrieren.

„Wieso? Stimmt doch? Sagen die von der Volks-front auch. Meine Kumpels von der Partei, die verstehen mich. Das ist besser als zu Hause. Wir sind unserem Volk und unserem Heimatland verpflichtet, das sagen sie alle. Auf Ehre und Treue! Das verteidigen wir doch nur."

Tarne horchte auf. Eine eigenartige Vorstellung von Ehre. Ein Schauer lief über seine Haut, als er sich diesen Missbrauch des für ihn so wichtigen Begriffs klar machte.

„Wir sind ein großes Land, dem die Vorherr-schaft zusteht. Wir müssen nur dafür kämpfen, dass es auch wieder so wird. Alle anderen machen das auch. Sollen wir etwa untergehen? Wenn wir nur zusammen halten, dann können wir Großes schaffen. Wir müssen unser Volk retten. Dass wir wieder eine große Nation werden, stolz auf unser Land sein können."

Der anwesende Sozialarbeiter konnte das nicht so stehen lassen.

„Du hast die Parolen gut auswendig gelernt."

„Was heißt auswendig? Was wollt ihr denn von mir? Gehirnwäsche? Wollt ihr mich umerziehen? Verrat kommt in meinem Leben nicht vor. Das ist eine Frage der Ehre."

Tarne wurde sauer. Schon wieder wurde der Begriff Ehre in diesem Sinne missbraucht.

„Darf ich?", fragte er den Sozialarbeiter.

„Natürlich. Wir gehen hier ganz demokratisch vor. Jeder darf seine Meinung sagen. Jedes Argument kann hilfreich sein."

Biberneid gab weiter seine Thesen zum Besten.

„Ich weiß nur eins: Uns nehmen sie immer mehr weg und den Typen, die hier überhaupt nichts zu suchen haben, stecken sie es in den Arsch. Die kommen hierhin, kriegen alles und für uns ist nichts übrig."

Tarne versuchte es:

„Man könnte das auch ganz anders sehen. Wir sind hier ein reiches Land, uns geht es gut. Wir leiden an keinem Mangel. Die Menschen, die zu uns kommen, sind aus einem Krisengebiet und sie brauchen unsere Hilfe. Mal darüber nachgedacht?"

Biberneid schaute ihn an, als wenn Tarne ein Außerirdischer sei.

„Nein, darüber habe ich noch nicht nachgedacht …"

„Dann tu es jetzt", herrschte ihn Tarne an.

Tarne bekam einen Blick von Anne Klar mit, den er nicht einordnen konnte.

„… aber darüber muss ich auch nicht nachdenken. Weil es nicht so ist. Die kommen her, weil die unser System ausnutzen wollen. Das weiß doch jeder. Aber wir werden das verhindern. Wir werden uns durchsetzen. Im Osten, da gibt es schon viel mehr wie uns. Wir nennen das die *national befreiten Zonen*. Die lassen sich da nichts mehr gefallen. Da bestimmen wir, was auf der Straße läuft, das kann ich Ihnen sagen. Aber warten Sie nur. Jetzt werden wir hier auch mehr. Wir können nur dann überleben, wenn wir gegen die zusammenhalten. Das ist doch das Wichtigste, dass wir unsere Rasse rein halten. Sonst gehen wir doch unter. Wieso seht ihr das denn nicht ein? Ihr braucht doch nur in die Stadt zu gehen. Geht doch mal über die Bahnhofstraße, unsere schöne Fußgängerzone. Was gibt es da: Nur Vermummte, Ausländer ohne Ende. Die alle nicht arbeiten müssen und wer bezahlt die? Wir! Und wer hat nichts zu fressen? Unsere Leute!"

„So kannst du das doch nicht sehen. Bei uns gibt es ein Sozialsystem, das sorgt für alle. Es ist doch genug für alle da."

„Lasst euch doch nichts vormachen. Wer kriegt denn hier noch was? Das reicht doch hinten und vorne nicht. Die erzählen uns doch nur etwas. Wieso glaubt ihr denen das? Ist doch wahr. Und das in unserem eigenen Land! Einer muss doch hier für Ordnung sorgen. Wenn wir das nicht regeln, dann gibt es bald kein Deutschland mehr. Und dann grapschen die auch noch unsere Weiber an. Und Schlimmeres. Wo gibt's denn so etwas! Sollen wir uns das etwa gefallen lassen? Deutschland den Deutschen! Das ist unser Land, und das soll auch so bleiben."

Anne Klar hielt sich zurück, hörte nur zu, ließ ihn erzählen. In Tarnes Augen war das viel zu verständnisvoll. Er kochte innerlich.

„Und wie sieht deine oder eure Lösung aus, verstehst du dich also als eine Art besserer Polizist, der unsere Gesellschaft vor dem Übel bewahrt?"

„Genau!"

Anne nickte, sagte nichts.

Tarne kotzte das ganze Geschwafel nur noch an. Für ihn sah es so aus, als wenn Thorsten Biberneid, der mit strahlenden Augen fortfuhr, sich in seiner Argumentation durch sie noch bestätigt fühlte.

„Das sind doch alles Drogendealer und Zuhälter. Das weiß man doch. Die kriegen alles bezahlt. Mir geben sie noch nicht mal einen Job. Und die fahren mit dicken Autos rum. Das ist doch nicht gerecht."

Anne versuchte, Zugang zu ihm zu finden.

„Verstehe. Ich würde dich gerne etwas fragen."

Aber so schnell war Thorsten nicht in seinem Redefluss zu stoppen.

„Das wird der Untergang des deutschen Volkes, wenn wir dagegen nichts unternehmen. Ich krieg es in meinen Kopf nicht rein, wieso merkt das denn außer uns keiner? Es geht doch hier echt darum: Die oder wir. Wer wird überleben? Kann doch nicht sein, dass unser Volk untergeht. Oder?"

Sein Hals und sein Kopf waren rot angeschwollen. Der Schweiß floss in Strömen.

„Aber wir geben nicht auf. Auch wir haben Möglichkeiten. Mehr sage ich nicht. Wartet es ab. Ihr werdet schon sehen. Wenn wir von der Volksfront alle zusammenhalten, kann gar nichts schiefgehen."

Jetzt war es Tarne endgültig zu viel. Für ihn klang das auf keinen Fall wie ein potenzieller Aussteiger.

„Was glaubst du eigentlich, wer du bist? Deine Volksfront, das ist doch nur ein Haufen von Skinheads, eine rechtsextreme Straßengang, mehr nicht. Das Gesetz in die eigenen Hände nehmen. Soll ich dir mal diese ganze Kacke aus deinem Schädel prügeln? Jüngelchen. Bist noch nicht mal trocken hinter den Ohren."

Annes Blick durchbohrte ihn fast. Beinahe hätte er sich verschluckt. Auch die Sozialarbeiter sahen Tarne entsetzt an.

Thorsten Biberneid setzte die Bierflasche an und ließ die Hälfte durch seine Kehle laufen. Einiges ging daneben und tränkt sein Unterhemd. Das Hopfenaroma mischte sich mit dem Schweißgeruch. Thorsten rülpste, knallte die Flasche auf den Tisch.

„Jetzt pass mal auf … Ich piss auf dich. Mann, ich piss auf dich", schrie er, „Solange der hier ist, sage ich gar nichts mehr. Der soll sofort mein Haus verlassen. Abhauen, sich verpissen."

Tarne sah im hellen Neonlicht der Küche, wie die Speicheltröpfchen in der Wut aus seinem Mund spritzten. Der ganze Kopf glänzte vor Schweiß, einige Tropfen rannen zwischen den Bartstoppeln am Kinn herunter. Tarne stand auf, ging Richtung Ausgang, blieb aber neben der Tür an die Wand gelehnt stehen.

Anne versuchte die Situation zu retten, ehe Thorsten weiter auf Tarne reagieren konnte. Sie hob leicht die Hand, wie um anzudeuten, dass Tarne sich nicht weiter einmischen sollte, beugte sich nach vorne und schaute Biberneid gerade in die Augen.

„Thorsten, schau mich an."

Tarne beobachtete, wie Biberneid sich ohne einen ihm ersichtlichen Grund zu beruhigen schien. Irgendetwas ging hier gänzlich an ihm vorbei. Anne schien die richtigen Worte für ihn zu finden. Die Stimmung im Haus hatte sich mit einem Schlag verändert, obwohl alles gleich geblieben zu sein schien. Ohne zu wissen, wie sie das geschafft hatte, merkte Tarne, dass Anne Klar der Situation eine ganz neue Wendung gegeben hatte.

„Da war ich wer …", kam es fast weinerlich aus ihm heraus, „… die haben mir gesagt, was ich tun sollte. Ich soll doch mein Leben nicht wegschmeißen. Die haben mir einen Sinn, eine Aufgabe für mein Leben gegeben. Die haben mir gesagt, dass ich keine Drogen mehr nehmen soll. Mich stattdessen der Aufgabe widmen, hingeben soll."

Anne lächelte ihn an, nickte und lehnte sich zurück. Sicherheit vermitteln, Vertrauen bilden, erkannte Tarne.

„Ja", wiederholte er, „da war ich jemand!"

„Und trotzdem willst du aussteigen?"

„Weil da einer ist, der mir mein Mädchen weggenommen hat. Einer meiner eigenen Kumpels. Das ist doch nicht fair."

Er schüttelte sich, wie um etwas loszuwerden.

„Einer von denen … aber, was soll man da machen. Da bin ich wer. Nicht irgend so eine Null, die keine Arbeit und kein Geld hat … " Das Thema schien ihm zu heiß zu sein. Er rutsche wieder in seine Phrasen. Als wenn er dort, in diesen Sprüchen, so etwas wie Sicherheit fände. „Meine Leute wollen genau dasselbe wie ich. Wisst ihr, die Araber oder Moslems oder was, die haben allein in NRW über 700 Moscheen. Nee, das habt ihr nicht gewusst, ne? Ist doch unglaublich, oder? Mann, ich sag doch, da muss man was machen."

„Aber da war jemand, der hat dir das Mädchen ausgespannt?"

Er nickte.

„Ich heiße Anne." Mit Namen ansprechen, persönlichen Bezug schaffen. „Ist es eigentlich okay, wenn ich dich duze?"

Erneutes Nicken.

„Ich suche ein Mädchen, das von seinen Eltern weggelaufen ist. Sie ist jetzt vielleicht in Schwierigkeiten. Sie machen sich Sorgen um sie. Vielleicht ist sie bei euch aufgetaucht? Wie wäre es, wenn wir sie retten könnten? Das wäre doch in deinem Sinn, oder?"

Thorsten wirkte plötzlich wie ein kleiner Junge, beantwortete brav jede Frage.

„Die Eltern haben Angst um sie. Sie denken, dass sie bei Dealern oder Zuhältern gelandet ist."

„So Eltern hatte ich nie. Gibt es so etwas?"

Anne nickte und hielt seinen Blick fest.

„Würdest du mir helfen, sie zu finden? Wenn ich dir den Namen nenne? Sagst du mir, ob du von ihr gehört hast?"

Thorsten nickte, leckte sich über die Lippen. Er schien nur noch Augen für Anne zu haben.

„Es handelt sich um Nicole, Nicole Fischer?"

„Ich kenne eine Nicole, Nikki, das ist so eine lange Dünne, mit einer Igelfrisur. Die hat Angst vor ihrem Vater, versteckt sich vor ihm. Aber die gehört nicht mehr zu uns. Hat einen Freund. Sind ausgestiegen. Die ganz große Liebe. Er hat eine Betreuerin und wohnt jetzt irgendwo in Essen-Borbeck, glaube ich. Sie lebt bei ihm."

„Hat die Betreuerin einen Namen?"

„Bestimmt ... ich glaube, das ist Frau ... Pasucha, ja, Pasucha."

Anne schaute ihn nur an, ohne ein weiteres Wort, und er sprach weiter, als wenn sie gefragt hätte.

„Vornamen? Keine Ahnung."

Wie machte sie das bloß? Völlig unerwartet ertappte Tarne sich dabei, dass er einige Sätze, die gesprochen worden waren, überhaupt nicht mitbekommen hatte. Statt seiner aktuellen Aufgabe hatte er nur eines im Kopf: Anne Klar. Was war das für eine tolle Frau! Das war ihm noch nie passiert, dass er sich von seinem Ziel ablenken ließ.

Aber auch Anne verlor den Kontakt zu Biberneid wieder. Sie war nur minimal abgelenkt, ein wenig unaufmerksam und er fiel in seine altbekannten Sprüche zurück. Der kurze magische Moment war wieder vorbei. Als Tarne und Anne Klar sich zum Gehen entschlossen, schrie Biberneid noch hinterher:

„Wäre schön, wenn ihr sehen könntet, was wir alles draufhaben. Wir machen genau das, was Adolf schon gemacht hat. Wir erkennen euren beschissenen Staat gar nicht an und dann schwächen wir ihn, wo wir nur können. Bin gespannt, was ihr davon haltet, wenn ihr es erfahrt."

„Wovon?"

„Ich sage nichts. Auch wenn ich aussteigen will, bin ich noch lange kein Verräter. Ich sage nur so viel: Ihr werdet es sehen! Ihr werdet staunen!"

Tarne war es leid.

„Der redet doch nur Stuss."

Anne Klar versuchte es noch einmal, hatte aber den intensiven Kontakt zu Biberneid verloren.

„Was soll das denn heißen?"

Biberneid legte einen Finger auf seinen Mund, schnitt eine Grimasse und holte sich eine neue Flasche Bier.

„Verstehst du etwa, was der da quatscht? Er tut, als wenn er wer weiß was weiß, und irgendwie hat der doch keine Ahnung von dem, was er spricht, oder?"

Beim Gehen flüsterte der Sozialarbeiter noch im Flur: „Sie glauben nicht, was der uns noch alles aufgetischt hat. Sie hätten einen neuen Führer und Sie haben es ja gehört, sie hätten jetzt die Strategie, den Staat zu schwächen, und es soll den islamistischen Terroristen untergeschoben werden …"

Sie lachten verhalten. Beide waren sich im Klaren, dass es nicht wirklich zum Lachen war.

„Noch irgendetwas Auffälliges?"

„Wenn man so will: Sie hätten schon an viele Gerichte im Ruhrgebiet Briefe mit weißem Pulver geschickt. Wäre nur Mehl oder Puderzucker gewesen, aber das hätte gereicht. Sie hätten damit ziemlich häufig den ganzen Gerichtsbetrieb lahmgelegt."

Tarne schüttelte den Kopf.

„Unglaublich, nicht wahr?" Der Sozialarbeiter öffnete den beiden die Tür und ließ sie hinaus.

Tarne drehte sich noch einmal um.

„Und wieso haben wir davon nichts in der Zeitung gelesen? Das wäre doch einmal eine Schlagzeile, oder?"

„Ich sag es ja, das ist einfach nur ein Spinner."

015

Die Tür fiel ins Schloss und Tarne lachte.

„Hat doch gut funktioniert. Guter Bulle, böser Bulle."

„So eine überholte Macho-Scheiße! Machen Sie das nie wieder!"

„Was?"

„Meine Taktik …"

„Ich dachte, ich übernehme die Rolle des *bad cop* …"

„… zu sabotieren. So etwas Primitives brauche ich nicht. Ich bin bisher immer auf meine Art zum Ziel gekommen."

Tarne versuchte, sie zu unterbrechen, zu beruhigen. Aber sie ließ ihn nicht zu Wort kommen. Es sprudelte in einem fort weiter aus ihr heraus.

„Eine Eigenschaft, die man sich in unserem Beruf aneignen muss, ist, die kleinsten Ungereimtheiten in Sprache und Stimmung wahrzunehmen und zu beachten. Sie müssten genau wissen, dass die Menschen, die man befragt, oft genug nicht wirklich ein Interesse daran haben, die Wahrheit mitzuteilen. Oder sie verfolgen eigene, ganz andere Vorstellungen oder geben nur ihre Vorteile zum Besten. Um sich in gutem Licht zu zeigen. Es ist wichtig, zwischen den Zeilen zu lesen. Hat derjenige wirklich etwas zu sagen oder hört er sich nur gerne reden? Manchmal ist es sogar das Unausgesprochene, das auf eine Spur hindeutet, einen an einem bestimmten Punkt weiterhilft. Sozusagen den unausgesprochenen Subtext wahrzunehmen und analysieren zu können, kann eine wirklich hilfreiche Eigenschaft sein. Ihre Macho-Holzhammermethoden sind überholt und absolut nicht hilfreich."

Sie hielt inne und Tarne kam sich plötzlich ziemlich blöd vor.

Sie sah ihn an, als überlege sie, ob er überhaupt eine weitere Erklärung wert sei.

„Wenn Sie auch nur ein bisschen von der Erfahrung haben, die man Ihnen nachsagt, sollten Sie wissen, dass ein falsches Wort alles verderben kann. Das kann die Stimmung völlig verändern und dann erfährt man nie, was derjenige sonst ohne weiteres nebenbei ausgeplaudert hätte. Also, was ich sagen wollte, ist: Ich glaube nur, dass eine etwas diplomatischere Vorgehensweise öfter und leichter zum Ziel führt. Es können nicht alle wie ein Terminator vorgehen."

Er wusste nicht, was diese fremde Frau an sich hatte, aber ihr gegenüber konnte er seine Schwäche zugeben. Er hatte das Gefühl, bei ihr keine Fassade zu benötigen. So etwas hatte er noch nie erlebt. Trotzdem war ihm wichtig, was sie von ihm hielt, und instinktiv wusste er, dass bei ihr nur Ehrlichkeit zählte. Alles andere hätte sie sofort durchschaut.

„Mir war schon klar, dass dieser Typ sich vor uns nur produzieren wollte, aber …"

„Sie müssen sich nicht rechtfertigen. Ich bin damit durch. Habe gesagt, was ich sagen wollte, und jetzt ist das für mich abgehakt."

„Ich möchte trotzdem erklären, wie es dazu kam. Diese ganzen auswendig gelernten Phrasen haben mich so wahnsinnig gemacht, ich musste mich beherrschen, nicht handgreiflich zu werden. Natürlich weiß ich, wie man in unserem Beruf normalerweise vorgeht. Sie haben absolut recht."

„Sicher, er hat viel von sich gegeben, davon war kaum etwas zu gebrauchen. Aber was ich wissen wollte, habe ich erfahren."

„Was hätte ich denn machen sollen? Erklären Sie mir mal Ihr Spiel."

„Hören Sie zu, hören Sie mir genau zu: Ich bekomme normalerweise aus jedem die Informationen heraus, die ich brauche. Ohne irgendwelchen Firlefanz. Ich kann mich einfach gut auf Leute einstellen. Mehr brauche ich nicht. Was der da für eine Rolle spielt, interessiert mich doch gar nicht."

„Solche Typen kann man doch nicht ernst nehmen."

„Ganz recht, aber zumindest nehme ich ihn so lange ernst, bis ich erfahren habe, was ich wissen will, klar? Das war das ganze Geheimnis. Im Gegensatz zu Ihrer aggressiven Männer-Schreierei. Wie Kampfhähne! Ich will Ihnen gerne erklären, wie ich das mache, wenn Sie wollen."

„Tun Sie sich keinen Zwang an."

„Also, ich gehöre zu den Menschen, die zuhören können. Männer können das meist ja sowieso nicht. Deshalb glauben sie, sie müssten mit solchen Tricks arbeiten. Zuhören heißt, ich höre wirklich zu und überlege mir nicht in der Zeit, in der der andere spricht, was ich darauf am besten antworte, um besonders schlau dazustehen."

Jetzt blickte sie ihm gerade in die Augen. Tarne sagte erst einmal nichts.

„Wenn Sie nicht wissen, wie Sie Zugang zu jemandem finden sollst, dann bringen Sie ihn dazu, dass er über sich selbst redet. Dann klappt das immer. Absolut sichere Methode. Und da hat er es uns ja leicht gemacht. Der konnte ja gar nicht mehr aufhören, uns zuzuschwallen, uns zu zeigen, was er alles draufhat. Zumindest habe ich ihn für einen kurzen Moment gehabt. Der Rest ist mir egal. Darum können sich die beiden Sozialarbeiter kümmern."

Irgendetwas an dem, wie sie das sagte, vermittelte ihm das Gefühl, dass sie nicht länger sauer auf ihn war. Er glaubte, dass sie sich sonst bestimmt nicht die Mühe gemacht hätte, ihm ihre Vorgehensweise so genau auseinander zu setzen. Zumindest hoffte er das.

„Soll ich Sie zurückfahren?"

„Das wäre schön."

Sie stiegen in den Dodge und Tarne versuchte, die Unterhaltung wieder in Gang zu bringen.

„Wie können Sie so gelassen mit so einem Früchtchen umgehen? Der hat doch keine Ahnung. Hier bei uns im Ruhrgebiet leben doch mindestens 60, wenn nicht 70 % Flüchtlinge. Die damals alle aus Ostpreußen und was weiß ich woher kamen. Weil sie hier gebraucht wurden, für Bergbau und Schwerindustrie. Wer weiß, ob er nicht selbst einer Flüchtlingsfamilie entstammt. Und dann später die sogenannten Gastarbeiter. Wir wollten doch, dass die hierherkamen. Und letztendlich haben die doch unseren Wohlstand mit aufgebaut, oder etwa nicht?"

„Sicher, Sie haben völlig recht."

„Und?"

„Ändert doch nichts daran, dass er – wie Sie sagen – doch sowieso zu dumm ist, das zu verstehen. Also was soll es. Warum regen Sie sich auf? Ich habe gekriegt, was ich wollte."

„Was ist nur in diese Leute gefahren? Wer bringt die dazu, so zu denken?"

„Ich glaube, wir müssen da umdenken. Wir sprechen immer von *denen*: den Glatzen, den Rechtsradikalen, den Neonazis, aber hinter jedem steckt ja jeweils auch eine Geschichte."

„Ja, stand ja alles in der Akte."

„Verstehen Sie mich nicht falsch, ich will nichts verharmlosen. Ich finde aber gefährlicher – viel gefährlicher – die, die dahinterstecken, die diese Jungs wie in einem Auffangbecken mit ihren Parolen sammeln, ihnen das Gefühl geben, wichtig zu sein, und sie dann für ihre Interessen ausnutzen. Das wurde ja ziemlich deutlich bei dem, was dieser Thorsten so von sich gegeben hat. Wenn Sie wüssten, was für Leute dahinterstecken. Diese Typen auf der Straße sind doch nur Werkzeuge. Für die Drahtzieher dahinter. Anzugträger, sage ich Ihnen. Leute, von denen Sie es nie erwarten würden."

„Aber warum?"

„Geld? Macht? Hass? Was weiß ich. Aber clever sind die allemal. Sie haben ja gesehen, was die solchen Menschen geben: das Gefühl, gebraucht zu werden, ernst genommen zu werden. Aber das macht es noch schlimmer. Die in den oberen Etagen, die Typen sind genau solche Psychopathen wie die hier auf der Straße. Wenn nicht noch schlimmer. Die können es nur besser verstecken."

Tarne ließ sie auf dem Parkplatz vor der Markthalle in Buer aussteigen und schaute ihr hinterher. Wie sie den Bürgersteig überquerte, ihre schlanke, sportliche Figur, ihr selbstbewusster Gang, eine federnde dynamische Bewegung, fast fließend.

„Sehen wir uns mal wieder?", rief er ihr hinterher. Ohne sich umzudrehen, winkte sie noch einmal mit erhobener Hand.

„Wer weiß das schon so genau?"

Tarne machte sich auf den Weg nach Hause. Er hatte viel nachzudenken. Irgendwie verwirrte ihn diese Frau völlig. Wie konnte er nur – ganz anders als es eigentlich seine Art war – sich so ablenken lassen? Seine ganze Zielorientierung, Klarheit – wo war sie geblieben? Er ließ sich doch sonst nicht so von seinen Emotionen leiten.

Er drehte das Radio lauter.

„ ... das waren die Nachrichten, jetzt folgen das Wetter und die Staumeldungen ... "

Ein Blick auf die Uhr. Fünf Minuten nach 6. Tarne bremste, hielt in einer Einfahrt, zog das Handy aus der Jackentasche und drückte die einprogrammierte Nummer.

„Ja?"

„Tarne hier ..."

„Mann, ich dachte schon, du schaffst es nicht. Ich hätte nicht viel länger hier warten können. Das fällt sonst auf. Also Folgendes: Erst einmal sorry. Ich durfte dir das zu dem Zeitpunkt noch nicht sagen, da ich nicht wusste, ob unser Team schon den Zugriff gestartet hatte. Inzwischen hast du es ja bestimmt im Radio gehört. Ich muss mich kurz fassen. Unterbrich mich nur, wenn es unbedingt sein muss. Wir haben auch in Dortmund-Dorstfeld mehrere Häuser durchsucht. Da hat es Funde bei einigen Rechtsradikalen gegeben. Ich habe mich ein wenig umgehört, muss bei so etwas natürlich sehr vorsichtig sein, sonst könnte ich schnell auffliegen. Aber es hat sich ein Hinweis ergeben. Du hattest den richtigen Riecher. Es scheint sich etwas in Gelsenkirchen ent- wickelt zu haben. Eine Splittergruppe zentriert sich dort. Die nennen sich wohl *Das Wahre Reich* ..."

„Was?"

„Ja, ich konnte es auch kaum glauben. Nach unseren neuesten Infos haben die sich auch bewaffnet und gehen wohl ziemlich offensiv vor. Die Durchsuchungen hier in Dortmund haben so einiges an Hinweisen gebracht. Es scheint so, als wenn aus ganz Deutschland sich Verbindungen nach dort zeigen. Ganz viel Aktivität."

„Hast du Namen? Irgendetwas, wo ich einhaken kann?"
Es entstand eine Pause.

„Bist du noch da?"

„Ja, ich überlege wegen der Namen, nur so viel: Bei uns in Dortmund sitzt ja schon länger ein Rechter im Stadtparlament, sorgt da für Mätzchen. Das ist aber nur eine vorgeschobene Figur. Im Hintergrund hat jemand anders das Sagen. Einen Namen habe ich nicht, nur so viel: Da ist jemand aufgetaucht, der wird *Der Neue Chef* genannt. Wirklich, *Der Neue Chef*, aber nichts Genaues. Keiner weiß, wer oder was sich dahinter verbirgt. Alles noch sehr geheimnisvoll. Aber das ist natürlich noch mit Vorsicht zu genießen. Der steht nicht im Licht der Öffentlichkeit. Sei also vorsichtig mit dieser Information. Vergiss mich. Wenn dich jemand fragt, dann sag, jemand aus dem Stadtparlament hätte ihn erwähnt.

„Wie weit geht sein Einfluss?"

„Das weiß ich nicht. Ob er über die Dortmunder Stadtgrenzen hinausgeht – Verbindungen nach Gelsenkirchen auf jeden Fall –, aber mehr, ob das derjenige ist, der hinter diesen ganzen Aktivitäten steckt … wer weiß? Ich muss Schluss machen, ich melde mich, wenn es Neues gibt."

016

Hesse informierte Tarne am nächsten Tag, dass das Haus, das Thorsten Biberneid von seiner Großmutter geerbt hatte, in der vergangenen Nacht abgefackelt worden war. Er hatte ihn gebeten, ihn am Ort des mittlerweile gelöschten Brandes zu treffen. Ein Dunst lag über der ganzen Gegend und es stank bestialisch.

Als Tarne das Grundstück erreichte, stand Krause an den Einsatzwagen gelehnt, wärmte sich beide Hände in den Manteltaschen und begrüßte ihn mit den Worten:

„Was wollen Sie denn hier? Sie haben hier rein gar nichts zu suchen."

„Arbeite an dem Fall."

„Was für ein Fall?"

„Hat mit Neonazis zu tun."

„Hm. Für wen?"

„Geht Sie zwar nichts an. Aber weil ich großzügig bin: für eine Mediengesellschaft."

„Oh, etwa aufgestiegen, was? Keine betrogenen Ehemänner aufspüren und hinterher schnüffeln."

„Hesse nicht hier?", fragte Tarne, dem es zu bunt wurde.

„Da drüben." Krause, die Hände in den Mantel-taschen lassend, deutete mit einer Bewegung des Kopfes in die entsprechende Richtung.

„Wann halten Sie sich endlich einmal raus? Lassen uns unsere Arbeit machen? Er ist da drüben."

Tarne hob das Absperrband hoch und ging auf die Ruine zu. Der intensive Gestank nahm ihm fast den Atem. Verkohlte Holzstücke schwelten vor sich hin. Asche und Löschschaum hatten sich zu einem schwarzen, übel riechenden Matsch verbunden. Ein heilloses Durch-einander von Trümmern bedeckte das Grundstück, auf dem ehemals das alte Einfamilienhaus gestanden hatte. Hesse trat einige Balken und Ziegel zur Seite.

„Ist Krause dir wieder dumm gekommen?"

„Nicht mehr als sonst."

Hesse stakste wie ein Storch über die nassen, moderigen Überreste und stocherte mit einem verkohlten Holz-scheit in undefinierbaren Relikten herum.

„Ich wollte, dass du das hier siehst."

Tarne stellte sich neben Hesse.

„Nicht viel übrig von der Kabache."

„Kann man wohl sagen."

„Ursache bekannt?"

„Noch nichts Sicheres. Es wurde eine Menge Brandbeschleuniger – schönes Wort, nicht? – eingesetzt. Sagt zumindest der Brandmeister, und der muss es ja wissen. Irgendjemand hat die Hütte abgefackelt und es war noch jemand darin. Wir haben eine Leiche gefunden."

„Thorsten Biberneid?"

„Vermutlich. Ich hab den Typen noch gesehen, bevor er abtransportiert wurde. Das heißt, die Reste davon. Der Pathologe hat erklärt, wie das funktioniert, dass sich durch die Hitze beim Verbrennen alles zusammen zieht. Jetzt kann ich bestätigen. Das ist wirklich so. War nur noch ziemlich klein. So in Embryonal-stellung zusammengekrümmt. Kein schöner Anblick. Hoffe nur, dass er schon tot war, bevor …"

„Hm. Das hat echt keiner verdient. Auch wenn er nicht gerade der Edelste war."

„Du hattest ihn ja kennengelernt."

„Wann weißt du Näheres?"

„Genaueres erst später, wenn der Bericht vom Pathologen vorliegt."

„Wann wird das sein?"

„Wenn wir Glück haben, morgen."

Sie blickten zusammen einmal rundherum.

„Wirklich nicht viel, das von so einem Haus und dem ganzen Leben darin übrig bleibt", sagte Tarne. Die Worte blieben eine kleine Weile in der Luft hängen.

„Übrigens, deine Anfrage wegen der Briefe mit dem weißen Pulver …"

„Ja?"

„Es bleibt unter uns. Aber das stimmt. Wir waren froh, dass wir das geheim halten konnten. Das ist tatsächlich ein paarmal an verschiedenen Gerichten im Ruhrgebiet vorgekommen. Damit wurde jeweils das ganze Gericht für einen Tag lahmgelegt. Es war bisher ein echtes Glück, dass wir die Medien da heraushalten konnten. Wir haben nur durch die Intervention des Verfassungsschutzes verhindern können, dass es in der Presse breitgetreten wurde. Es bestand die Gefahr einer Panik. Außerdem sollte verhindert werden, dass diese Gruppierungen dadurch noch Werbung für ihre Erfolge machen. Es wird davon ausgegangen, dass auch diese neue Vereinigung, *Das Wahre Reich*, dahinter steckt. Du hast ja, wie wir auch, die Information darüber von Mütze erhalten, nehme ich an?"

Tarne bestätigte das durch ein Nicken und Hesse fuhr fort: „Die handeln getreu dem alten Motto von Hitler,

Alles, was dem Feind schadet und die Gesellschaft lahmlegt, hilft uns."

„Dann hatte dieser Biberneid doch recht mit seiner Behauptung. Wir dachten, er wollte sich nur wichtigmachen. Das konnte er nur wissen, wenn er daran beteiligt war?"

Hesse nickte mit einem sorgenvollen Gesicht.

„Dann hört Mütze etwas von diesem neuen Führer – wie hat er gesagt, *Der Neue Chef* – und wie die sich nennen: *Das Wahre Reich*? Ich habe den Eindruck, wenn das alles stimmt, dann kommt da einiges auf uns zu."

„Wer weiß. Aber das erklärt natürlich einiges, da die von alleine bestimmt nicht auf solche Ideen kommen."

017

Tarne legte die Beine hoch und blätterte durch die TV-Zeitschrift. Sein Fernseher flimmerte im Hintergrund ohne Ton. Gut, dass er die mit dem 14-tägigen Programm hatte, die ersten 10 Tage waren vergangen, ohne dass er einmal hineingesehen hatte. Er ergriff die Fernbedienung und wollte den Kanal einstellen, als er etwas erkannte. Das abgebrannte Haus. Automatisch drückte er auf laut.

„... geht man von einem Terroranschlag rechter Zellen aus. Nach dem Attentat auf den Bundestagsabgeordneten Eberhard Lauer in Essen vor wenigen Tagen ist das der zweite Anschlag rechtsradikaler Aktivisten im Ruhrgebiet ... Hintergrund ... "

Die Aufnahme war so geschickt mit Filmausschnitten eines anderen Feuers zusammen gemischt, dass man meinen konnte, aktuell bei dem Brand dabei zu sein. Er schüttelte den Kopf über diese Form der Berichterstattung und fühlte sich plötzlich nicht mehr so wohl in seiner Haut. Das konnte echt nicht wahr sein, was die daraus machten. Die behaupteten einfach Zusammenhänge, die überhaupt nicht existierten oder zumindest nicht nachweisbar waren. Zurzeit jedenfalls noch nicht. Er tat dann, was er immer in solchen Situationen tat: sich mit zwei Fingern seiner rechten Hand über die rechte Augenbraue streichen. Er beschloss, Esser anzurufen.

„Esser hier …"

Bevor Tarne ansetzen konnte, polterte Esser los: „Was denkst du dir dabei, mich nicht zu informieren? Ist das alles, was du draufhast?"

Woher hatte Esser überhaupt die Info? Er hatte sie nicht weitergegeben, weil es aus seiner Sicht noch nichts Konkretes war. Kein Ergebnis, das eine fundierte Nachricht rechtfertigen würde.

„Es ist doch unklar, ob das überhaupt etwas mit dem Attentat zu tun hat."

„Das ist doch egal. Aber das ist eine Geschichte, die was hermacht. *You know*? Was glaubst du, warum wir den Typen aufgetan haben? Weil wir uns davon Schlagzeilen versprochen haben."

Wie Tarne es sich gedacht hatte.

„Du meinst, *Exklusivinterview: Ein Skin packt aus?*"

„Genau! Jetzt hast du es kapiert. Überlass uns, was wir damit machen. Unser Job ist es, deine Informationen mediengerecht aufzubereiten."

Tarne gelang es nur mit Mühe, seine Wut zu unterdrücken.

„Jetzt hast du doch auch eine gute Schlagzeile. Wie wäre *Mordopfer rechten Terrors*? Aber ganz davon ab, mich würde interessieren, woher weißt *du* davon?"

„Da fragst du noch? Ich erwarte, solche Dinge eigentlich von dir zu erfahren, aber was muss ich machen? Andere Kanäle einschalten."

Das, überlegte Tarne, sollte er einmal Hesse mitteilen, da schien es ein Loch im Polizeipräsidium zu geben. Diese Interna konnten nicht bis zu Essers Kontakt, dem Polizeioberrat, gelangt sein. Der war nicht in das alltägliche

Geschehen integriert. Es musste eine undichte Stelle auf Hesses Ebene geben.

„Ja, das frage ich mich auch, wofür wir dich bezahlen, wenn du solche wichtigen Ereignisse nicht an mich weitergibst. Ich habe zum Glück auch noch meine Kontakte direkt bei der Polizei. Woher sollte ich es sonst haben?"

An der schwankenden Lautstärke hörte er, dass Esser im Raum hin und her ging und die Freisprecheinrichtung eingeschaltet hatte.

„Ich hab mir wirklich mehr von dir versprochen. Du warst doch sonst immer der Schnellste. Da habe ich aber auch ganz anderes von dir gehört."

Was sollte er dazu sagen.

„Hör zu, ich mache meinen Job. Wenn dir nicht gefällt, wie ich das angehe, dann such dir einen anderen. Ich rede dir auch nicht bei der Gestaltung deiner Beiträge rein. Das, was du aus dem tatsächlichen Ereignis gemacht hast, gefällt mir auch nicht."

Tarne hörte ein leises Klirren und Schlucken, als wenn Esser aus einem Glas, in dem er Eiswürfel hin und her schwenkte, einen großen Schluck genommen hätte.

„Schon gut. Ich … Vielleicht verstehst du nicht so ganz, worauf es uns ankommt. Der Konkurrenzdruck ist hart. Wir müssen den Zuschauern etwas bieten. Um mal ehrlich zu sein, es muss ja nicht immer alles stimmen. Hauptsache, die Bilder sind gut. Ab jetzt, sollte gelten: Alles, wirklich alles, was dir über den Weg läuft, sag es mir. Wir entscheiden dann, ob und was wir daraus machen. *Okay?*"

„Ich liefere die Infos. Paul, wie ihr das bebildert, ist eure Sache. Davon versteh ich nichts."

„*Yeah!* Verstehe schon, immer noch ein Mann von Ehre! Okay. Ich gebe es zu, ich bin als Reporter heute eben der Zyniker. Du bist ein ganz Korrekter, warst du ja schon immer. Aber mir steht die Programmleitung auf den Füßen. Wenn ich nicht liefere, bin ich weg vom Fenster."

Tarne hörte ihn wieder einen Schluck nehmen.

„Wäre schon gut, wenn du mir bald etwas vorzuweisen hättest. Das ist einfach zu wenig Aktion. Wenn ich wenigstens Bilder von dem brennenden Gebäude bekommen hätte. Aber nur die Ruine und der schwarze Modder … Das sah nach nichts aus. Keine gute Optik. Macht nichts her, *You know*. Wir haben es halt geschafft, es mit Archivmaterial ein wenig aufzupimpen. Die Auftraggeber in dem privaten TV-Bereich, das ist ein hartes Geschäft. Wenn nichts kommt, ist es aus. Dein Stern fällt schnell."

Irrte Tarne sich oder begann Paul Esser ein wenig undeutlich zu sprechen?

„Dafür bezahle ich dich nicht, bring uns was, was auch optisch was hergibt, das brennende Haus, das wäre was gewesen! Ha! Aber aus dieser stinkenden Ruine, daraus konnte man nichts machen, rein gar nichts. Ich hab echt mehr von dir erwartet. Wenn ich dir schon etwas zukommen lasse, möchte ich auch etwas sehen, muss ja nicht immer ganz richtig sein."

Am Telefon war das Zwinkern nicht zu sehen, aber Tarne kannte ihn gut genug, dass er sich das genau vorstellen konnte. Auch war er sich jetzt sicher, Paul Esser lallte bereits.

„Dafür, dass das Material schlecht war, habt ihr aber eine wilde Story daraus gemacht."

„*Yeah*, wir sind gut. Da hast du völlig recht."

Tarne kannte seine Pappenheimer. So etwas gefiel seinem alten Kollegen.

„Aber nächstes Mal, bitte, informiere mich sofort. Ich schicke dir dann einen Aufnahmewagen. Oder Hubschrauber oder … was du willst … Okay? Nur eines: *Get to the point!*"

Tarne musste über Essers ewige Anglizismen grinsen und sagte seine Kooperation zu. Er fragte sich, ob er weitere harte Fakten liefern konnte, die den Aufwand rechtfertigen würden, den Esser in Aussicht stellte. Auch wenn diese Vorgehensweise, Verfälschen und Dramatisieren der Informationen, in der Mediengesellschaft wohl Standard war, kamen Tarne Zweifel, ob er wirklich Teil davon sein sollte. Auf jeden Fall würde er morgen dem *Haus Deutschland* einen Besuch abstatten, auch wenn ihn alle davor warnten.

018

Tags darauf gönnte sich Tarne ein wenig länger Schlaf.
Die dunkler werdende Jahreszeit hatte ihn dazu verführt.
Er duschte ausgiebig und fuhr dann ins *Domino*, seine
alte Stammkneipe, die jetzt als Kneipencafé auch
Frühstück anbot, genoss einen Strammen Max und zum
Abschluss einen frisch gepressten Orangensaft. Nachdem Tarne sich danach den halben Tag mit Hintergrundinformationen über die rechte Szene und ihre unterschiedlichen Strukturen – Dorfmanns Zusammen-
fassung als PDF, ausgedruckt – halbherzig um die Ohren
geschlagen hatte, sehnte er sich nach ein wenig
Bewegung. Mehr als er inzwischen wusste oder ahnte,
hatte es ihm auch nicht gebracht. Sein Ziel in Gelsenkirchen lag nur etwa 12 Kilometer entfernt. Tarne mied
die Autobahn und entschied sich für den innerstädtischen
Weg über die Altenessener Straße. In der Hoffnung, dort
schneller durchzukommen.
Der Namenszug, der in einer Neonschreibschrift in
ungesundem Eitergelb – so erschien es ihm jetzt – an
einer grau verputzten, uralten schmuddeligen Wand
leuchtete, ließ erkennen, dass geöffnet war. Diesmal

betrat er das Lokal *Haus Deutschland*. Eingerichtet, reduziert auf das Nötigste, kalt und ungemütlich. Sah aus wie in den frühen 60ern und seitdem nicht mehr renoviert. Tarne kam sich wie in einer Zeitreise vor. Minimale Deko, lange Stores bis auf den Boden, vergilbt. Quadratische Tische und Holzstühle in ehemals hell getönter Ausführung. Kupferhängelampen über Tischen und Theke, mit Bernstein imitierenden Plastiklinsen. Fußboden rotbrauner Linoleumbelag, abgetreten und an einigen Stellen zerbröselnde Löcher. In einer Ecke hing ein Farbfernseher unter der Decke. Es lief irgendeine der täglichen Soaps, ohne Ton. Keiner schaute hin. Ein älteres Pärchen saß an einem der Tische. Die Frau hager, ausgemergelt, wirkte älter, als sie vermutlich war. Ihr Begleiter jünger, leicht füllig, aufgeschwemmtes Gesicht, unrasiert, Bartstoppeln, Abschürfungen im Gesicht. Zeichen einer zurückliegenden Schlägerei oder gestürzt. Vor sich mehrere leere Pinnchen und zwei halbvolle Biergläser, trotz der frühen Tageszeit. Die Frau redete ununterbrochen auf den Mann ein. Er lallte hin und wieder. Ein einsamer Mann an der Theke mit Herrengedeck, ein Pils und ein Korn, stellte sein leeres Glas ab.

„Noch ne Rutsche, Walter.“

Der Wirt, ein mächtiger schwarzer Schnauzbart, zapfte ein Bier an und strich sich die Hände an einem Geschirrtuch ab, das am Gürtel seiner langen schwarzen Lederschürze hing.

Tarne stellt sich an die Theke.

„Was kann ich Ihnen bringen?“

„Gibt es auch Kaffee?“

„Wenn es sein muss.“

„Kann ich einen haben?“

„Sicher. Aber nur Kännchen.“

„Nehme ich.“

Der Wirt verschwand in der Küche. Zu der frühen Stunde werkelte er alleine herum und erschien mit einem

Gedeck. Ein Deckchen, wie aus gewebter Spitze, aber aus vergilbtem Plastik lag als Unterlage auf dem braunen, ovalen Tablett, mit dem der Wirt den Kaffee brachte.

Wie fragte man so nebenbei? Ohne dass der Wirt misstrauisch wurde? Wie konnte er den Wirt aushorchen, ohne aufzufallen? Sich als neu zugezogener Nachbar ausgeben, der sich ein erstes Bild über das Umfeld macht? Vielleicht sollte er vorgeben, dass er Interesse daran hatte, Mitglied in der Partei zu werden, und gehört hat, dass die sich hier treffen würden? Aber das Parteibüro war geschlossen. Wie erreiche ich da jemanden? Irgendwie konnte man sich drehen und wenden, wie man wollte, das klang alles verdächtig. Warum also nicht gleich mit der Tür ins Haus fallen? Unauffälliges Herantasten war nicht möglich.

„Nicht viel los hier? Gibt es den Laden schon lange?"

„Was wollen Sie?"

Tarne ließ einen Moment verstreichen, lehnte sich über die Theke, setzte alles an Vertrauen und Loyalität ein, was sein schauspielerisches Talent hergab, und begann seine Geschichte.

„Ich besitze ein älteres Haus, nicht weit von hier, mit etwas Grün drum herum und da ist ein noch älterer Anbau daran. Der ist so verrottet, da dachte ich mir, ich reiß den ab und stell dafür eine ordentliche Garage hin. Und was soll ich Ihnen sagen, das Drecksding ist stabiler als ich dachte. Richtig massiv."

„Ja? Und? Was habe ich damit zu tun?"

„Ein Nachbar meinte, das Beste sei, man nimmt ein wenig Sprengstoff und fetzt den alten Backes weg. Hätte er auch mal gemacht. Sei spielend leicht gegangen."

„Warum nicht."

126

„So Zeug für eine kleine Explosion bekommt man ja nicht überall. Also, woher nehmen?"

„Kriegt man doch heute alles über das Internet, denke ich. Bauanleitung, Substanzen und wie man so etwas herstellt."

„Ich bin kein Chemiker. Ich dachte eher, so als Wirt kennt man doch viele Leute, hört eine Menge. Vielleicht kennen Sie jemanden, der jemanden kennt ... der so etwas organisieren kann?"

Der Wirt unterbrach das Polieren der Gläser und gab einen Laut von sich, der wie *Häh?* klang. Das war nicht mehr der Smalltalk, den er beruflich führte. Er stellte das blitzblank gewienerte Glas ins Regal, schob das Handtuch hinter den Gürtel und stützte sich mit beiden Händen auf die Theke.

„Wollen Sie mich verarschen? Was glauben Sie, wo Sie hier sind", polterte er. „Wo haben Sie das denn her?", folgte in etwas ruhigeren Ton nach einer Pause.

Bei Tarnes rudimentärem Wissen über die Szene war jetzt die beste Gelegenheit, die Information von Mütze, dem V-Mann aus Dortmund, anzubringen. Tarne konstruierte eine plausible Verbindung, um seinen Bluff einigermaßen realistisch erscheinen zu lassen. Er tischte dann eine Geschichte auf, dass jemand, der im Stadtparlament in Dortmund säße, habe verlauten lassen, dass eventuell ... man sich hier träfe. Hier sei doch die Parteizentrale in der Nähe. Aber vielleicht sei er ja auch falsch informiert worden. Er schloss mit den Worten:

„... mir ist klar, dass es illegal ist, aber ich solle mich auf jemanden beziehen, der *Der Neue Chef* genannt wird. Sagt Ihnen das etwas?"

Er ließ den Satz in der Luft hängen.

„Ich bin sicher, dass Sie ein rechtschaffener Mann sind und mit so etwas nichts zu tun haben. Vielleicht kennen Sie ja aber jemanden, der etwas wissen könnte, dem Sie telefonisch etwas hinterlassen können? Ich setze mich derweil dahinten hin, ja? Bringen Sie mir bitte noch einen Kaffee da ans Fenster."

Der Wirt telefonierte mit leiser Stimme, bevor er Tarne einen weiteren Kaffee brachte. Er knallte das kleine ovale braune Tablett auf den Tisch. Dabei schwappte die dunkle Brühe aus dem Kännchen und der Löffel fiel herunter. Er entfernte sich ohne ein weiteres Wort.

Wenig später betraten drei Typen den Laden. Ein kalter Luftzug wehte mit ihnen in die Kneipe herein. Ihre Bewegungen strahlten aufgestaute Aggression aus. Tarne wusste, es würde Ärger geben. Dieser Kneipenbesuch würde offensichtlich anders enden als er es sich vorgestellt hatte.

019

Nummer eins hellblonde Haare, Scheitel, Deckhaar länger, ganz von links nach rechts ausgerichtet, fiel immer wieder in die Stirn und wurde mit einem Ruck zurückgeworfen, Seiten kahl rasiert, dazu ein Oberlippenbart, dunkler als das Haupthaar, ausgefasert. Schmale Augen, tiefe Falten und Schatten darunter, rot umrändert, kantiges Kinn, lange Nase und große Ohren. Hoody, außen grau, innen schwarz. Keine Embleme oder Beschriftung. Schwarze ballonseidene Jogginghose, Sneaker.

Nummer zwei dunkelblondes Haar, streng nach hinten gekämmt, schmale Augen, breiter Mund, süffisantes Grinsen, das sich schon in ersten Fältchen in den Winkeln des breiten Mundes eingegraben hatte. Leichter Flaum um die breite Kinnpartie herum. Hoody, dunkelgrau. Schwarze Jeans, Stiefel.

Nummer drei beginnende Stirnglatze. Den restlichen Schädel bis auf 2 Millimeter rasiert. Resthaaransatz und einige Tage unrasiertes Kinn ließen auf dunkle Farbe schließen. Der runde Kopf ging in einen ebenso breiten muskulösen Hals über. Die schwarze Blouson-Jacke mit dem Werbezeichen eines Sportartikelherstellers spannte über den Oberarmen. Sah nach viel Eisenstemmen aus. Wulstige Lippe, breite, knubbelige Nase. In seiner Jeans von einem Bein auf das andere wechselnd. Arme angewinkelt. Zu Fäusten schließend und wieder öffnend.

Alle drei wirkten wie unterdrückte gebremste Gewalt. Flackern in Augen. Glitzern. Kleine Pupillen? Speed-Freaks?

Man sollte nicht nur auf Kraft, sondern auch auf Ausdauer und Schnelligkeit trainieren. Sonst ermüdete man zu schnell. Diese Typen waren nur auf Kraft und Aussehen, nicht auf Funktionalität trainiert. Die hatten zwar genug Gewaltbereitschaft, zuzuschlagen ohne Bedenken, was und wie sie treffen, aber strategische Überlegungen waren ihnen vermutlich eher fremd. Alles in allem wirkten sie wie ein paar Typen, die sich für härter hielten als sie waren. Wieder und wieder war Tarne solchen Jugendlichen oder jungen Erwachsenen über den Weg gelaufen. Typen, denen alles egal war – egal, ob sie jemandem ein Auge ausschlugen oder ihn tottraten. Denen Schmerzen nichts ausmachten, die danach suchten, weil sie sich sonst nicht spürten, sonst nicht das Gefühl hatten, am Leben zu sein. Sie traten immer in Gruppen auf oder standen irgendwo herum. Sie sahen andere herausfordernd an, wollten Konflikte provozieren, um ihre Aggressionen auszuleben. Die meisten machten ihnen sofort Platz, wenn sie ihnen begegneten, und taten gut daran. Wer nicht schnell genug zur Seite ging, der wurde sofort angegriffen.

Der Wirt deutete mit einem Blick und einer Kopfbewegung auf Tarne, ließ dabei die Hände nicht vom Polieren der Gläser. Tarne meinte an seinen Lippenbewegungen erkennen zu können, dass er so etwas von sich gab wie: „Schmeißt ihn raus.“

Sie sahen sich kurz um und steuerten ohne Umschweife Tarnes Tisch an. Wer war der Anführer? Wer war am gefährlichsten? Die drei standen in dem engen Gang zwischen den Tischreihen vor ihm. Tarne erhob sich. Er wusste, dass es wichtig war zu sehen, wer der Anführer war, den musste man zuerst ausschalten. Meist ließen die anderen dann auch ab, sonst ging es eben weiter mit dem am besten Erreichbaren.

Der Erste in der Reihe, Tarne identifizierte ihn unschwer als den Anführer, sprach ihn an.

„*Der Neue Chef*? Haben Sie danach gefragt?"

„Nein."

„Nein?"

Er schaute irritiert zur Theke. Der Wirt nickte bestätigend.

„Ich habe nach Sprengstoff gefragt." Tarne versuchte es noch einmal mit seiner Geschichte. Der Schlägertyp ging nicht darauf ein.

„Das interessiert uns nicht. Wir wollen wissen, woher du das hast, *Der Neue Chef*? Wer hat dir das gesagt?"

Der Wechsel zum Duzen war typisch. Wenn es nicht so lief, wie sie es erwarteten, waren sie überfordert und wurden aggressiv. Das zeigte Tarne, dass es nicht ohne Auseinandersetzung laufen würde. Also konnte er es auch angehen.

„Wer?"

Diese Gegenfrage brachte Tarnes Gegenüber sichtlich aus dem Gleichgewicht. Der Wortführer brauchte etwas, um sich zu überlegen, wie es weitergehen sollte.

„Wie, wer?"

„Wer will das wissen?"

„Hör zu, Freundchen, werd nicht frech. Wir stellen hier die Fragen. Wer bist du und was willst du? Vor allem interessiert uns, woher hast du das, *Der Neue Chef*?"

„Ist mir zugeflogen. Sollte eine Empfehlung sein. Aber da wurde ich wohl falsch informiert."

„Quatsch uns nicht die Ohren voll. Von wem hast du das?"

„Immer locker, Leute, wir wollen doch keinen Krach. Das habe ich von jemand in einer Kneipe gehört."

„Wo und von wem?"

„Weiß ich nicht mehr."

„Ich werd deiner Erinnerung auf die Sprünge helfen. Wenn du nicht bald ausspuckst, was ich wissen will, demoliere ich dir die Kauleiste. Alles klar, oder wat?"

Sein Gegenüber, der zuerst das rechte Bein vorgestellt hatte, wechselte gerade und schob das linke Bein vor. Das konnte Angriff bedeuten.

„Wenn du das schaffst? Da gehört mehr dazu als so eine halbe Portion. Außerdem habe ich einen guten Zahnarzt."

„Den wirste auch brauchen."

Entweder, spekulierte Tarne, wollte er ihn an seinem Revers packen und seine Informationen aus ihm herausschütteln oder gleich zuschlagen und dann weiterfragen. Zumindest schien man sehr interessiert zu sein, wie er auf diesen Titel *Der Neue Chef* gekommen war. Die zweite Möglichkeit zog Tarne jetzt eher in Erwägung. Gewaltbereit hob sein Gegenüber beide Arme, zu Fäusten geballt. Er wollte vermutlich direkt zuschlagen, aufgrund der Beinstellung: mit rechts Schwung holen und zuschlagen. Das Ganze lief automatisiert ab, ohne dass dadurch die Reflexe beeinträchtigt wurden. Die Kalkulation der Vorgehensweise, die tausend Mal und mehr bei Sagatzki im Training geübte Reaktion und die Aufrechterhaltung der Kommunikation.

„Wir werden sehen."

„Ey hör mal, du Arsch. Wat bildste dir eigentlich ein? Hier herkommen und ne Lippe riskieren, wat? Arschloch!"

„Hochintelligentes Argument. Das akzeptiere ich!"

Tarne hatte beim Vorgeplänkel bereits die Arme erhoben, zur Tarnung damit gestikuliert, um seinen Worten Nachdruck zu verleihen. Bevor sein Gegner nur ausholen, geschweige denn zuschlagen konnte, schnellten Tarnes Arme vor. Mit der Rechten drückte er die Hände des Angreifers hinunter, mit der Linken griff er hinter seinen Kopf, damit der andere nicht zurückweichen konnte. Aus der Bewegung, als er dem Angreifer die Hände hinunterdrückte, ließ er seine Ellenbogen in einer Drehbewegung hochschnellen auf die Nase des Typen. Meist brach dabei schon die Nase. Falls der Schlag mit dem Ellenbogen wider Erwarten nicht genug Unheil angerichtet hatte, riss er, indem er seinen Arm zurückschnellen ließ, die Hand hinter seinen Kopf, den Ellenbogen nun mit der unteren Kante erneut unter die Nase des Anderen. Dann führte er den Kopf des Feindes, den er immer noch mit seiner linken Hand dahinter hielt, an seine Schulter, fast, als wenn er ihn liebevoll trösten wollte, und zog sein Knie hoch, dass den andern zwischen den Beinen traf. Zu dem Schnorcheln, das die lädierte Nase verursachte, gesellte sich ein dumpfes langgezogenes *Uuumpf*.

Als Tarne ihn losließ, rutschte er fast gemütlich, wie in Zeitlupe, zu Boden und blieb zusammengekrümmt liegen. Dieses ganze Intermezzo hatte, wie in einer einzigen eleganten Bewegung durchgeführt, nur den Bruchteil einer Sekunde gedauert. Der Ablauf entsprach einer genau berechneten Choreographie.

In der rechten Hand des nächsten Angreifers blitzte ein Messer auf. Tarnes Unterbewusstsein rief die eingeübte Vorgehensweise ab, ohne Gedankenkapazität zu verbrauchen. Die Stunden um Stunden Training machten sich bezahlt. Wie ein Reflex. Sein Gegner führte das Messer von unten nach oben und zielte auf Tarnes Bauch. Tarne wusste, dass er nicht zurückweichen, sondern in den andern hineingehen musste. Mit dem rechten Arm schützte er seinen Hals, mit dem linken lebenswichtige Organe und sprang auf den anderen zu. Dabei ließ er mit aller Kraft seine linke Hand auf den Unterarm hinter der Klinge niederkrachen und drückte den Arm des Gegners nach hinten über seine Schulter hoch. Mit der rechten Hand ergriff er das Handgelenk, das das Messer hielt, über dessen Schulter und drehte es ihm aus der Hand. Das Messer klapperte zu Boden. Damit der Arm nicht brach, musste der Typ sich vorbeugen, so dass Tarne sein rechtes Knie in den Unterleib des Mannes knallen konnte. Er kickte mehrmals nacheinander auf Geschlechtsteile, Bauch, Brust und beim letzten Mal – der andere bereits so weit vorgebeugt – traf Tarnes Knie seine Nase, die mit einem unangenehmen Geräusch brach. Gleichzeitig schlug Tarne ihn mit der rechten Hand ins Genick und holte noch einmal aus, um ihm seinen abgewinkelten Handballen mit Wucht auf das Ohr zu donnern. Das sollte ihm nach seiner Erfahrung den Gleichgewichts-sinn so beeinträchtigen, dass er fürs Erste genug haben würde.

Der Dritte trat jetzt Stühle und Tische zur Seite, um näher an das Geschehen heranzukommen. Kaffee spritzte über den Boden und das Geschirr zersprang in Scherben.
Tarne trat vorsichtig, um nicht zu stolpern, über den kampfunfähig am Boden liegenden Zweiten, als ihn ein gewaltiger Faustschlag über dem rechten Auge traf. Schmerz zuckte hinter seiner Stirn und zog über Kopf, Nacken und Rückgrat hinunter. Schwindel drohte ihn umzustürzen. Die Knie gaben nach. Tarne spürte etwas

Feuchtes im Gesicht. Es lief von seiner aufgeplatzten Augenbraue an der Nasenseite herunter. Im Mundwinkel nahm er den eisenhaltigen Geschmack von Blut wahr. Sein Blut. Jetzt langte es. Der dritte Kämpfer holte neu aus, Tarne wich zurück, der Schlag traf abgeschwächt seine Schulter. Tarne hatte ihn falsch eingeschätzt. Hatte erwartet, dass er fliehen würde, sobald er seine Kameraden am Boden sah. Aber das Speed schien ihm jede Angst genommen zu haben. Tarne musste die Kontrolle in diesem Kampf wieder erlangen. Der Typ war langsam, hatte ihn nur zufällig erwischt, aber seine Kraft war enorm. Noch einen Volltreffer würde er nicht überstehen. Der Gegner nahte mit gesenktem Kinn, Arme erhoben. Er versuchte, einen Schlag auf Tarnes Brust zu landen. Doch Tarne stand nicht mehr an der Stelle, sondern war an seine Seite, fast schon hinter ihn gesprungen, bevor das Kraftpaket sich umdrehen konnte. Tarne ergriff mit beiden Händen den schwarzen Blouson und riss ihn herunter, wodurch die Arme am Körper fixiert waren. Das Material dieser Jacke war zum Glück widerstandsfähiger als erwartet. Bei der Aktion hatten beide sich so ausgerichtet, dass sie sich wieder gegenüber standen. Tarne holte mit seinem rechten Bein aus und trat ihm in die Eier. Ein Zucken durchlief den Körper, er sackte wie eine Klappmesser zusammengefaltet zu Boden und blieb dort stöhnend liegen.

Aus den Augenwinkeln sah Tarne den Wirt hinter der Theke hervorstürmen. Er hielt einen Baseballschläger in der Hand. Abgesägter Baseballschläger. Der Mann war clever, den durfte er nicht unterschätzen. Der wusste, dass ein Baseballschläger keine gute Waffe innerhalb beengter Räumlichkeiten im Nahkampf war, es sei denn, man kürzte ihn und benötigte daher einen kürzeren Winkel und weniger Weg und Zeit, um auszuholen und zuzuschlagen.

„Vorsichtig. Stopp. Oder wollen Sie auch etwas abbekommen?"

Der Wirt war vernünftiger. Er hielt mitten im Lauf inne. Tarne wirkte wohl doch nach seinem bisherigen Einsatz bedrohlicher, so dass er es sich überlegt hatte.

„Wer kommt denn für meinen Schaden auf?"

„Sind doch Ihre Gäste. Dann sollten Sie sich vielleicht andere Kundschaft aussuchen."

„Die trinken hier viel. Davon lebe ich. Außerdem habe ich durch die immer die Nebenräume vermietet. Leute wie Sie mögen wir hier nicht."

Es war nicht ganz so gelaufen wie er es sich gedacht hatte. War doch nicht so eine gute Idee gewesen, hierher zu fahren. Wenn man nichts hatte, musste man eben mal ein wenig stochern. Manchmal kam etwas dabei heraus, manchmal eben nicht.

Vor *Haus Deutschland* standen zwei Pkw, einer in zweiter Reihe, der andere mit den Vorderrädern auf dem Bürgersteig. Bei beiden Fahrzeugen standen mehrere Türen auf. In einem saß noch einer mit rasiertem Schädel, Sweatshirt und Kapuze. Ein weiterer lehnte lässig am Fahrzeug und hielt eine Dose Bier in der Hand.

Als Tarne den ersten Gang einlegte, öffnete sich die Tür der Kneipe erneut. Einer seiner Gegner humpelte heraus, deutete hinter ihm her und rief seinen Kumpeln etwas zu. Als Tarne bereits mehrere Straßen weiter war, bemühten die beiden sich noch, ihr Fahrzeug zu wenden.

020

Nachdem Tarne um mehrere Ecken gefahren war, versuchte er sich zu orientieren, um sich einen Weg Richtung Essen zu suchen, und zwang sich, einen unauffälligen Fahrstil einzuhalten. Er versicherte sich mehrmals im Rückspiegel, dass keines der beiden Fahrzeuge, die vor dem *Haus Deutschland* gewartet hatten, hinter ihm war. Nieselregen, der aus einem grauen Himmel fiel, erschwerte die Sicht. Gebracht hatte die ganze Aktion nichts. Außer, wenn man so wollte, Erkenntnisse über die rechtsextreme Zelle. Wie schnell Infos weitergeleitet wurden und Reaktionen unmittelbar folgten. Das ließ darauf schließen, dass die Strukturen und Hierarchien gut vernetzt waren. Ein gut organisiertes System.

Auf der Rückfahrt lösten die farbenfrohen Auslagen eines türkischen Obst- und Gemüseladens ein Hungergefühl bei Tarne aus. Er hielt in der zweiten Reihe und sprang aus dem Wagen. Die Äpfel strahlten ihn in einer solchen Intensität an, dass er gleich zwei mitnahm. Die Verkäuferin sah ihn an, als wenn sie gleich die

Ordnungshüter zu ihrem Schutz anrufen müsse. Das Auge und das Blut – in seinem von Adrenalin hochgeputschten Zustand hatte er daran gar nicht mehr gedacht. Doch auf dem Weg zum Auto biss er in den ersten Braeburn. Mmh, lecker. Den zweiten Apfel deponierte er auf dem Beifahrersitz zu den vier angefaulten, die dort lagen. Bei der nächsten Gelegenheit, beschloss er, würde er hier für Ordnung sorgen müssen. Auch die leeren Kaffeebecher, die Chipstüten und was sich dort und im Fußraum seines Wagens bereits wieder angesammelt hatte. Die Wirkung des Adrenalins klang langsam ab. Anne Klar. Sie wohnte doch in Gelsenkirchen. Warum sollte er sie nicht anrufen? Das war doch eine gute Gelegenheit. Eigentlich wie jede andere Gelegenheit auch.

Tarne überlegte hin und her, haderte mit sich. Sollte er jetzt in Verbindung mit ihr treten? Sie hatte ihn sehr beeindruckt. Gerne würde er sie wiedersehen. Aber anrufen? Was sollte sie von ihm denken? Besser war es, er wartete noch ein bisschen. Lieber nicht zeigen, dass er interessiert war. Wer sich bewegt, hat verloren. Immer besser, wenn man sich uninteressiert zeigte. Sonst konnten die sofort mit einem spielen. Er fasste in die Jackettasche und vergewisserte sich, dass sein Smartphone noch dort war. Griff wieder mit beiden Händen ans Lenkrad. Entschied sich dann doch, das Handy aus der Tasche zu holen, und legte es auf die Mittelkonsole. Abwägen der Möglichkeiten. Sie konnte ablehnen, nein sagen. Dann befand er doch, dass es eine gute Gelegenheit sei. Als Vorwand konnte er vorschieben, ob sie ihm etwas Hintergrundinformationen über Gelsenkirchen geben konnte.

„Klar", meldete sie sich voll Energie und Ungeduld.

Auf einmal merkte er, wie sehr er sich nach ihr, dem Kontakt zu ihr gesehnt hatte. Ihre Stimme …

„Hallo …? Wer ist da?"

Wie ein kleiner Schuljunge kam er sich vor. Er, dem sonst nichts etwas anhaben konnte, wusste nicht, was er sagen sollte. Das kannte er nicht. Das hatte er noch bei keiner Frau erlebt. Der Klang ihrer Stimme ließ ihr Bild vor seinem inneren Auge in aller Perfektion wieder entstehen. Ihm wurde bewusst, dass er sich mehr von ihr erhoffte. Wie konnte das sein, dass er sich durch eine Frau von seiner Arbeit ablenken ließ. Äußere Reize für einen Moment, ja, aber das hier war etwas völlig anderes. Wo er doch sonst, wenn er an einem Job war, nur die Aufgabe kannte. Die Details zusammensetzen, spekulieren, analysieren. Nur eins im Kopf, das Ziel, den Auftrag lösen, das Problem klären. Stück für Stück zusammensetzen. Den Fokus darauf gerichtet und alles andere wurde ausgeblendet, wie auf der Jagd.

Ihr glockenhelles Lachen erklang, als sie ihn nach seinen ersten Worten erkannte. Das war für ihn überraschender Weise nicht verletzend. Im Gegenteil, es löste ein angenehmes Gefühl aus.

„Habe ich den harten Detektiv durcheinander gebracht?"

„Ich hatte gerade hier zu tun, da dachte ich, das ist eine gute Gelegenheit."

„Freut mich. Wenn Sie Zeit haben, sollen wir uns jetzt treffen?"

Das war für Tarne zu plötzlich. Er hielt sich mit seinem blauen Auge auch für nicht sozial verträglich.

„Würde ich gerne, aber ich bin aktuell nicht vorzeigbar."

„Dann ein andermal."

Klang da Enttäuschung mit? Sie gab ihm vorsorglich ihre Privatadresse. Die Einliegerwohnung in einer alten Villa in Buer.

Die Freisprecheinrichtung gestattete Tarne, während des Gesprächs alles unter Kontrolle zu behalten. Sein Blick wanderte vom Außenspiegel zum Innenspiegel. Ein automatisierter Griff an den Rückspiegel, um ihn anders einzujustieren. Der dritte Wagen hinter ihm hatte dieselbe matte, ausgeblichene, verdreckte rostrote Farbe wie einer der beiden, die er vor dem *Haus Deutschland* zurückgelassen hatte. Die Marke konnte er allerdings auf die Entfernung nicht erkennen. Wurde er doch verfolgt? Jetzt glitt sein Blick immer wieder in den Innen- und die Außenspiegel. Konnte das der Wagen sein?

Tarne berichtete ihr von seinen bisherigen Erfahrungen in Gelsenkirchen.

„Ich dachte, vielleicht könnten Sie mir ein wenig über die Stadt erzählen. Ich weiß zwar, wie Städte allgemein funktionieren, aber ein wenig Hintergrund ist immer hilfreich."

Seine Aufmerksamkeit war mehr auf das gerichtet, was sich hinter ihm abspielte. Die Ampel der Kreuzung voraus schaltete auf Gelb und in dem Moment, als er die Anlage passierte, wechselte das Licht auf Rot. Er sah es aus den Augenwinkeln.

„Ich kann Ihnen vor allem etwas über Buer erzählen. In Buer, da ist man sowieso etwas Besonderes. Da fühlt man sich gar nicht als Gelsenkirchener. Und wehe, einer würde das Dehnungs-E falsch aussprechen, Bühr, der würde auf der Stelle gelyncht. Aber wo sich die Skins hier treffen, da wissen Sie bestimmt schon mehr als ich. Ich war da nur kurz hinterher, weil ich das Mädchen finden musste."

Wo war der rote Verfolger? Hatte er ihn an der Ampel abgehängt? War derjenige nicht hinter ihm her? War es jemand anders? Tarne fragte sich, ob er langsam paranoid wurde. Aber vermutlich konnte man nicht vorsichtig genug sein, wenn man sich mit dieser Klientel einließ.

„Ihr Fall, genau. Was ist daraus geworden?"

„Das war ein Glücksfall. Was ich von Thorsten Biberneid erfahren habe, dass sie eine Betreuerin hat, das war echt hilfreich."

„Über die Stadt kommt man da doch eher schlecht weiter. Wegen Datenschutz und so."

„Stimmt wohl, aber untereinander umgehen die das. Dann nennt sich das Amtshilfe. Sie wissen ja, wie es in unserem Beruf ist. Ich kannte da jemanden …"

„Das habe ich mir schon gedacht."

Da war er wieder. Jetzt nur noch ein weißer Kleintransporter mit Werbeaufschrift zwischen ihm und seinem Anhang.

„Die Kleine wohnt jetzt in Essen-Borbeck. Zusammen mit einem Hartz-IV-Empfänger, haben einen großen Fernseher und alles, was an Medien nötig ist. Sie ist da nur nicht angemeldet, weil sie sonst weniger Stütze kriegen würden. Zumindest scheinen sie glücklich zu sein. Ihre Eltern will sie auf keinen Fall sehen. Das Leben, was die führen, kotze sie an. In manchen Fällen kann man das gut verstehen."

„Was sagen die Eltern? Sind die auf eine Art etwas beruhigt?"

„Werden sich wohl daran gewöhnen müssen, dass ihre Tochter nicht so leben will wie sie. Kein Vorzeigepüppchen, keine Karriere, sondern Sozialfall. Waren aber sehr beruhigt, dass ihrer Tochter nichts Schlimmes zugestoßen ist."

„Keine stolzen Eltern."

„Nein, aber sie können sie jetzt da lassen. Das ist schon ein Fortschritt. Da sie minderjährig ist, ging das natürlich nur, weil sie eine Betreuerin hat. Das ist diese Frau Pasucha. Ich weiß nicht, ob Sie das mitbekommen hatten? Auf jeden Fall hat die mir versichert, dass sie ein gutes Verhältnis zu ihr hat."

Tarne nutzte die nächste Gelegenheit und bog rechts ab.

Konzentriert auf die hinter ihm liegende Querstraße sah er den Wagen vorbeifahren. Die Insassen waren nicht genau zu erkennen, da Tarne schon zu weit in der Nebenstraße vorgefahren war, aber zumindest bekam er mit, dass sich kein Kopf drehte, um ihm hinterherzuschauen. Also doch nicht. Nach mehrmaligem Abbiegen fuhr er wieder auf der richtigen Straße Richtung Essen. Kontrollblick. Kein roter Wagen. Alles frei. Er hatte sich getäuscht.

„Sagen Sie, was ist? Sind Sie abgelenkt?" Anne Klar neckte ihn. „Verunsichere ich Sie so sehr?"

„Sorry, ich musste eben ein kleines Manöver fahren. Es sah so aus, als wenn ich verfolgt werde. Scheint aber nicht so zu sein."

Fast fünf Minuten waren vergangen. Sie flirteten immer noch miteinander und Tarne versprach gerade, sich zu melden, sobald er wieder vorzeigbar sei, als der Wagen wieder da war. Jetzt direkt hinter ihm. Der Abstand ermöglichte ihm schemenhaft, zwei der Typen auszumachen, die er vor dem *Haus Deutschland* gesehen hatte. Kein Zweifel. Die Typen in dem Wagen beobachteten ihn. Seine Wahrnehmung war nicht gestört.

„Er ist wieder da."

„Wer? Ach, Ihr Verfolger?"

„Ich muss jetzt Schluss machen."

„Kann ich etwas tun?"

„Danke. Ich rufe wieder an."

Warum verfolgten sie ihn? Es konnte kaum darum gehen, seine Adresse herauszubekommen. Wenn sie nicht ganz doof waren, hatten sie beim letzten Mal bereits über sein Kennzeichen seine Identität erfahren. Das war heute kein Problem. Also, was sollte das? Wollten sie ihn unter Druck setzen? Ihm Angst machen? Was sollte er tun? Einfach ignorieren? Wieder Hesse einschalten? Das hatte auch nichts gebracht. Er könnte natürlich … Sagatzki? Schwierige Lagen waren schließlich die

Spezialität seines Freundes. Das war ein Ausweg. Der Samurai hätte kein Problem damit, auch illegal vorzugehen. Wenn er jemanden etwas fragte, dann bekam er auch Antworten. Normalerweise. Vielleicht brachte es etwas. Allein die Vorstellung ließ bei Tarne eine gehobene Stimmung aufkommen. Der Gedanke war wie ein Hoffnungsschimmer. Warum war er nur nicht gleich darauf gekommen!

021

Für Sagatzki war es ein ganz normaler Arbeitstag – trübe, etwas Regen, wie es um diese Zeit im Ruhrgebiet eben ist. Der Konzern hatte die Grugahalle in Essen angemietet, um für das geeignete Ambiente seiner Mitarbeiterversammlung zu sorgen. Mit Bussen waren die Kollegen der Niederlassungen des Unternehmens aus drei Städten herangekarrt worden: Duisburg, Mülheim und Essen.

Dipl.-Kfm. Claus Berger war der Inhaber des mittelständischen alteingesessenen Familienunternehmens Berger Industries, das seit einigen Jahren als Aktiengesellschaft an der Börse gehandelt wurde. Das Gesicht unter seinem strohblonden Haar, das bereits erste Ansätze einer Glatze zeigte, war bleich. Der Manager war so typisch für diese Sorte Leute, dachte Sagatzki – nach außen hin Arroganz, aber innen von Selbstzweifeln zerfressen. Mit seinen 38 Jahren gab er sich als dynamisch, war aber schon ausgebrannt. Das blieb nicht aus, bei 14 bis 16 Stunden Arbeit am Tag.

„Mein Privatleben habe ich in die Nacht verlegt", hatte Sagatzki gehört, als er neben ihm in sein Blackberry sprach. Seit Jahren hielt er die Fassade aufrecht, je mehr Arbeit, umso mehr gab es ihm ein Gefühl von Sicherheit und Stärke. Je mehr Aktion, je mehr Leute ihn umgaben, umso mehr fühlte er das Leben oder zumindest das, was er für Leben hielt. Leistung war das Lebensmotto. Bei Nichtstun könnten Selbstzweifel hochkommen, die sofort mit Arroganz überspielt wurden. Alle Tricks und Kniffe hatte er gelernt und vor allem eines: die Grundeinstellung *Mir gehört die Welt*. Man hat zu tun, was ich will! Alkohol und Tabletten gehörten wie selbstverständlich zur Stütze seiner Leistungsfähigkeit. Er diskutierte nicht, er erwartete, dass man tat, was er anordnete. Alle hatten erreichbar zu sein, wenn er es für notwendig hielt. Nur Erfolg zählte.

Das waren der aktuelle Auftraggeber und die Informationen, die Sagatzki über ihn in Erfahrung gebracht hatte. Gründlich vorbereitet zu sein, gehörte zu Sagatzkis Beruf. Und er konnte mit diesen Leuten umgehen. Er vermittelte ihnen, dass für sie nur der Beste in Frage käme, nämlich er, der Samurai und seine handverlesenen Kämpfer.

In einer dreistündigen Veranstaltung mit schwungvollen Reden hatte die Konzernleitung viele schöne Worte für ein und dasselbe gefunden. Es war den 3000 Angestellten mitgeteilt worden, dass man auf einen großen Teil von ihnen in Zukunft verzichten müsste. Mit wohlklingenden Worten, wie Arbeitsverknappung, an einem Strang ziehen, Auftragsschwund, wir müssen uns ändern, werden wieder vorangehen, und was sie sich noch alles einfallen ließen. Aber das Ergebnis blieb gleich. Es sollten an die 800 Menschen entlassen werden. Alles für den Erfolg der Firma. Schöne Worte für üble

Machenschaften und die Schicksale der Betroffenen. Die Gehälter der Geschäftsführung wurden nicht gekürzt. Die Stimmung war mies, auf dem absoluten Nullpunkt. Es brodelte vor Aggression.

Samurai im Einsatz mit einigen aus seinem Team. Personenschutz. Die Geschäftsführer sollten davor bewahrt werden, von der wütenden Menge zerfleischt zu werden. Solange sich alle führenden Kräfte auf der Bühne befunden hatten, Reden gehalten und es Diskussionen gegeben hatte, war es noch eine leichte Aufgabe gewesen. Sagatzki hatte mit seinen Männern im Hintergrund gestanden und das Publikum im Auge behalten, damit sie jederzeit hätten eingreifen können. Er war voll in seinem Element und gab seinem dreiköpfigen Team konzentriert knappe Anweisungen.

Aber nach Abschluss der Diskussion war geplant, dass die Konzernleitung sich mutig und der Menge verbunden zeigen und mitten durch ihre Leute den Saal verlassen sollte. So war es besprochen. Sie wollten damit die Nähe zu ihren Mitarbeitern demonstrieren. Die Frage war nur, ob die betroffenen Menschen das auch so sahen. Es wurde jetzt etwas brenzliger. Jeder drängte nach vorne, jeder wollte persönlich den führenden Herren seine Wut ins Gesicht schreien.

Team 1, aus drei Personen und Sagatzki selbst bestehend, hatte einen Kreis um Berger und seinen CEO gebildet. Ein zweites Team wartete in einem Kleintransporter vor der Veranstaltungshalle. Ständig in Bewegung, die Menge drängte immer näher, Sagatzkis Leute drückten zurück, schafften mehr Raum, knapp einen Meter Sicherheitszone hatten sie nur noch um die Führungsriege. Immer wieder drängten einige vor, drohten mit Fäusten oder wollten an den schwarz gekleideten Sicherheitskräften vorbei die Manager angreifen.

Die Bodyguards verständigten sich ununterbrochen, indem sie in ihre Mikros flüsterten.

„Der auf 13 Uhr, Vorsicht, ich glaube, der hat eine Flasche."

„Schon gesehen."

… und laut zu den empörten Arbeitern:

„Ruhig, Leute, das ändert doch nichts. Macht es doch nicht schlimmer als es ist."

Wieder leise: „Ringo 3, pass auf, der mit den schwarzen Haaren und dem karierten Hemd …"

„Schon gesehen."

Ringo 3 griff zwischen zwei in Blaumann Gekleideten in der ersten Reihe hindurch und entwand dem Schwarzhaarigen einen Baseballschläger.

„Mann, das bringt doch nichts. Mach dich doch nicht unglücklich."

Tumult, Geschiebe und Geschubse. Hin und her. Nur langsam kam die Gruppe mit ihrem Schutzkordon voran in Richtung Ausgang.

Kaum sah es so aus, als wenn es etwas mehr Platz gäbe, drängte sich eine neue Masse von Arbeitern, diesmal alle in neongelben Westen, um sie herum, bombardierte die Chefs mit Fragen, Beschimpfungen und Alternativvorschlägen zur Rettung des Unternehmens ohne Kündigungen.

Sagatzki und drei seiner Jungs in Anzügen mit Ohrstecker deckten die Führungsriege ab gegen Übergriffe. Die Menge brodelte. Es gab Geschrei. Beschimpfungen. Eine Gruppe skandierte einen Spruch, den immer mehr aufnahmen. Immer wieder drang der eine oder andere der wütenden und enttäuschten Mitarbeiter zu dem Kordon durch. Einer wurde zurückgedrängt. Bei anderen reichten ein durchdringender Blick oder ein paar besänftigende Worte, um sie zu stoppen. Die Schutzmannschaft blieb ständig konzentriert. Ihre Augen wanderten hin und her. Jede Bewegung musste rechtzeitig erkannt und

darauf reagiert werden. Besser noch: Es musste voraus-
gesehen werden, wo ein Eingreifen erforderlich wurde.

Mitten im Chaos erklang das Anklopfsignal eines
externen Anrufers in die Konferenzschaltung, durch die
Sagatzki und seine Mannen verbunden waren.

„Ich klinke mich kurz aus.“

„Tarne. Ich werde verfolgt.“

„Ganz schlechtes Timing.“

„Geht nicht?“

Er hatte seinen Beinahmen Samurai nicht nur so erhalten,
er war entstanden, weil alle wussten, dass auf ihn Verlass
ist. Er würde nie einen Freund im Stich lassen, egal, wie
schwierig sich eine Situation darstellte. Sagatzki nahm
ein Zucken um seine Mundwinkel wahr und war sich
bewusst, dass nur jemand, der ihn wirklich gut kannte,
daran seinen inneren Konflikt hätte erkennen können. Er
war hin- und hergerissen zwischen dem Pflichtgefühl
seinem Auftraggeber gegenüber und seinem ungeschrie-
benen inneren Gesetz, einem Freund beizustehen.

„Doch. Bin gleich wieder da.“ Umgeschaltet,
„Jungs, schafft ihr das alleine?“

Fast gleichzeitig kamen die Bestätigungen seiner Leute.
Damit war die Verantwortung in der Hierarchie weitergegeben, neu festgelegt. Sagatzki wusste, dass er sich
auf seine Leute verlassen konnte. Er beendete die Konferenzschaltung und hatte Tarne wieder in der Leitung.

„Was gibt‘s?“

Tarne schilderte in wenigen Worten seine Situation.
Sagatzki schaltete sich erneut in die Konferenzschaltung:

„Ringo 1, schafft ihr das, auch wenn ich Team 2
abziehe?“

„Ja, kriegen wir hin. Nicht mehr weit bis zum
Ausgang.“ Ringo 3 schaltete sich ein: „Draußen verläuft
es sich sowieso, erfahrungsgemäß.“

Claus Berger, der am nächsten stand, hatte etwas mitbekommen.

„Sie wollen uns doch hier in diesem Augenblick nicht im Stich lassen?"
Berger versuchte seine Ängste durch möglichst forsches Auftreten zu überspielen.

„Es ist nicht in unserem Interesse, dass Sie sich jetzt einfach entfernen. Ich kann das nicht zulassen. Ich bin nicht zum ersten Mal in einer solchen Situation. Dafür habe ich Sie ja schließlich engagiert." Er zog seine Augenbrauen in die Höhe, wodurch ihm eine gerade schwarze Linie auf seiner Stirn stand. Damit erschienen seine dunklen Augen noch größer und bedrohlicher. Es wirkte, als wenn er diese Mimik geübt hatte, um andere einzuschüchtern.
Sagatzki, der es gewöhnt war, mit diesen Leuten und ihren Stimmungen umzugehen, ließ eine Pause entstehen, bevor er antwortete. Es wirkte so, als wenn er genau überlegte, was zu sagen war. Seine Aussage bekam dadurch mehr Bedeutung.

„Machen Sie sich keine Sorgen. Sie können Ihre ganze Energie für Ihre Aufgabe hier nutzen. Ich habe meine besten Männer für Sie bereitgestellt. Für Sie nur die Besten! Das versteht sich doch von selbst."
Berger fasste nach seiner Krawatte, um sie zu richten, als wenn er dadurch Kraft und Sicherheit bekäme, und sah Sagatzki hinterher. Das Team Ringo 1 schloss mit seinen drei Mann die Sicherheitslücke um den besorgten Konzernleiter.

022

Tarne war über seine Freisprecheinrichtung mit Sagatzki in ständiger Verbindung.

„Kommt mein Anruf ungelegen? Bist du mitten in einem Auftrag?"

„Ist okay, so kann ich das zweite Team auch beschäftigen. Die warteten auf ihren Einsatz. Bereitschaft.

„Du meinst, so clever wie du bist, deklarierst du das als Trainingseinheit? Auf diese Weise haben die auch ihren Spaß und bleiben in Übung?"

„Exakt!"

„So kenne ich dich."

„Wir sind unterwegs. Wo bist du jetzt?"

„Ich wollte erst über die 2 zurück, das bot sich ja an. Aber dann bin ich die ganze Zeit hier herumgeirrt, um zu sehen, ob ich verfolgt werde, und um die abzuhängen. Ich bin immer noch in Gelsenkirchen, im Moment hier auf der …" Tarne suchte nach einem Straßenschild, „… Adenauerallee."

„Bis dort brauchen wir locker 25 Minuten. Was ist, wenn du uns entgegenkommst?"

„Ich bin mir nicht sicher, was die vorhaben. Die wissen, wo mein Büro ist. Also, was soll das? Wenn ich eine der möglichen Autobahnen nehme, bleiben sie dann dran?"

„Wissen die, dass du sie erkannt hast?"

„Denke schon. So wie ich hier herumgeirrt bin. Obwohl, kann auch sein, dass die denken, ich kenne mich hier nicht aus. Aber für so blöd halte ich die auch nicht. Ich denke, wenn wir uns die schnappen, dann können wir vielleicht mehr aus denen herauskriegen als über Hesse."

„Anzunehmen. Ich schalte mich kurz raus." Sagatzki beriet sich mit seinen Leuten, um eine geeignete Strategie und einen passenden Platz zu finden. Tarne schielte mehrfach in den Rückspiegel. Die Verfolger blieben jetzt in Sichtweite an ihm dran, ohne sich darum zu kümmern, ob er sie sah oder nicht. An der Ampel warteten sie geduldig direkt hinter ihm. Sagatzki meldete sich wieder.

„Fahr zur A40, über die 227. Kurz vor der Auffahrt treffen wir zusammen. Du wirst etwa 20 Minuten brauchen, wir sind in 12, höchstens 15 da. Wir bereiten was vor."

„Ich bin gerade über die Kreuzung Willy-Brandt-Allee. Ampel war rot."

„Fahr jetzt die Emscher rechts, dann links Kurt-Schumacher, dann …"

„Ich nehme mein Navi."

Die Verbindung blieb bestehen. Es war nicht notwendig, Weiteres zu sagen. Aus der Freisprecheinrichtung drangen Fahrgeräusche, fernes Hupen, Atmen und unverständliches Gemurmel und Rascheln, mit dem Tarne ein Zurechtrücken und Richten der Ausrüstung der Teammitglieder assoziierte.

Tarne gab seine neuen Standort durch:

„Bin jetzt Flora links, Ringstraße rechts, komme gleich auf die 227."

„Folge der bis zur Autobahn."

Die Bebauung rechts und links der Straße verringerte sich und wurde durch Büsche, Bäume und Freiland abgelöst. Hier herrschte kaum Verkehr. Nur vereinzelte Fahrzeuge kamen ihm entgegen. Auf jeden Fall besser für die anstehende Aktion geeignet als mitten auf belebten Stadtstraßen.

Sagatzki brach das Schweigen.

„Du kommst gleich unter einer Brücke durch, links stehen große Strommasten und rechts. Auf dem Seitenstreifen, da stehen wir."

„Ja, ich sehe einen Vito, schwarz, Ausführung geschlossener Lieferwagen?"

„Korrekt."

Tarne sah, wie der Vito sich hinter dem ausgeblichenen roten Mazda einfädelte.

„Kurz vor der Auffahrt zur A40 geht links eine kleine Straße ab, Kemnastraße. Du biegst da ab und sobald die hinter dir sind, blockierst du die Straße."

„Wenn keiner entgegenkommt."

„Selbstverständlich."

Tarne sah die Abbiegung vor sich und setzte den Blinker. Der Verfolger reduzierte den Abstand. Auch Sagatzki mit seinem Vito verringerte die Geschwindigkeit. Es sah unverfänglich aus. So war es, wenn ein Fahrzeug die Hauptstraße verlassen wollte.

Tarne beobachtete, dass der Mazda auch blinkte, und bog ab, die ausgeblichene rote Rostlaube ebenfalls. Tarne beschleunigte, sah aus den Augenwinkeln in allen zur Verfügung stehenden Spiegeln, dass auch der schwarze Vito in der Seitenstraße angekommen war. Der Platz war wirklich gut gewählt für die Aktion. Noch einen Moment. Kein unbeteiligtes Fahrzeug, soweit er voraus sehen konnte. Jetzt. Er schlug das Lenkrad voll ein und gab gleichzeitig Vollgas. Der Dodge schleuderte 180 Grad herum und Tarne raste direkt auf den Mazda zu, dessen Fahrer nach rechts auf den mit Sand, Dreck und Geröll bedeckten Seitenstreifen auszuweichen versuchte. Tarne schwenkte nach links aus und blockierte jedes weitere Ausweichen des Mazdas, dessen Kühlergrill nur Zentimeter vor Tarnes Beifahrertür zu stehen kam. Durch den aufgewirbelten Staub beobachtete Tarne schemenhaft den Fortgang der Aktion. Man hatte sich der Situation angenommen. Der Fahrer des Mazdas drehte sich um, wollte zurücksetzen, sah aber im selben Moment, dass Sagatzki mit dem Vito die Möglichkeit eines Zurücksetzens versperrte. Die Türen wurden aufgestoßen und vier schwarz gekleidete Männer sprangen aus den Wagen. Alle trugen Handschuhe.

Fahrer und Beifahrer des Mazdas drückten die Sicherheitsknöpfe herunter. Einer der Schwarzgekleideten schlug das Fenster auf der Fahrerseite ein, griff hindurch, öffnete die Türe und riss den Fahrer heraus. Jeder Widerstand wurde mit einem Schlag gebrochen. Um den Beifahrer kümmerten sich die anderen. Die beiden Männer wurden zu dem Vito geschliffen. Die Operation lief reibungslos. Ein weiterer aus Sagatzkis Team setzte sich in den Mazda, parkte ihn unauffällig am Straßenrand, knallte die Türen zu und warf den Schlüssel in ein Gebüsch. Das Ganze hatte nur Sekunden gedauert. Bei dem Vito wurde als Letztes die Seitentüre zugeschoben, bevor er wendete und sich Richtung Autobahn von dem Schauplatz des Geschehens entfernte. Auch Tarne ließ den Motor an und steuerte sein Büro an. Die Verbindung war die ganze Zeit offen gewesen, obwohl kein zusätzlicher Befehl gegeben werden musste. Sagatzkis Leute wussten, was sie zu tun hatte. Alles hatte problemlos durchgeführt werden können. Jetzt erklang nur noch die finale Botschaft des Samurai aus den Lautsprechern:

„Abschluss. Ich melde mich, sobald wir etwas haben."

023

Nach einem verregneten Vormittag strahlte jetzt am späten Nachmittag die Sonne wieder aus dem mit grauen Wolken verhangenen Himmel hervor. Tarne stand vor der Tür und Anne Klar öffnete und ließ mit einer lässigen Kopfbewegung ihre Haare nach hinten fallen. Wie in einem Kinofilm dachte er.

„Es hat mich sehr überrascht, als Sie anriefen. Uiih, das sieht aber gar nicht gut aus." Damit deutete sie auf das Pflaster über seinem Auge und den Bluterguss. Sie zog ihn am Ärmel in ihre Wohnung und schloss die Eingangstür.

„Tja, was soll ich sagen. Sie sind mir nicht mehr aus dem Kopf gegangen."

„Ja? Das dachte ich mir schon."

„Und jetzt?"

„Jetzt bist du hier."

So einfach wechselte sie auf das *Du* und er hatte sich überlegt, wie er dahin kommen sollte. Dann wollte er auch mutig sein und den nächsten Schritt gehen.

„Soll ich die Wahrheit sagen?"

„Auf jeden Fall."

„Ich bin verrückt nach dir."

„Ich weiß zwar nicht, ob das jetzt der richtige Zeitpunkt dafür ist, aber so etwas habe ich schon erwartet."

Tarne rutschte das Herz in die Hose. Hatte er sich doch zu weit aus dem Fenster gelehnt? Doch es kam anders als erwartet.

Die untergehende Sonne tauchte den Raum in ein wohlig warmes Licht.

Er holte seine Hand hinter seinem Rücken hervor und schwenkte eine Flasche.

„Ich habe uns etwas mitgebracht."

„Ob wir dafür Zeit finden?"

„Vielleicht."

Später konnte keiner mehr sagen, wer von beiden zuerst auf den anderen zugegangen war. Als sie sich fast berührten, schlang sie ihre Arme um ihn und er schloss sie fest in die seinen. Sie spürte wie seine Hände über ihren Rücken glitten. Sie schmiegte sich an, ließ sich in die Umarmung fallen.

Sie bog ihre Körper etwas zurück, streckte ihre Hände nach oben, um sein Gesicht zu umfassen, und beide sahen sich in die Augen.

024

Das letzte unkontrollierbare Zucken setzte sich tief in seinem Inneren fort. Ihre Hand lag noch auf seiner Brust, lässig, mit Grazie. Man sah ihr nicht an, was sie alles mit ihm gemacht hatte. Ihre Herzen schlugen noch immer schneller und prickelnde Energie durchlief jede Zelle. Sie drückte sich mit beiden Händen auf seiner Brust ab und löste sich behutsam von ihm, wie um den Moment nicht zu zerstören. Die feinen Schweißtröpfchen glitzerten. Die tief stehende Spätnachmittagssonne fiel gefiltert durch die Gardinen sanft auf ihren Körper, ihre funkelnden Augen verunsicherten ihn, das war er nicht gewöhnt.

„Darf ich? Ist das so bequem für dich?"
Er brummte nur, noch dem Wohlbefinden nachspürend. Sie lag quer zu ihm auf ihrem Bauch, spielte mit seinen Brusthaaren und strich dann über sein stacheliges, seit mehreren Tagen nicht rasiertes kantiges Kinn.

„Mir gefällt deine stoppelige Frisur und der Anflug von Grau darin. Das hat was Männliches."
„Grau?"
„Hmm. Wie soll ich dich nennen? Jetzt wo wir zum *Du* übergegangen sind?"

„Tarne reicht."

„Einfach Tarne? Du hast doch bestimmt auch einen Vornamen!"

„Ja, zwei sogar. Robert und Erich. Beide nicht großartig."

„Wie wäre Bobby? Wie Bobby Kennedy?"

„Furchtbar!"

Er beobachtete, wie Millionen kleinster Staubpartikel vor Aufregung in den letzten Sonnenstrahlen des Tages tanzten und nun langsam wieder zur Ruhe kamen. Die Farbe des ausklingenden Sommers auf ihrem Körper bildete einen Kontrast zum Weiß der Bettwäsche. Abgesehen von den Bikinistreifen. Die Zeit schien still zu stehen. Spielte keine Rolle mehr. Die Schönheit ihres Körpers ließ seinen Atem stocken. Seine Hand schwebte über ihrem Rücken. Die letzten Strahlen der untergehenden Sonne umschmeichelten ihre Haut, die winzigen Härchen warfen kleinste Schatten. Er legte seine Hand auf ihren Rücken, glitt mit aller Vorsicht hinunter, fuhr den Hügeln und Tälern dieser sanften Landschaft nach. Ihre Haut war etwas ganz Besonderes, nie hatte er so etwas erlebt. Er konnte gar nicht aufhören, seine Finger darüber gleiten zu lassen. Tarne betrachtete ihre langen dunklen Haare, die sich auf dem Bett so verteilt hatten, dass sie ihr hübsches Gesicht wie einen Stern umrahmten. Sie hatte etwas Südländisches. Irgendwie feurig. Scham schien sie nicht zu kennen, wie sie ihre schlanke sportliche Figur mit den perfekten Rundungen unbedeckt vor ihm räkelte. Der Blick aus ihren grünen Augen wirkte auf ihn wie ein inneres Leuchten. Seine bewundernden Blicke schienen ihr zu gefallen. Es sah fast so aus, als wenn es sie stolz machen würde. Sie ließ ein Knurren hören, das für ihn genussvoll und wohlig klang, und sagte:

„Ich möchte alles über dich wissen. Wo bist du geboren? Wo kommst du her? Was hast du so getan?"

Sie kannte seinen Job. Er war privater Ermittler. Dass er als Student als Kaufhausdetektiv begonnen hatte und an dieser Arbeit hängen geblieben war und es heute als aufregend und richtig empfand? Das war hatte er ihr erzählt. Was wollte sie noch wissen? Dass er einmal ganz andere Pläne gehabt hatte und alles daran gescheitert war, dass er seine Examensarbeit nicht abgeschlossen hatte? Lehrer war sowieso nichts für ihn, das hatte er mittlerweile begriffen. Wofür sollte es gut sein, wenn er ihr das verraten würde? Wahrscheinlich würden sie sich nach dieser Begegnung sowieso nie wieder sehen.

„Ist das wichtig? Wofür soll das gut sein?"
Sie schloss die Augen und berührte ihn zärtlich mit ihren Lippen am Bauch. Ein Schauer durchlief ihn. In so einer Situation konnte er nicht anders, als ehrlich zu antworten.

„Okay, ich gebe es zu, mein Studium wird wohl nie beendet. Ich hänge jetzt schon ewig an meiner Examensarbeit und langsam glaube ich, das wird nie mehr etwas."

„Über was schreibst du oder hast du geschrieben?" Sie klang ernsthaft interessiert. Schien sein Versagen im Studium in keiner Weise so negativ zu empfinden wie er selbst.

„Über den Begriff der Ehre"
„Ach ja, ich habe darüber gehört."
„Jetzt bin ich dran, zu fragen: Woher? Und was hast du gehört?"

„Nur das Beste!" Sie lachte. „Du sollst ja selbst ein Mann sein, dem dieser Begriff auf den Leib geschrieben ist."
Sie kuschelten sich aneinander.

„Ich muss ganz früh weg morgen, lass dich dadurch nicht stören, du kannst noch bleiben", flüsterte sie.
„Hmm."
Tarnes Gedanken schweiften zum Moment zurück, als er bei ihr angeschellt hatte. Im Nachhinein schien es ihm

so, als wenn beiden von Anfang an klar war, wie es kommen würde. Schon der erste Blick, als sie die Tür öffnete, hatte es ihm gezeigt. Der Moment war gekommen. Es bedurfte keiner Einleitung, Anspielung oder Überleitung. Sie waren beide alt genug und schienen auch zu wissen, dass sie es wollten. Weder sein schlampiger grauer Anzug noch sein blaues Auge hatten verhindert, dass sie ihn in ihre Wohnung gezogen hatte und sie beide ihrer Leidenschaft nachgegeben hatten. Für einen Moment hielt er sie eng umschlungen. Sie erwiderte die Umarmung. Für Tarne gab es nur noch sie beide. Er wollte sie spüren, nie wieder loslassen. Der erste tastende Kuss im Flur, gefolgt von einem zweiten mit forderndem Verlangen. Eng umschlungen, ihre Hände auf ihm und es drängte ihn, ihren Körper durch die Kleidung zu entdecken. Auf dem stolpernden Weg zur Wohnzimmercouch hatte sie einige Knöpfe seines weißen Hemdes abgerissen. Ihre Jeans hatte sie selbst schon leidenschaftlich atmend aufgeknöpft und heruntergezogen. Tarne hatte ihren weichen schwarzen Pullover, der eine für ihn äußerst verführerische Schulter frei ließ, hochgeschoben. Dabei hatte sie sich genussvoll gestreckt, ihre Arme weit über dem Kopf, damit er es leichter hatte. Des roten BHs, teils mit durchsichtiger Spitze besetzt, hatte sie sich, als sie bereits auf ihm saß, mit einer für ihn besonders reizvollen Bewegung entledigt. Sein Verlangen regte sich wieder, unterstützt durch ihr erneutes Anschmiegen und Betasten seines Körpers, was er auf eine angenehme Weise recht fordernd erlebte. Später irgendwann, der Abend hatte sich noch lange in die Nacht hineingezogen, schliefen sie eng umschlungen ein.

Vor Sonnenaufgang erwachte sie, streckte sich und erhob sich. Sie strich ihm über die Stirn und flüsterte:

„Ich werde jetzt gehen, ich hoffe, das stört dich nicht. Bleib, solange du magst."

Normalerweise gehe ich zuerst, dachte er im Halbschlaf.

„Normalerweise gehe ich als Erster", sagte er und drehte sich um.

Sie lachte.

„Einmal ist immer das erste Mal."

Als die Tür hinter ihr zuklappte, klangen die letzten Sätze noch in ihm nach. Tarne hörte, wie sie die Treppe hinunter eilte, die Haustür zufiel und sich ihre leichten Schritte entfernten. Er hatte das Gefühl, als wenn er träumte. Konnte das wirklich wahr sein, dachte er und schlief wieder ein.

025

Der schrille Ton der Schelle riss Tarne aus dem Schlaf.
Auf einen Schlag war er hellwach. Im ersten Moment lag
er da wie gelähmt. Dann kehrte die Erinnerung an die
Nacht zurück und eine wohlige Wärme breitete sich in
seinem Körper aus. Ein Lächeln trat auf sein Gesicht, das
sich nicht wegwischen ließ. Das war Annes Wohnung.
Sie war schon gegangen. Draußen war es immer noch
stockdunkel. Es war spät geworden, aber er konnte sich
nicht daran erinnern, dass sie jemanden angekündigt
hatte. Bestimmt auch gar nicht so früh. Oder hatte er
irgendetwas überhört, vergessen? Dann wurde die Stille
durch ein lautes Rumpeln unterbrochen. Die Müllabfuhr.
Heute war hier wohl der Tag der Abholung. Bestimmt
hatten die in ihrer üblichen Routine überall geschellt, in
der Hoffnung, dass wenigstens einer wach wurde und
aufdrückte, damit sie die Tonnen aus dem Keller holen
konnten. Er würde nicht der jemand sein. Er wühlte sich
aus dem fremden Bett und stolperte über seine auf dem
Boden liegenden Sachen in die Küche. Er entdeckte
Kaffee und Kaffeemaschine. Was für eine Nacht. Eine
fantastische Frau, die ihm über den Weg gelaufen war.

Er duschte ausgiebig, streckte und reckte sich, suchte seine Sachen zusammen und zog sich an. Trotz des zierlichen Ladyshavers, den er unter der Dusche entdeckte, verzichtete er auf eine Rasur und machte sich auf den Weg in sein Büro, um sich umzuziehen und den Tag zu planen. Über das ganze Gesicht strahlend trat er aus dem fremden Haus. Er fühlte Kraft in jeder Faser seines Körpers. Er hatte den Eindruck, dass alle erkennen müssten, wie dynamisch und federnd er sich bewegte.

Wieder zogen schwere dunkle Regenwolken auf. Erste Windböen trieben den Staub der letzten Sommerwochen vor sich her um die Ecken. Die Luft knisterte geradezu von Elektrizität. Der Dreck der letzten Wochen wurde in den Rinnsteinen zusammengetrieben. Es versprach ein richtiges Herbstgewitter zu werden. Nichts konnte seiner Hochstimmung etwas anhaben.

Tarne war neugierig, ob nach der einen Nacht, die er weg war, etwas im Büro eingegangen war. Er parkte den Dodge um die Ecke und sah, dass Walla gerade mit seiner Maschine aus der Einfahrt rollte, und als er ihn erkannte, Gas gab und auf ihn zuknatterte.

Tarne wartete auf ihn. Walla klappte den Seitenständer aus, stieg von seiner Harley, setzte den Helm ab und strich sich bedächtig über den Bart. Als wenn er alle Zeit der Welt hätte oder um deutlich zu machen, dass, wenn sie schon etwas für Tarne taten, er sich zu gedulden habe. Er fummelte den Schlüssel aus der Lederjacke und streckte ihn Tarne entgegen.

„Hier. Wir haben alles klar gemacht. Hoffe, du bist zufrieden. Kalle meint, ich soll dir auch sagen, dass wir da so ein paar Skins gesehen haben, die sich um dein Büro herumgedrückt haben. Falls du unsere Unterstützung brauchst …"

„Danke, Danke, ich komme klar."

„Ich wollte es nur sagen ..." Sie standen noch ein wenig unschlüssig beieinander, „... kannst auf uns zählen."

Tarne spürte eine unbestimmte Vorahnung. Es würde bald etwas passieren.

„Was für Skinheads? Kannst du die näher beschreiben?"

„Na, Glatzen eben. Haben so herumgeschnüffelt. Wir waren mit der Tür fertig, haben wieder abgeschlossen. Etwas später haben sie vor der Tür gestanden. Durch die Scheibe geglotzt. Standen halt davor, als wenn sie auf etwas warteten."

Tarne dachte an den Informanten aus Dortmund, wie hatte er sich genannt, Mütze. Wie er wohl an den Namen gekommen war? Schon komisch, was einem manchmal so durch den Kopf ging. Was hatte der gesagt, diese Typen seien gut vernetzt. Die hingen tatsächlich überall herum und waren jederzeit an jedem Ort verfügbar und einsetzbar. Was wollten die hier? Irgendwie erschien es ihm plötzlich, als wenn es ganz ruhig in der Straße war. Zu ruhig. So war es sonst nie. Im Ruhrgebiet hörte man immer und überall Verkehrsgeräusche. Bildete er sich das nur ein? Er wollte auf sein Büro zugehen, aber irgendetwas hielt ihn noch. Walle zögerte auch. Sollte er noch ein paar Sätze mit ihm wechseln? Wartete er noch auf anerkennende Worte? Die letzten warmen Strahlen der Herbstsonne, die kurz hinter den dunklen Wolken hervorgekommen war, spiegelten sich in der Glasfront seines Büros. Von hier konnte er nicht hineinsehen. Einen Moment lang blickten Walla und er zu seinem Büro hinüber, als ein großer Schlag, verbunden mit einem ohrenbetäubenden Krach, die Ruhe zerstörte. Es war, als wenn das Gebäude einmal Luft holte, sich nach innen zog, bevor es nach außen detonierte. Eine große graue Walze von dunklem Rauch und Staub bewegte sich aus der ehemaligen Fassade seines Büros. Seine

Räume waren von einem Glutball zerfetzt. Schwere Trümmerteile, durch die Druckwelle beschleunigt, schlugen in Autos ein. Betonbrocken, Glassplitter und Metallteile zerfetzten wie Geschosse alles, was sie trafen. Fensterscheiben, Gartenzäune, Pflanzen und menschliche Körperteile. Das Loch in der Fassade des alten Hauses wirkte wie eine tiefe Wunde. In Sekundenbruchteilen legte sich der Staub über die Verwüstung. Schreie, gedämpft nach dem Knall. Der optische Eindruck schien abgekoppelt von der Akustik. Der Krach der Explosion war so laut gewesen, dass Tarne augenblicklich nur noch das Tosen des eigenen Blutes und das Schlagen seines Herzens vernahm. Alles Äußere war taub, wie abgeschottet. Wie durch Watte. Alles lief wie ein Stummfilm ab. Tarne und Walla waren auf die Straße geschleudert worden. Tarne drehte sich zwischen den Trümmerteilen zur Seite, auf einen Arm gestützt, und beobachtete, wie Walla sich bemühte, auf allen Vieren von der Straße weg zu kriechen. Ihre Blicke trafen sich. Seine Wahrnehmung schien geschärft, er registrierte winzige Details. Er konnte genau die Stellen in Wallas Gesicht erkennen, an denen der verletzt worden war. Sah die Blutstropfen aus den vielen kleinen Wunden austreten. Er hätte eine Zeichnung davon anfertigen können. Es war einige Sekundenbruchteile völlig ruhig, dann rutschte die Außenwand der ersten Etage des Hauses in die graue Wolke hinunter und ließ offene Räume und Einrichtungsgegenstände sehen.

Walla und Tarne hatten sich wieder aufgerappelt. Zusammen die Harley hochgestemmt und auf den Ständer geschoben. Walla hatte trotz seiner Verletzungen erst einmal sein Motorrad auf Schäden untersucht. Man musste Prioritäten setzen. Auch Tarne hatte einige kleine Abschürfungen im Gesicht. Viele Fenster in den umliegenden Häusern waren teils durch Steine oder durch die Druckwelle zersplittert. Das Ganze wirkte wie

Aufnahmen aus einem Kriegsgebiet. Rauchende Trümmer lagen auf der Straße und beiden Gehsteigen. Prasselndes Feuer, Husten, flackernde Lichter, Blaulicht, rotierend, Hitze, es wirkte wie weit weg, wie in einem anderen Leben, wie im Kino. Bei dem ganzen Qualm wurde das Luftholen zur Qual. Die Sonne war wieder hinter den Wolken verschwunden, erste dicke Regentropfen prasselten durch Rauch und Staub auf das Chaos. Es dauerte genau vierzehn Minuten, bis die ersten Rettungsfahrzeuge eintrafen. Tarnes Gehirn arbeitete noch, dumpfes Rauschen, Aufregung um ihn herum, Sirenen, dumpf wie in weiter Ferne. Immer mehr. Oder waren sie nahe und er hörte sie nur so schwach? Polizei von überall her. Die ganze Stadt schien hier zusammenzukommen. Ein schwefeliger Geruch drang Tarne in die Nase. Auch meinte er, verkohlte Holzbalken zu riechen. Der Staub legte sich langsam. Tarne klopfte sich den weißgrauen Dreck von der Jacke, mit dem Walla und er gepudert waren. Diese Dreckschicht hatte auch ihre blutenden Wunden zum Versiegen gebracht. Beide standen genauso da wie vorher. Tarne sah erst Walla an, dann drehten sich beide und schauten dahin, wo einmal Tarnes Büro gewesen war.

Irgendetwas an diesem Auftrag lief verdammt schief. Was hatte er denn bisher? Nichts! Nur Allgemeinwissen über diese Leute. Und jetzt sah es so aus, als wenn die mehr hinter ihm her waren als er hinter denen. Was sollte das? Was war so geheimnisvoll, dass die mit allen Mitteln versuchten, ihn von sich fernzuhalten. Was hatten die zu verbergen?

026

Das konnte es doch gar nicht geben, sein Büro in die Luft zu sprengen! Sie hatten in Kauf genommen, es vielleicht sogar gewollt, dass er sich in seinen Geschäftsräumen aufgehalten hätte, dann wäre er jetzt tot. Es war einfach unvorstellbar. Jetzt war es etwas Persönliches! Wenn alle um ihn herum ihm den Tod an den Hals wünschten, ihn lieber heute als morgen unter der Erde sehen wollten, dann lief er erst richtig zur Hochform auf. Was ging in diesen Leuten vor? Wie konnten die so etwas tun?

Tarne saß in seinem Lieblingscafé, dem *Domino* auf der Holsterhauser Straße. Die hatten ihn einen Tag zur Beobachtung im Krankenhaus gelassen. Aber sein Gehör war in Ordnung. Zu seinem blauen Auge aus *Haus Deutschland* waren noch ein paar Prellungen und Blutergüsse und zwei Schnittwunden auf Stirn und Wange gekommen, die jetzt mit Pflastern verziert waren. Sonst war er unversehrt aus der Explosion hervorgegangen. Im Krankenhaus hatte er Himmel und Hölle in Bewegung gesetzt, dass man ihn gehen ließ. Eine Nacht zur

Überwachung, ob es nicht doch ernsthafte Auswirkungen oder innere Verletzungen gegeben hätte, reichte ihm. Er musste unterschreiben, dass er auf eigene Verantwortung entlassen wurde. Jetzt saß er hier in Jeans und einem schwarzgrau gepunkteten Pullover mit rundem Halsausschnitt. Sein Anzug war nicht mehr zu gebrauchen. Die Sachen hatte ihm seine Lieblingskellnerin Susanne organisiert. Als Wille, der Wirt, von der Situation erfahren hatte, hatte er ihm sofort seine Hilfe angeboten. Tarne hatte sich gewundert. Er hatte Wille nie für so uneigennützig gehalten. Die Wohnung über der Gaststätte wurde nur vom Personal zur Übernachtung nach langen Abenden genutzt und stand ihm ab sofort zur Verfügung. Das *Domino* hatte ab 10:00 Uhr täglich geöffnet. Alle kannten ihn hier und Nachrichten wurden für ihn entgegengenommen und weitergeleitet. Erst jetzt erfuhr er, dass es tatsächlich etwas anders gelaufen war. Susanne saß gerade neben ihm und erzählte ihm, was sich wirklich zugetragen hatte. Immer wieder strich sie sich währenddessen durch ihre braunen glatten lange Haare und ihre feuchten großen Rehaugen ließen ihn kaum los. Im Café war eine hitzige Diskussion geführt worden. Wille hatte auf einem anderen Standpunkt gestanden:

„Das Risiko kann ich nicht eingehen", hatte er gesagt, „nachher sprengen sie mir den Laden in die Luft. Das müsst ihr doch einsehen. Dann habt ihr alle keinen Job mehr. Versteht doch."

„Wenn nicht, gehen wir alle. Das ist deine Pflicht, ihm zu helfen. Stell dich nicht so an!" Es habe eine richtige Revolution unter dem Personal gegeben, so dass er hatte nachgeben müssen. Susanne sah ihre Chance gekommen. Sie schenkte ihm Kaffee nach, beugte sich vor, legte die andere Hand auf seine und flüsterte ihm ins Ohr.

„Wenn du noch irgendetwas brauchst, sag Bescheid."

„Danke, lieb von dir. Ich komme gerne darauf zurück. Ich muss jetzt erst einmal telefonieren. Der Akku ist fast leer. Mist."

„Nimm meins so lange, ich kann deins hinterm Tresen aufladen."

„Ich habe doch kein Ladekabel mehr."

„Mach dir keine Sorgen, ich habe doch dasselbe. Gib her."

Tarne schrieb sich ein paar Nummern aus seinem Verzeichnis raus – wer hatte die schon noch im Kopf? – und vertraute sein Gerät Susanne an. Nach der Frühschicht habe sie frei. Sie versprach ihm, neue Kleidung für ihn aus dem Rhein-Ruhr-Zentrum zu besorgen, und notierte sich seine Größen. Zum Glück war ihm die Brieftasche mit Scheckkarten und allen Papieren erhalten geblieben. Es war ihm ganz recht, wenn Susanne ihm diese Arbeit abnahm. Er freute sich darauf, diese Sachen, die er im Moment trug, wieder loszuwerden. Einen Moment erinnerte ihn das an Manu. Die war auch immer da gewesen und hatte sich um ihn gekümmert.

Alles kam ihm unwirklich vor. Geräusche und Stimmen nahm er anders als sonst wahr – ihm schien: bewusster. Alles wirkte frisch, wenn auch ein wenig gedämpft. Die herbstliche Morgensonne tauchte seinen neuen Büroraum, den Frühstückstisch im Café, in ein diffuses Muster aus Licht und Schatten. Ein Teller mit Salatresten, eine einsame angebissene Brötchenhälfte mit Aprikosenmarmelade und viele Krümel zierten den Tisch. Der neu aufgefüllte Riesenpott Kaffee dampfte frisch. Er sollte sich wirklich klarmachen, welches Glück er gehabt hatte. Er war am Leben. Es hätte auch anders sein können. Besorgt näherte sich Susanne wieder seinem Tisch und brachte eine Zeitung mit.

169

„Möchtest du nicht Kaffee? Ich hab dir die *WAZ* mitgebracht. Ist gerade gekommen. Das lenkt dich ein wenig ab. Ist vielleicht ganz gut." Mit ihrer sanften leisen Stimme umsorgte sie Tarne. Er blätterte durch die Seiten und eine Nachricht, die über den Terroranschlag in Kray, fesselte seine Aufmerksamkeit.

„... Der Bundesverfassungsschutz macht darauf aufmerksam, dass sich unter den Rechtsextremen eine neue Gruppierung gebildet habe, die sich Das Wahre Reich *nennt und deren Leiter als* Der Neue Chef *bezeichnet werde. Die Organisation und ihre Mitglieder werden vom Verfassungsschutz als verfassungsfeindlich und extrem gefährlich eingestuft. Nach noch unbestätigten Informationen wird davon ausgegangen, dass die Explosion in einem Krayer Wohn- und Geschäftshaus auf das Konto dieser Vereinigung gehe. Ein Bekennerschreiben liegt jedoch bislang nicht vor. Wie in der gestrigen Ausgabe berichtet ... bisher wurden ein Toter und zwei schwer Verletzte geborgen ... die Suche nach weiteren Opfern wird fortgesetzt ... die Aufräumarbeiten dauern an."*

Die Kneipentür wurde geöffnet und neue Gäste betraten den Schankraum. Die Seiten der *WAZ* flatterten im herein strömenden Herbstwind. Wem war er da zu nahe gekommen? Wem hatte er auf die Füße getreten? Wovor hatten diese Leute Angst, dass sie mit so extremen Mitteln gegen ihn vorgehen mussten? Was hatten die zu verbergen? Fragen über Fragen.

„Na, schon mal über einen anderen Job nachgedacht?"
Tarne schaute auf. Hesse mit seiner abgewetzten schwarzen Lederjacke und Krause, beide Hände in den

Taschen eines kurzen Mantels, standen vor ihm. Krause grinste über das ganze Gesicht, so stolz war er über seine Frotzelei.

„Lass ihn in Ruhe."

„Wieso denn? Außer dass er den Lauten gemacht hat, ist doch nichts dabei herausgekommen. War doch nichts, oder?"

„Lass ihn, sag ich dir. Jetzt ist es aber genug." An Tarne gewandt fuhr Hesse fort: „Wir haben im Krankenhaus erfahren, dass du entlassen bist. Du hast das *Domino* als deine Adresse hinterlassen."

„Unkraut vergeht nicht."

„Ich muss ja gar nicht fragen, aber willst du nicht vielleicht doch lieber hier und jetzt aufhören und uns das überlassen?"

„Jetzt erst recht, und wenn es das Letzte ist, was ich tue.

„Ich geb's auf."

Hesse setzte sich auf die Bank neben Tarne und Krause schob sich einen Stuhl zurecht.

Susanne erschien mit Tablett, räumte die Reste des Frühstücks ab und wischte über den Tisch. Ihre Wangen waren leicht gerötet, nicht erkenntlich, ob aus Anstrengung oder Verlegenheit. Die Beamten schwiegen, solange sie anwesend war.

„Was kann ich dir bringen?"

Hesse sah den glühenden Blick, den sie Tarne zuwarf.

„Wir gehen gleich wieder."

Hesse, der auch privat im *Domino* verkehrte, erkannte die Kellnerin. Als Susanne sich wieder verzogen hatte, fragte er Tarne:

„Ist das nicht die, die eigentlich in der Bank arbeitet und das nur als Hobby macht, weil es ihr so viel Spaß macht?"

„Genau."

„Na, dann bist du ja richtig hier. Die braucht doch Aufregung in ihrem Leben."

Krause kicherte.

„Ach, hör auf."

„Nein, nein. Ich bin nur froh, wenn du versorgt bist. Kann ich irgendetwas tun?"

„Nein, nur Informationen. Weißt du schon etwas über den Sprengstoff?"

„Nein, so schnell sind wir nicht."

Krause warf seinem Chef einen strengen Blick zu. Hesse winkte ab und fuhr unbeirrt fort.

„Ich hab noch etwas. Das ist der Knaller."

„Noch mehr Knaller brauche ich eigentlich nicht."

„Der Biberneid?"

„Ihr habt die Ergebnisse des Pathologen?"

„Genau. Es handelt sich tatsächlich um so etwas wie eine Hinrichtung."

„Was? Willst du mich auf den Arm nehmen?"

„Exekution, ganz klar. Ein Schuss ins Stammhirn, die ältesten Areale des Gehirns zuständig für Atmung und Herzschlag."

„Kaliber .22", sagte Krause dazwischen.

„Er soll gekniet haben, als der Schuss erfolgte."

„Woher wollen die das wissen?"

„Bei der Obduktion konnten sie den Schusskanal feststellen. Der Verlauf ist so, dass das die einzige Erklärung ist. Sagt der Gerichtsmediziner. Ich habe keine Ahnung, wie der das nachträglich alles rekonstruieren kann. Er meinte, das Opfer müsse gekniet haben und sei von hinten in den Kopf geschossen worden. Regelrecht hingerichtet, eben wie ein Verräter."

Einen Moment herrschte Schweigen. Tarne machte sich seine Gedanken zu der Erklärung.

„Aber das macht doch nur Sinn, wenn er etwas wusste … also, dass die Angst hatten, er könne etwas verraten. Sonst erscheint mir das ein wenig übertrieben. Nur als eine Art Abschreckung oder so?"

„Ein Aussteiger aus der Szene wird hingerichtet."

„Und? Sitzt dir jetzt die Staatsanwaltschaft im Nacken? Er sollte doch eine neue Identität bekommen? Ins Zeugenschutzprogramm übernommen werden?"

„Der hat sich so … hmm, wirklich dumm benommen, da konnten wir gar nichts tun. Du hast ihn ja erlebt."

„Tja, hätten sie Anne das regeln lassen. Die hat in kurzer Zeit mehr erreicht als diese Sozialarbeiter in mehreren Tagen."

Hesse nickte.

„Das kann ich mir gut vorstellen. So kenne ich sie."

„Aber zu Biberneid kann ich nur sagen: *Wer mit dem Feuer spielt …*"

Inzwischen hatte Krause an der Theke doch für beide einen Kaffee geholt. Einen stellte er vor Hesse auf den Tisch und aus seinem schlürfte er genüsslich und griff Tarnes den letzten Satz auf:

„Haben wir heute wieder unseren zynischen Tag? Und heißt das nicht eher: *Wer sich mit dem Teufel einlässt, …?*"

„Wie auch immer."

027

Inzwischen waren die meisten Tische besetzt und Susanne hatte genug zu tun. Zwischendurch fand sie immer wieder Zeit, Tarne mit Blicken zu überschütten und sich nach seinem Wohl zu erkundigen. Wille, der Wirt, war mit einem Kombi voller Waren, seinem wöchentlichen Einkauf, aus der Metro gekommen, hatte alles ausgeladen und half ihr hinter der Theke.

Hesse saß neben Tarne auf der Bank unter dem Fenster. Krause hatte es sich gemütlich gemacht, seinen Stuhl näher gerückt und seine Füße auf der anderen Seite neben Tarne auf die Bank gelegt.

„Ich fürchte, man kann uns den Vorwurf machen, dass wir die ganze Sache falsch eingeschätzt haben. Die Ernsthaftigkeit unterschätzt haben, wenn du so willst."

Tarne wollte mehr Klarheit.

„Wie meinst du das denn?"

Hesse beendete seinen Gedankengang.

„Na ja, wir hätten wissen müssen, dass in so einem Fall das Ganze ähnlich wie in einer kriminellen Vereinigung oder einer Sekte ist. Die Mitglieder sind extrem abhängig und wenn einer versucht auszusteigen, wird er verfolgt und hingerichtet. Und genau das ist hier passiert."

„Aber es sind auch andere ausgestiegen. Denen ist nichts passiert?"

„Das waren vielleicht nur unbedeutende Mitläufer. Ich kann mir das nur so denken, dass dieser Biberneid mehr Insiderinformationen hatte als wir glaubten. Und dieses Wissen war für die Gruppe wohl zu gefährlich."

„Andeutungen in der Richtung hatte er ja gemacht. Aber, sag mir doch einmal, was gedenkt ihr von der Polizei denn zu tun? Das ist doch auch eure Aufgabe, oder? Die legen Gerichte lahm, sprengen Häuser in die Luft und richten selbst Menschen hin. Was macht ihr dagegen?"

„Witzig." Krause wurde wütend.
Tarnes Telefon, das hinter der Theke am Kabel hing, gab sein lautstarkes Klingelgeräusch von sich.

„Soll ich für dich dran gehen", fragte Susanne.

„Ja, gerne. Ich komm dann rüber."
Es war Esser, dessen erste Frage: „Wer war das denn?"
Tarne ging nicht darauf ein und Esser redete weiter.

„*Yeah man*. Guter Stoff. Das kann ich verstehen, dass du das nicht voraussehen konntest. Aber da machen wir was draus. Die Straße sah ja super aus. Der Kameramann war begeistert. Wir haben schon die Schlagzeilen: Unser Mann im Einsatz … *You know*."

„Tu, was du nicht lassen kannst."
Esser überhörte den Zynismus.

„Weiter so! *Go on*! Das ist absolut *great*! *Marvellous*! Mach auf jeden Fall so weiter!"
Als Tarne zurück zum Tisch kam, konnte Krause sich wieder nicht verkneifen, eine Spitze loszuwerden.

„Gefragter Mann, was?"
Hesse nahm den Gesprächsfaden wieder auf.

„Wir tun, was wir können. Aber die halten zusammen. Keiner sagt etwas. Und bedenke, wir sind ein Rechtsstaat. Selbstverständlich können wir nicht wie die vorgehen. Ohne Beweise geht nichts. Nur auf bloßen Verdacht hin … funktioniert das nicht.“

„Ihr habt doch nicht nur den einen V-Mann?“

„Nein, natürlich nicht, und hin und wieder erfahren wir ja auch einmal rechtzeitig etwas. Siehe Hausdurchsuchungen, Waffenfunde und Verhaftungen.“

„Hm.“

Hesse schloss den Vortrag ab. „Irgendwas scheinen die gegen dich zu haben.“

„Oder ich störe sie bei etwas.“

„So sieht's aus. Was ist da nur los? Was steckt dahinter?“

Anne Klar betrat das *Domino* und schaute sich um. Sie warf das Haar zurück, streifte sich dazu noch mit einer Hand hindurch. Tarne beobachtete sie dabei, noch bevor sie ihn ausgemacht hatte. An ihrem Gesicht war abzulesen, was sie über den Laden dachte. Sie lächelte vor sich hin. Das hereinfallende Licht umrahmte ihre Figur. Sie sah überwältigend aus. Irgendetwas durchzuckte Tarne. Es war ein Gefühl, das er so nicht kannte. Es tat gut. Trotz der langen Zeit, die er mit Manu verbracht hatte, war ihm bei ihr dieser Gedanke nie gekommen.
Anne entdeckte die Gruppe um Tarne und ging darauf zu. Als Hesse sie sah, flüsterte er Tarne zu.

„Hat sie dir schon verraten, was sie bewogen hat, bei uns aufzuhören?“

„Sag schon.“

„Nein. Ist etwas Persönliches. Das musst du schon von ihr hören.“ Er fügte noch an, „Wie ich dich kenne, wird dir das aber gefallen“, bevor er aufsprang und sie in die Arme nahm.

Krause blieb feixend sitzen.

Anne begrüßte Hesse, ihren ehemaligen Vorgesetzten.

„Schön, dich zu sehen."

„Na, du hast ja dein Hobby zum Beruf gemacht. Verbrecher ohne Waffe jagen!"

Alle lachten.

Hesse drehte sich zu Tarne um. „Das muss ich dir erklären. Sie ist doch tatsächlich einmal, als sie aus ihrer Wohnung kam und zwei Typen gerade mit ihrem Wagen abhauen wollten, hinter denen hergelaufen, ohne Waffe. Da hätte wer weiß was passieren können. So Leute sind nun mal gefährlich. Die kennen keine Skrupel. Aber nein, unsere Anne ist eine ganz toughe Frau."

„Ich hab sie noch fast gekriegt. Sie hielten an einer roten Ampel und ich hab schon meine Faust auf die Heckklappe geknallt, sah wie sich einer umdrehte, sah sogar die Schweißperlen auf seiner Stirn, da rasten die einfach los. Scheiße."

„Da siehst du, was das für eine ist. Keinen Gedanken daran verschwendet, dass das gefährlich sein könnte."

„Diese unverschämten Kerle. Mein schönes neues Auto klauen. Das kann man sich doch nicht gefallen lassen."

Sie setzte sich neben Tarne, auf den Platz, den vorher Hesse belegt hatte, begutachtete die Blessuren und berührte vorsichtig ein Pflaster an seiner Stirn.

„Woher wusstest du, dass ich hier bin?"

„Habe so meine Quellen", sie zwinkerte.

Durch die Fenster sah Tarne einige Kerle mit Kutten, die ihre schweren Motorräder auf dem Bürgersteig abstellten. Fünf Mitglieder der Dragon Wheels kamen durch die Tür. Als sie die beiden Kripobeamten erkannten, zogen sich vier gleich in den kleinen Schankraum auf der anderen Seite des Eingangsbereiches zurück, nahmen dort an der Theke Platz und beäugten misstrauisch die Gruppe um Tarne. Nur einer, Walla, auch mit ver-pflastertem Gesicht, kam zu ihnen, nickte grüßend in die Runde und sprach Tarne an.

„Wir wollten dir nur sagen, du kannst auf uns zählen!"

028

Die Kneipentür öffnete sich erneut. Sagatzki tauchte mit einem seiner Angestellten auf, als Hesse und Krause sich gerade erhoben. Tarne fing von weitem sein Nicken auf und beobachtete, wie Sagatzki sich zu der Gruppe der Motorradgang an der kleinen Theke im Schankraum gesellte. Den Blick, den sein Freund ihm zuwarf, deutete er so, dass er nicht mit den Ordnungshütern zusammentreffen wollte. Sagatzki und sein identisch in schwarz gekleideter Kollege begannen eine Unterhaltung mit den Dragon Wheels. Von dem beim täglichen Training im eigenen Sportcenter gestählten Körper war im Anzug wenig zu sehen. Nichts spannte über Muskelpaketen. Tarne wusste, dass Sagatzki das Understatement bevorzugte. Das gab ihm seiner Meinung nach im Ernstfall einen besseren Überraschungseffekt. Die Kleidung lieber eine Nummer größer, als wenn man die Bewaffnung zu schnell gesehen hätte. Das wäre aus seiner Sicht Eitelkeit am falschen Platz.

Als Hesse und Krause aufbrachen, schloss sich zu Tarnes Bedauern Anne Klar an.

„Ich habe noch zu tun, wollte nur sehen, wie es dir geht. Wir sehen uns!"

Sagatzki und die Dragon Wheels waren im Gespräch. Tarne saß alleine und machte sich über seine Zeitung her. Es war ruhiger geworden, der Ansturm war vorbei. Die Frühstückszeit war vorbei. Es leerte sich. Susanne hatte Zeit, sich um ihn zu kümmern. Sie gesellte sich zu ihm.

„Wer waren die denn alle?" Aber eigentlich wollte sie nur wissen, wer die Konkurrentin war. „Wer war denn die Frau?"

Zündstoff.

„Darf ich dein Handy benutzen, solange meines noch lädt?"

Sie sprang auf und holte es ihm.

Tarne tippte Ziffern ein.

„Dorfmann?"

Dorfmann hatte gehört, was passiert war. Tarne beruhigte ihn.

„Ja, ja, alles okay. Ich brauche aber Ergebnisse. Hast du etwas Neues für mich?"

„Also, das meiste ist auch schon in den Medien. Ich fasse zusammen. Es hat sich eine neue Gruppierung gebildet, nennt sich *Das Wahre Reich*, hat Zulauf aus den unterschiedlichsten rechtsgerichteten Organisationen im Ruhrgebiet. Sie soll ursprünglich in Bayern gegründet worden sein. Es zeigen sich vermehrt Verdachtsfälle im Ruhrgebiet."

„Und weiter?" Tarne ging es nicht schnell genug.

„Ich habe erfahren, dass diese neue rechts-extreme Bewegung unter Beobachtung des Bundesamtes für Verfassungsschutz steht. Mitglieder dieser Vereinigung werden als potenzielle Gefährder eingestuft. Diese neue Bewegung soll erhebliche Aktivitäten entfalten, die sich gegen die freiheitlich demokratische Grundordnung, wie es so schön heißt, richten. Das soll eine sehr radikale Gruppe sein. Wenn das die sind, denen du da auf die

Füße getreten bist, dann passt das ja mit der Bombe in deinem Büro."

„Und das Attentat auf den CDU-Abgeordneten Eberhard Lauer. Damit fing es ja an."

„Natürlich. Wie schon gesagt, soll diese Gruppe momentan enormen Zulauf aus den unterschiedlichen Parteien haben. Erst lief wohl schon etwas länger alles im Untergrund ab. Es wurde erst jetzt bekannt, dass der Verfassungsschutz da schon längere Zeit observierte und etwas vermutete. Seit Bekanntwerden vor wenigen Tagen haben die begonnen, ihre Aktivitäten, die im Internet begonnen hatten, weiter auf Demonstrationen und das Verteilen von Flugblättern auszuweiten. In den wenigen Tagen, seit du ermittelst, hat sich enorm etwas verändert. Und das ist nur das äußere Erscheinungsbild. Intern vermutet der Verfassungsschutz, dass die regelrecht aufrüsten, Waffen, Munition, Sprengstoff, was du willst. Die stehen unter ständiger Beobachtung des Verfassungsschutzes. Angeblich haben die noch nicht geschafft, einen V-Mann einzuschleusen. Es kann aber sein, dass diese Information nur gestreut wurde, um die Gruppe in Sicherheit zu wiegen. Inhaltlich drehen sich die Hauptbegriffe der Gruppe um Widerstands-rhetorik und Anti-Asyl-Agitation."

„Diese ewig Gestrigen. Ich könnte schon wieder … die Wände hochgehen."

„Lass die doch denken, was sie wollen, Haupt-sache, die erreichen nichts damit."

„Du hast recht. Es sollte mir völlig egal sein, was die denken. Das Handeln ist das, was ich stoppen muss."

„So wie ich das sehe, hatten wir den richtigen Riecher. Das Zentrum dieser Gruppe wird in Gelsenkir-chen vermutet um einen Führer herum, der *Der Neue Chef* genannt wird."

„Das habe ich schon aus den unterschiedlichsten Quellen. Auch diese Konzentration auf Gelsenkirchen.

Jetzt wird es Zeit, dass wir etwas über diesen Typen rausbekommen. *Der Neue Chef.* Jetzt mach mal hin. Wer verbirgt sich dahinter?"

„Ich tue, was ich kann. Melde mich, sobald ich mehr habe."

„Du erreichst mich jetzt im *Domino*, ich bin da bekannt, und unter der Nummer, die du im Display hast. Du kannst da auch Nachrichten für mich hinterlassen. Oder natürlich unter meinem Handy, sobald der Akku …, ach, du weißt schon."

Es entstand eine Pause. Tarne ging noch einmal alles durch den Kopf.

„*Der Neue Chef.* Wenn der dafür verantwortlich ist … Du kannst es dir nicht vorstellen, es sah aus wie im Krieg."

„Mach es nicht wüster als es ist. Wir sind doch hier nicht in Syrien oder im Irak."

„Wenn du das gesehen hättest, dann würdest du anders darüber denken. Diese Leute sind gefährlich. Für die gibt es kein Pardon und keine Grenzen. Die nehmen keine Rücksicht auf Menschen. Für die gibt es keine Wohngebiete oder Fußgängerzonen als Schutzraum. Im Gegenteil, das nehmen die erst recht als Schlachtfeld. Hier ist Krieg. Der Feind steht vor der Tür."

Dorfmann versuchte, ihn zu beruhigen.

„Aber wir sind doch hier im Ruhrgebiet. "

„Das macht es doch noch schlimmer! Die müssten es besser wissen, leben hier wie die Maden im Speck und wissen das nicht zu schätzen."

„So sind sie eben. Werde erwachsen! Du wolltest dich doch nicht mehr aufregen."

„Aber die werden mich kennenlernen, das verspreche ich dir!"

Bevor Sagatzki ging, schlenderte er zu Tarne, während sein Kollege am Ausgang wartete.

„Wie ich sehe, bist du gut versorgt."

„Du kennst die Dragon Wheels?

„Die übernehmen oft Dienste für mich. Ordner in Discos und so."

Sagatzki musste seine Hilfe nicht extra anbieten. Tarne wusste, dass sein zufälliges Erscheinen zeigen sollte, dass er auf ihn zählen konnte.

029

Gelsenkirchen-Erle lag wenige Kilometer von Buer entfernt. In Buer, hatte Tarne sich inzwischen überzeugen können, gab es viele teure Villen. Erle war eher das Gegenteil. Vorherrschend waren hier Mehrfamilienhäuser, ehemaliger Sozialbau, teils überholt, teils verkommen. Die üblichen Geschäfte, vom Matratzenshop über Apotheke, Drogeriemarkt zu Ein-Euro-Läden, reihten sich endlos aneinander. Angrenzend, in einem Waldstück, zu Resse gehörend, standen mehrere Wohnwagen, unschwer als Straßenstrich zu erkennen. Sie brauchten etwa 7 Minuten. Anne Klars grauer Audi TT war weniger auffällig als Tarnes Dodge, der in dieser Gegend inzwischen zu bekannt war. Sie umkreisten mehrmals die Straßen um das *Haus Deutschland* herum, bis sie einen Parkplatz fanden, der genügend Deckung, aber auch ausreichend Sicht auf den Eingang des Lokals gewährte. Die Wolkendecke über dem Ruhrgebiet ließ es früher als sonst dunkel werden und bot ihnen eine gute Tarnung. Zum Glück regnete es ausnahmsweise nicht und so hatten sie eine gute Sicht.

Tarne fläzte sich lässig angelehnt auf dem Beifahrersitz. Susanne hatte einen erstaunlich guten Geschmack bewiesen bei der Auswahl seines neuen Outfits. Trotzdem hing die neue Anzugjacke bereits wieder zerknittert von seinen Schultern, während er mit seinen eisgrauen Augen das Geschehen beobachtete. Ab und zu warf er Anne einen Blick zu.

„Einen guten Platz haben wir hier gefunden."

„Ideal sozusagen."

„Keiner hat eine Vorstellung davon, mit was für alltäglichen Kleinigkeiten wir uns in Deutschland herumschlagen müssen. Führ einmal eine Überwachung durch, wenn du gleichzeitig komplizierte Regelungen für Anwohnerparkplätze beachten sollst."

„Ärger dich nicht. Ist nicht zu ändern. Auf jeden Fall haben wir hier einen guten Platz."

„Und zu zweit ist es weniger auffällig als alleine. Was stellen wir für Vorbeigehende dar?"

„Ein streitendes oder ein sich liebendes Paar. Je nach Bedarf."

„Dafür reichen meine schauspielerischen Fähigkeiten gerade noch."

„Was wäre dir lieber?"

„Ist das eine Fangfrage?"

Im Gegensatz zu Tarnes Dodge war Annes Wagen gepflegt. Es lag kein Müll herum. Sie griff nach hinten und fummelte eine Thermoskanne aus einer Tasche.

„Willst du auch einen Kaffee?"

„Auf jeden Fall. Hast du auch Milch?"

„Ist mit Milch. Ich habe auch zwei Tassen."

„Perfekt."

„Ich mag die Jahreszeit ja, es ist kalt, die Wangen werden rot, aber wenn man warm angezogen ist, ist alles gut. Und wenn man dann wieder reinkommt, glüht das Gesicht und es ist gemütlich. Man freut sich auf Kaffee, Tee oder Glühwein."

Tarne hatte seinen Kaffee bereits hinuntergestürzt.

„Tasse schon leer?

„Ja."

„Du bist ja ein echter Genießer."

Sie schenkte ihm nach.

„Ich kann vom Beifahrersitz den Eingang übersehen. Wir haben drei Parkplätze mit anderen Wagen und einen Baum zur Tarnung dazwischen. Das sollte reichen."

„Von hier aus sehe ich die Seite zur Terrasse. Da, wo die zum Rauchen stehen. Im Moment qualmen da so an die sieben Typen."

„Viel ist bisher nicht los. Hoffentlich ist das Ganze keine Ente. Von wem hattest du die Info?"

„Ein Freund hat mir hat den Kontakt zu zwei Abtrünnigen vermittelt. Die meinten, hier gäbe es heute eine Versammlung und *Der Neue Chef* würde einen Auftritt haben."

„Da bin ich aber gespannt."

„Schön, dass du mitmachst. Ich hasse diese Überwachungen. Die Langeweile ist alleine kaum auszuhalten."

Die Scheinwerfer vorbeifahrender Autos erhellten den Innenraum. Tarne musste sich immer wieder von Anne Klars Profil losreißen. In dieser intimen Dunkelheit wirkte sie noch feuriger und südländischer. Am liebsten hätte Tarne sie die ganze Zeit berührt, nur um sich davon zu überzeugen, dass sie real war.

Die Schlusslichter der vorbeifahrenden Autos tauchten alles in blutiges Rot. Das Warten wurde unterbrochen von nach und nach zu Fuß eintrudelnden Skins. Teils alleine, teils in kleinen Gruppen. Das übliche Outfit, oft Bierflaschen oder offene Dosen schwenkend. Das Grölen war bis zu ihnen, aber gedämpft zu vernehmen. Tarne konnte die Nachbarn verstehen, die sich über den Lärm beschwerten.

„Die beiden haben gesagt, dass *Der Neue Chef* hier auftauchen soll?"

„Hmm."

„Was macht eigentlich mein ehemaliger Chef Harald Hesse mit seinen ganzen Kollegen vom Präsidium?" „Die kommen wohl auch nicht wirklich weiter. Jedenfalls höre ich aus der Richtung nichts."

Drei Kanten entstiegen einem Audi mit Mülheimer Kennzeichen. „Was machen die aus Mülheim hier?"

„Ich weiß nicht, wieso, aber ich habe da so ein ganz komisches Gefühl. Irgendetwas stimmt hier nicht in deinem Gelsenkirchen."

„Ach was, die sind doch überall gleich."

„Nee, ich weiß nicht. Die haben sich so schnell zusammengerottet. Das macht mich stutzig. Es ist wie das Wespennest. Man sticht hinein und plötzlich schwirren alle aus."

„Würden die an allen anderen Orten genauso. Denke ich."

„Mein Gefühl sagt mir was anderes."

„Dein Gefühl? Deswegen sind wir doch hier."

„Genau. Deshalb liegen wir hier auf der Lauer."

Die Gruppe der Jugendlichen in ihrem speziellen Äußeren war ständig in Bewegung, in die Kneipe hinein, wieder heraus. Rauchen, gegenseitiges Schubsen, Anbrüllen, Flaschen wurden geworfen und zerschellten auf der Straße. Es gab nur wenige Frauen dazwischen.

Das lange Observieren war für Tarne normalerweise eine Tortur. Er fand es meist nervig und langweilig. Heute war es anders. Die Anwesenheit seiner Begleiterin versüßte ihm die Wartezeit.

„Hast du auch etwas zu essen mitgebracht?"

„Nein, so perfekt bin ich wohl doch nicht."

„Was man nicht alles erträgt, wenn man hinter der Wahrheit her ist."

„Ich beziehe das einmal nicht auf mich.“

„Natürlich nicht. Im Gegenteil, ich hatte noch nie eine so angenehme Zeit mit einer so netten Begleitung bei einer Überwachung. Wir sollten das zu einer ständigen Einrichtung machen.“

Er suchte im Dunklen einen Blick in ihre großen Augen und sah sie lächeln. Dann lenkte er schnell wieder ab:

„Wie lange bin ich an diesem blöden Fall? Und in der ganzen Zeit ist keiner der Volksgenossen zu mir gekommen und hat sich gestellt und die Verantwortung für den Anschlag auf diesen Politiker übernommen.“

„Das ist wirklich nicht fair.“

Anne Klar kicherte.

„Spotte nur.“

„Wer spottet denn hier?“

„Ich bin ja mehr ein Tatmensch. Ich weiß gar nicht, wie ich meine Beine noch halten soll.“

Je länger es sich hinzog, umso ungemütlich wurde es für Tarne. Am liebsten wäre er aus dem Wagen gesprungen und mehrfach drum herum gelaufen. Er konnte seine Knochen kaum noch fühlen.

„Schon beängstigend, so viel Aggressivität auf einem Haufen.“

„Ich verstehe diese Typen nicht.“

„Man muss sich einmal überlegen, aus welchem Hintergrund die kommen, dann kann man das eher verstehen.“

„Verstehen vielleicht, aber nicht akzeptieren oder gar gutheißen.“

Inzwischen, schätzten sie, waren 80 bis 100 Personen zusammengekommen. Sie hatten immer wieder versucht, eine exakte Zahl zu ermitteln. Trotz Einsatz eines kleinen leistungsstarken Fernglases, das Anne aus dem Handschuhfach gekramt hatte, und dem Vergleich von Details –

„Den mit dem roten Halstuch, hast du den schon?" – „Da sind noch zwei dazugekommen." – „Nein, die waren schon drin und sind nur noch einmal herausgekommen …"
– blieb es bei „ungefähr".
„Die passen doch gar nicht alle rein."
Draußen standen stets 25 bis 30 und rauchten. Etwas Ruhe trat langsam ein. Von drinnen drangen bis zu ihnen nach Phasen der Ruhe immer wieder Applaus, *Bravo*-Rufe und *Hoch*-Schreie heraus. Das musste da wirklich sehr laut zugehen, dass sie davon bis hier etwas hören konnten.
„Da redet schon jemand."
„Hast du denn etwas ausmachen können?"
„Bestimmt nur Vorredner."
Es entstand anscheinend eine Pause. Alle strömten wieder nach draußen. Diesmal gab es kein Schreien. Ein Mercedes fuhr vor und ein Mann in Anzug entstieg der hinteren Tür der ihnen abgewandten und dem *Haus Deutschland* und den fast hundert Personen zugewandten Seite.
Zwischen den ganzen Glatzen erschien also ein seriöser, fast spießiger Mann, Anzugträger. Alle zollten ihm erheblichen Respekt. Der stumpfe Ausdruck, die dumpfen Blicke endeten abrupt, als plötzlich dieser Anzugträger erschien, und wichen einem allgemeinen Strahlen. Alle umringten ihn und himmelten ihn an. Obwohl er nicht größer von seinen Körpermaßen war, schien es so, als überrage er die Menge. Als wenn er von innen leuchten würde, als wenn er ihr Messias wäre. Er war offensichtlich derjenige, der sie aus ihrer Langeweile, ihrer Bedeutungslosigkeit herausgeholt hatte, dachte Tarne, ihnen und ihrem Leben einen Sinn gegeben hatte, eine Aufgabe, eine Richtung, in die sie ihre ungestüme Kraft lenken konnten. Das Ganze wirkte wie Heldenverehrung. Keiner schubste oder grölte mehr.

189

Alle starrten gebannt auf den Ankömmling. Das war er wohl, *Der Neue Chef.*

„Was haben wir denn hier?"

Sie beobachteten jetzt mit voller Aufmerksamkeit das Geschehen.

„Guck dir das an. Mit Chauffeur. Ich glaube es ja nicht."

„Natürlich. Das ist er wohl."

„Hast du das Gesicht gesehen?"

„Nein, du?"

„Auch nicht."

„Versuch ein Foto mit dem Handy."

„Bringt von hier nichts."

„Kannst du das Kennzeichen erkennen?"

„Nein. Ich gehe mal vorbei."

Tarne dachte im ersten Moment, er habe sich verhört. Ehe er nein sagen konnte, war Anne ausgestiegen und schlenderte in Richtung der Gaststätte, bog ab und blieb auf dieser Seite der Straße kurz stehen und bewegte sich langsam weiter. Voll auf ihr Handy konzentriert, als wenn sie sonst nichts wahrnehmen würde.

Tarne konnte von seinem Platz aus beobachten, wie sie das Handy vor sich hielt, als wenn sie eine WhatsApp schreiben würde. Als sie auf Höhe des Eingangs war, nur die Straße und die dunkle Limousine zwischen sich, dem *Neuen Chef* und hundert Skins, die nur auf ihren Führer achteten, hielt sie das Handy schräg.

Tarne schwitze. Hoffentlich hatte das niemand aus der Gruppe mitbekommen. Die Folgen wären nicht auszudenken. Dann war sie außer Sichtweite, verschwand rechts hinter der Häuserreihe.

Tarne rutschte auf seinem Sitz hin und her. Wenn er sich in Gefahr begab, war das seine Entscheidung und Verantwortung, aber wenn er andere mit hineinzog? Das war nicht sein Stil. Er beschloss gerade, ihr nachzugehen, als sie von hinten an die Fahrerseite trat und sich wieder zu ihm setzte.

„Daran wirst du dich gewöhnen müssen."

Als wenn sie geahnt hätte, was ihm durch den Kopf ging.

„So bin ich. Ich tue das, was ich will."

Tarne schluckte.

„Natürlich. Ich habe nichts anders erwartet. Nur …"

„Kein *Nur*!"

Nach einem kurzen Schweigen.

„Du hast das Kennzeichen?"

„Ja. Und ein Foto von ihm! *Der Neue Chef* erstmals im Bild?!"

030

„Sendest du das an Hesse oder erst an mich? Ich meine, damit nicht sofort klar ist, dass ich hier mit dir zusammenarbeite.“

„Wieso ist dir das unangenehm? Darf das keiner wissen?“

„Nein, im Gegenteil, was das ‚unangenehm‘ betrifft. Aber ich finde, das geht niemand etwas an.“

„Was?“

„Was wir hier machen?“

„Was machen wir denn hier?“

„Na, wie würdest du es nennen?“

„Observierung?“

„Siehst du.“

Anne hantierte an ihrem Handy herum. Das Licht des Handys spiegelte sich in ihrem Gesicht wider. Tarne erkannte in der Dunkelheit ein Glitzern in ihren Augen, das er als Begeisterung deutete. Das war doch ein Erfolg.

„Eigentlich können wir fahren. Bin gespannt, ob Hesse den Mann identifizieren kann. *Der Neue Chef* hat ein Gesicht.“

„Und bekommt einen Namen!"

Annes Handy gab ein Signal von sich. Sie schaute auf das Display.

„Ich zitiere meinen Ex-Kollegen: *Wieso du? Bist du etwa mit dem Meisterdetektiv unterwegs? Ich hoffe, du weißt, was du tust.*"

Die beiden schauten sich an. Tarne dachte, *ich hab es doch gewusst*, behielt seine Gedanken aber für sich.

In die entstehende Pause hinein sagte Anne:

„Jetzt haben wir uns eine Belohnung verdient. Zu mir oder zu dir? Ach ja, geht ja nicht, also zu mir."

„Ich habe gerade nichts anderes vor. Bis wir von Hesse etwas hören, wird es noch dauern. Also …"

„Was?"

„Auf jeden Fall."

Anne startete den Wagen. Im Vorbeifahren schauten sie aus den Augenwinkeln noch einmal auf die Szene vor dem *Haus Deutschland*. Tarne schüttelte den Kopf.

„Ich habe zum ersten Mal das Gefühl, dass ich alles von mir zeigen und sagen kann, und dass ich von dir damit trotzdem angenommen werde. Ich muss keine Rolle spielen, kann sein, wie ich bin. Muss keine Angst haben, von dir ausgelacht und nicht ernst genommen zu werden, wenn ich etwas Dummes sage. Darf ich dich etwas fragen?"

„Ich weiß, die Antwort ist: Nein, ich bin in keiner Beziehung. Schon einige Zeit nicht mehr."

„Woher wusstest du das."

„Dass du das fragen würdest? Ich weiß es eben. Das ging mir auch noch nie so."

Tarne nahm einen Stimmungsumschwung wahr. Anne klang plötzlich besorgt in seinen Ohren.

„Du solltest lieber versteckt bleiben."

„Wieso?"

„Du hast drei ihrer Leute verprügelt."

„Ist das so schlimm?"

„Ich glaube, das lassen die nicht so auf sich beruhen."

„Hmm."

„Außerdem befürchte ich, dass da mehr sein muss, warum die so sauer auf dich sind und dich umlegen wollen. Das kann nicht nur daran liegen, dass du ein paar von denen verprügelt hast."

„Du meinst, gekränkte Eitelkeit wäre ein zu geringer Grund?"

„Dafür, ein Haus in die Luft sprengen?"

„Es muss einen anderen Grund geben …"

„Aber was?"

031

Sie saßen zu viert in Hesses Büro im Präsidium. Hesse thronte in seinem Chefsessel, seine Lederjacke über den Stuhl gehängt. Krause lehnte lässig mit vor der Brust verschränkten Armen halb auf der Schreibtischkante. Sein Anzug sah heute ähnlich zerknautscht aus wie Tarnes. Die Gesichter beider Beamten zeigten die Spuren einer langen Nacht. Tarne saß entspannt und zufrieden neben Anne auf Besucherstühlen. Eine SMS hatte die beiden am frühen Morgen her zitiert.

„Macht es nicht so spannend. Was habt ihr? Wer ist es?"

„Also, zuerst einmal muss ich sagen, deine – oder soll ich jetzt sagen: eure? – Strategie ist aufgegangen." Tarne registrierte, dass sogar Krause beifällig nickte. Krause, von dem er sonst nur Spott und abfällige Bemerkungen gewöhnt war.

„Du wolltest Druck machen, je mehr, desto besser, hast du gesagt, und das ist das Ergebnis. Die Ratten kriechen aus ihren Löchern und dann machen sie Fehler. Zumindest erst einmal den, dass sie sich zu erkennen geben. Wir wissen jetzt, mit wem wir es zu tun haben. Der Verfassungsschutz hatte den zwar schon auf dem Schirm, aber jetzt präsentieren die sich auch der Allgemeinheit. Kein Mensch weiß, warum diese ganze Geheimniskrämerei. Aber vielleicht gehörte das mit zum neuen Konzept, wer kann schon sagen, was in deren Köpfen vorgeht."

Tarne wollte nicht zeigen, wie sehr er unter Spannung stand, und hielt sich krampfhaft zurück. Aus seiner Jacketttasche klang ein *Pling*. Er griff hinein, ließ dann aber davon ab.

Hesse schlug einen Ordner auf und nahm ein Foto heraus.

„Das ist …" Er hielt das Foto hoch und zeigte es einmal herum.

„… *Der Neue Chef*. So nennt er sich ja wohl selbst. Das ist ein Pressefoto, heute bei den Medien eingetroffen. Er ist ein Neuzugang in der Partei, die sich jetzt offiziell als DWR, will sagen: *Das Wahre Reich* vorstellt. Sofort eines der führenden Mitglieder geworden. Man geht davon aus, dass er demnächst Parteivorsitzender wird. Es heißt, er habe ungeheure Energie, würde die ganze Parteistruktur verändern, aufmöbeln. Von der Presse wird er als eine schillernde Persönlichkeit beschrieben. Was könnte der erreichen, wenn er seine Fähigkeiten für etwas Positives einsetzen würde."

Hesse nickte seinem Kollegen zu, der mit verdrehtem Kopf seinen Chef während des Vortrags angesehen hatte. Der schien das als Aufforderung zu verstehen und übernahm den weiteren Bericht.

„Irgendetwas ist im Gange. Etwas Großes. Es scheint sich alles auf Gelsenkirchen zu konzentrieren. Die Fäden laufen von überall zusammen. Selbst Zellen aus Bayern orientieren sich in Richtung Gelsenkirchen. Auf dem Foto, das du uns geschickt hast, war auch jemand, der dem Informanten in Dortmund bekannt war. Wir haben das kurzfristig gegengecheckt …"

Tarnes Handy gab ein weiteres *Pling* von sich. Tarne konnte Krause ansehen, dass er sich einen bissigen Kommentar ersparte, sondern lieber weiter referierte.

„… gestern Nacht wurden länger geplante Hausdurchsuchungen in Dortmund vorgenommen. Zum Schutz des Undercover-Agenten musste so lange gewartet werden, bis kein Verdacht mehr auf ihn fallen konnte. Es wurden Waffen, Granaten und Sprengstoff entdeckt und beschlagnahmt und auch dort wurden Hinweise auf Gelsenkirchen als neues Zentrum des Sturms gefunden."

„Wieso dreht sich jetzt alles um Gelsenkirchen, was wollen die hier?", fragte Anne.

Tarne dachte, dass die durchgearbeitete Nacht das abgekämpfte Aussehen der beiden Beamten erklärte, und sagte:

„Da bin ich in Gelsenkirchen ja gar nicht so schlecht …"

Hesse nickte.

„Hat nie einer behauptet."

Tarne konnte sich nicht länger zurücknehmen.

„Und wer ist jetzt dieser Typ, den Anne aufgenommen hat?"

„Guido von der Garthen."

„Und, soll mir das etwas sagen?"

„Von der Garthen? Klingelt da nichts?"

Anne schaute auf ihre Schuhe. Hesse, der die Bewegung mitbekam, lachte.

„Genau. Das Schuhhaus. Das ist der Sohn der bekannten Schuhladenkette. Von der Garthen, Firmenschild in dieser alten Schreibschrift, kennt ihr alle. Gibt es überall in Deutschland. Altes Familienunternehmen. Außerdem wird er wohl der neue Stern am politischen Himmel einer bestimmten Partei."

Anne lehnte sich zurück und schüttelte den Kopf und blickte ihren ehemaligen Chef an.

„Ja, das sagtest du schon. Was will der Typ? Der muss doch genug haben. Warum ist der nicht mit seinem Leben zufrieden?"

„Das fragen wir uns auch."

Tarne hielt es nicht mehr auf seinem Stuhl aus. Er sprang auf und rannte im Raum hin und her.

„Das kann doch nicht sein. Ein erfolgreicher Typ aus gutem Haus, genug Geld, hat alles, was andere sich nur wünschen … Ich versteh das nicht."

Hesse lehnte sich zurück und verschränkte seine Hände hinter dem Kopf.

„Ich hab dich schon das eine oder andere Mal so ähnlich erlebt."

„So ist eben meine Persönlichkeit."

„Wenn du es sagst."

Krause nutzte die Gelegenheit, um weiter den bisherigen Stand der Ermittlungen zu referieren.

„… *Haus Deutschland* ist nach unseren Informationen aktuell so etwas wie ein inoffizielles Hauptquartier des DWR. Die altbekannte rechte Partei, deren Büro dort gleich nebenan liegt, soll wohl in *Das Wahre Reich* integriert werden."

„Es muss einen Grund geben …"

„Für den kometenhaften Aufstieg dieses Kerls?"

„Und seine Beliebtheit."

„Du meinst, abgesehen davon, dass die in der Organisation so etwas wie Anerkennung und Sinn für ihr Leben kriegen?"

Hesse schlug mit der flachen Hand auf den Tisch.

„Genug Spekulation. Von der Garthen gibt morgen Vormittag eine Pressekonferenz in seiner Villa zu den aktuellen Fragen. Wir haben uns dazu eingeladen und werden ihn danach kurz sprechen können. Ihr könnt mitkommen und ihn all das fragen. Und, ehe ich es vergesse, du sollst um 18 Uhr Mütze anrufen, unter der bekannten Nummer."

032

Anne betrachtete Tarne von der Seite, als sie auf ihren Wagen zusteuerten. Sie konnte gar nicht genug von diesem Menschen bekommen. Seine Haut, sein Geruch, sein stacheliges Kinn, der zerknautschte Anzug, seine ungehobelte Art. Am liebsten würde sie ihn schon wieder in die Arme schließen. Aber im Moment schien er in seinen Jagdmodus zu schalten.

„Ich fahre, dann kannst du nach den Nachrichten sehen."

„Das hast du mitbekommen?"

„War doch nicht zu überhören. Vielleicht etwas Neues? Ich setze dich an deinem Wagen ab, dann kann ich heute noch etwas erledigen."

Besser, sie behielt von Anfang an ihr eigenes Leben für sich und machte nicht den Fehler, sich zu sehr anzupassen. Das war schon zu oft schiefgegangen. Sie wusste, dass sie nach außen stärker wirkte als sie war und daher immer Typen anzog, die bei ihr so etwas wie Schutz suchten. Die stellten sich aber meist auch eher als Machos dar. Hoffentlich war dieser Mann nicht auch so jemand.

Tarne schaute auf sein Smartphone und murmelte vor sich hin.

„Sagatzki hatte eine rudimentäre Botschaft hinterlassen. Rückruf. Die Nachricht von Dorfmann: Neue Info! Wichtig!"

Anne entdeckte zwei Dinge. Zum einen war sie enttäuscht, dass er sie kaum noch wahrzunehmen schien, zum anderen faszinierte sie sein Elan. Es wirkte auf sie, als wenn er eine Spur aufnahm und nicht mehr abließ. Sie brauchte erst einmal etwas Abstand. *Was war das für ein Mann? Was bahnte sich da an? Wollte sie das überhaupt?* Diese Gedanken gingen ihr durch den Kopf während sie ihren Wagen nach Gelsenkirchen lenkte. Unauffällig beobachtete sie Tarne weiter. Wie seine starken, sehnigen Hände die Schaltfläche des Smartphones bedienten. Die Hände, die ihr so viel Zärtlichkeit geschenkt und Genuss bereitet hatten.

„Ja?", meldete er sich als der Anrufer. Er hatte auf laut gestellt, so dass Anne mithören konnte.

„Ich habe hier was für dich."

„Ja?"

„Komm einfach mal vorbei. Zwei Typen, die immer hier sind. Trainieren. Solltest einmal mit denen reden."

„Schon unterwegs, halbe Stunde, schätze ich."
Das war alles. Die beiden benötigten keine Zeit für Floskeln, schienen sich gut zu verstehen. Das musste der Freund mit dem Sportstudio sein, der im Personenschutz aktiv war.
Tarne grinste ihr zu.

„Es geht voran!"
Schon tippte er weiter. Die nächste Verbindung entstand.

„Dorfmann."

„Du hast etwas für mich?"

„Ich habe auf Hochtouren gearbeitet …"

„Ich weiß das zu schätzen", unterbrach Tarne. „Sag es einfach. Kurzfassung bitte, eine Kollegin hört mit."

Anne schien es, als wenn Dorfmann einen Moment zögern würde, bevor er fortfuhr.

„Von überall her, selbst aus Bayern strömen Abgesandte aus den unterschiedlichsten Parteien ins Ruhrgebiet. Das Ganze ging bisher heimlich, still und leise vor sich. In Gelsenkirchen scheint sich das neue Zentrum zu bilden. Ich habe aus mehreren Ecken gehört, dass die Leiter der verschiedenen Gruppierungen sich alle dort treffen. Scheint um einen Zusammenschluss zu gehen. Gründung einer neuen übergeordneten Partei oder so etwas. Nennt sich *Das Wahre Reich. DWR.* Bezeichnen sich selbst hochtrabend als Reichskameraden."

„Das wissen wir schon. Hast du sonst noch etwas? Wieder meinte Anne ein Zögern wahrzunehmen.

„Kann ich frei sprechen?"

Tarne warf ihr einen Blick zu. Sie bemühte sich, unbeteiligt auszusehen.

„Auf jeden Fall. Mach hin."

„Ich habe meine MAD-Kontakte genutzt. Man vermutet da, dass diese Gruppierung unter anderem bei Diebstählen in Bundeswehrkasernen Waffen und Sprengstoff erbeutet hat. Die Streitkräftebasis Aurich, dort sollen die ein Munitionslager regelrecht geplündert haben. Waffen und Sprengstoff. Die stecken dahinter. Einige der Waffen sollen bei den Durchsuchungen gestern Nacht wieder aufgetaucht sein."

„Du weißt von den Durchsuchungen gestern?"

„Natürlich. Du kennst mich doch."

Tarne lächelte sie an und streckte den Daumen hoch.

„Vielleicht ist das die Spur, die wir gesucht haben. Danke, bleib dran. Wir haben die Identität von diesem Typen, der sich hinter dem Pseudonym *Der Neue Chef* verbarg. Es ist Guido von der Garthen. Aktuell bräuchte ich alles über ihn, was du herausfinden kannst."

„Der Schuhkönig?"

„Genau der."

„Ist gemacht. Ich melde mich."

Das Radio lief die ganze Zeit leise im Hintergrund. Als Anne fast ihr Zuhause erreicht hat und schon Tarnes schwarzen Dodge auf dem Parkplatz am Springemarkt gesichtet hatte, wurden die Nachrichten verlesen. Sie stellte lauter.

„ ... Das Bundesinnenministerium hat erklärt, dass es sich bei der neuen Gruppierung, die sich selbst DWR, *‚Das Wahre Reich', nennt, um die Neugründung einer rechtsgerichteten Partei handelt, die vom Verfassungsschutz überwacht wird. Die ursprüngliche Vermutung, es handele sich um verschiedene Splitter-gruppen, die gar keinen Kontakt untereinander hätten, habe sich als falsch erwiesen. Die Gewaltbereitschaft dieser rechtsradikalen Ver-einigung sei gestiegen. Alle Fäden scheinen in Gelsenkirchen zusammenzulaufen. Es habe noch nie so viele unterschiedliche Gruppen mit verschiedener Ausrichtung gegeben, die sich vereinigt haben und zusammenarbeiten. ‚Das Wahre Reich' stelle eine ernst zu nehmende Bedrohung dar ... "*

„Was läuft da? Wenn ich das nur wüsste. Ich werde schon rauskriegen, warum die den Lauer und mich in die Luft sprengen wollten." Mit diesen Worten stieg Tarne aus.

Anne schaute ihm hinterher. Wollte sie das überhaupt? Sich auf diesen Typen einlassen und ihre Unabhängig-keit verlieren?

033

Tarne betrat Sagatzkis Sportstudio in der Altendorfer Straße durch die mit Plakaten für diverse Boxveranstaltungen beklebte Glastür und strebte auf das Büro zu. Sagatzki tippte ihm auf die Schulter, als er gerade das Büro betreten wollte.

„Ich habe gerade mit denen da gearbeitet." Er deutete auf zwei junge Männer, die Kampftechniken auf den Matten trainierten.

„Sind das die beiden?"

„Ja. Der Rechte heißt Marco."

Der Typ wirkte auf Tarne selbst auf die Entfernung wie ein Schrank, kurze braune Haare, die Stirn über den Augen vorgewölbt, dicke Wülste, sah aus wie ein Neandertaler, wirkte auf ihn so, als wenn er wenig Intelligenz hätte, dafür aber ein ziemlich massives Kinn wie ein Kasten.

„Gehörten beide zur rechten Szene. Marco war ziemlich verwirrt, als er hierher kam. Wusste eigentlich nie, wo er hingehört. Ein Schlüsselkind. In der Gruppe der Kameradschaft sagte man ihm, was er tun sollte, und das tat ihm gut. Das gab ihm eine Struktur, die er nie gekannt hatte", erklärte Sagatzki.

„Der andere, das ist Kevin, wird auch der *schöne Kevin* genannt, Abi nicht geschafft, weil er die ganze Zeit im Sportstudio abhing und enorme Muskeln aufgebaut hat."

Auf Tarne wirkte er wie der zum Leben erweckte Ken, die männliche Puppe aus der *Barbie*-Welt. Haare an der Seite rasiert, oben drauf blondiert und mit schwarz gefärbtem, an den Kanten exakt rasiertem Bart.

Sagatzki wusste auch über seinen Hintergrund Bescheid.

„Soweit ich weiß, ist er seinerzeit zu der Gruppierung gestoßen, weil er die Ideologie über die Musik dieser Szene aufgesogen hatte wie nichts. Die Musik, der Rechtsrock, hatte ihn angetörnt und bei einem Konzert in München hatte er in der Masse der Fans ein völlig neues Zugehörigkeitsgefühl erfahren. Etwas, das er aus seinem Elternhaus – er war einer unter fünf Geschwistern – nie gekannt hatte. Seitdem ist er dabei."

„Und? Was machen die hier?"

„Trainieren. Die sind jetzt bei mir hier angebunden. Haben hier ein neues Zuhause gefunden. Die hören noch das eine oder andere aus der alten Szene. Fühlen sich wichtig, wenn du sie fragst. Gewinnen hier an Bedeutung."

„Was wissen die?"

„Frag sie."

„Kann man denen glauben?"

„Ich denke schon." Er lachte. „Sie sind Fans von mir. Das hier ist ihr neues Zuhause. Von mir werden sie ernst genommen. Einfach so aus der Szene ausgeschieden, weil sie hier auch etwas bekommen, was sie erst dahin getrieben hat. Nämlich Anerkennung. Du verstehst?"

Sagatzki winkte die beiden, die inzwischen ihre Übung beendet hatten und herüberschauten, heran und stellte ihnen Tarne vor.

„Das ist ein Freund von mir. Ein echter Detektiv."

Tarne war sich nicht im Klaren, ob die beiden Neugier oder Unsicherheit ausstrahlten.

Kevin, für Tarne nur der Barbie-Ken, druckste und stammelte herum.

„Der Samurai sagt, du bist okay."

„Wenn er es sagt. Was habt ihr für mich?" Hoffentlich wollten die beiden sich nicht nur wichtigmachen. Tarne sah, wie sie zwischendurch Sagatzki immer wieder bewundernde Blicke zuwarfen. Der, als er es bemerkte, ihnen aufmunternd zunickte.

„Also", begann Marco, „der Samurai meinte, wir sollen dir sagen, dass wir etwas über die Gruppe in Gelsenkirchen wissen. Da gibt es einen neuen Führer."

Der, den Sagatzki den *schönen Kevin* nannte, bestätigte das Gesagte durch eifriges Nicken und ergriff das Wort.

„Alle nennen ihn nur *Der Neue Chef*. Jetzt kommen von überall her Abgesandte von anderen Gruppierungen. Alle treffen sich hier. Die planen etwas ganz Großes. Schließen sich zusammen."

„Aber wir machen da nicht mehr mit." Wieder ein Blick zu Sagatzki.

Tarne schienen die beiden sich in ihrer neuen Rolle noch nicht so sicher eingefunden zu haben. Ohne die geballte Kraft der rechten Gewalt hinter sich.

„Ist das alles?"

Das war jetzt nichts Neues. Bestätigte nur, was sie schon wussten.

„Nee …"

„Ja?"

„Gibt es vielleicht eine Belohnung?"

Ganz schön clever, die beiden.

Sagatzki hielt sich aus dem Gespräch heraus, konnte sich aber jetzt ein Grinsen nicht verkneifen.

„Das hängt ganz von der Qualität der Information ab."

„Wenn wir dir jetzt etwas sagen, kannst du ja immer behaupten, das ist nichts wert oder du wusstest es schon."

„Ich fürchte, ihr müsst mir da schon vertrauen. Lasst es darauf ankommen."

Beide schauten sich an und zögerten.

„Wenn du ein Freund vom Samurai bist, geht das in Ordnung. Also, wir haben gehört, dass in dieser Woche etwas Besonderes starten soll. Es kommen alle Leiter aus ganz Deutschland hier zusammen. Es wird von einer Lieferung gemunkelt. Davon sollen alle Reichskameraden etwas erhalten."

„Deshalb kommen die alle", ergänzte Marco.

„Wisst ihr, was geliefert wird?"

Gemeinsames Kopfschütteln.

„Irgendeine Ahnung, wann die Lieferung stattfinden soll?"

Erneutes Kopfschütteln.

Alle schwiegen einen Moment.

„Und ist das eine wertvolle Information?"

Tarne sah aus den Augenwinkeln, wie sein Freund leicht nickte. Aber dieses Hinweises hätte es nicht bedurft. Er zückte seine Geldbörse, zog einen Fünfziger heraus und klatschte ihn in die ausgestreckte Hand des schönen Kevin.

„Für euch beide. Danke. Wenn ihr noch etwas hört, ich bin über den Samurai zu erreichen. Ist bestimmt eine weitere Belohnung drin."

„Das war gut, dass ihr ihm das gesagt habt." Das Lob des Samurai schien beiden wichtiger zu sein als das Geld von Tarne. So jedenfalls deutete Tarne die Blicke, die sie seinem Freund Sagatzki zuwarfen, als sie wieder zur Trainingsfläche zockelten.

„Und? Hat das weitergeholfen?", fragte Sagatzki, als sie außer Hörweite waren.

„Weiß noch nicht, wir werden sehen. Auf jeden Fall Danke, dass du an mich gedacht hast. Haben eigentlich die beiden Typen, die ihr geschnappt habt, schon irgendetwas Brauchbares von sich gegeben?"

„Noch nicht. Alles eine Frage der Zeit. Wir haben die erst einmal auf Eis gelegt. Nach 24 Stunden reden die meisten wie ein Wasserfall."

Als Tarne das Studio verließ, ging ihm das Gespräch mit dem schönen Kevin und Marco noch einmal durch den Kopf. Eine Lieferung. Was konnte das sein? Ob sich das als der entscheidende Hinweis herausstellte, auf den er gewartet hatte?

034

Am späten Nachmittag war das *Domino* bis auf einige Stammgäste noch leer. Musik lief nur als Hintergrund. Wille schien erheblichen Widerwillen zu haben, ihm die Schlüssel für die Dienstwohnung über der Kneipe zu überreichen, und drückte sich die Worte „Mach es dir gemütlich" nur heraus. Susanne kam strahlend auf ihn zu und fragte: „Soll ich dir etwas zu essen hochbringen?" Tarne zögerte. Das war vielleicht keine schlechte Idee. Er hatte den ganzen Tag noch nichts Anständiges zu sich genommen. Susanne stand wartend bei ihm. Wieso meinten Frauen eigentlich immer, dass sie die Männer unbedingt versorgen mussten? Glaubten die wirklich, dass Männer das nicht auch selbst können, fragte sich Tarne.

Er entschloss sich, an der Theke zu essen, und platzierte sich auf einem Barhocker. Den Schlüssel und sein Handy legte er neben sich. Er hatte noch eine Stunde, bevor er sich bei Mütze melden sollte.

„Was empfiehlst du denn heute?"
Aber sie wurden von Klingelton unterbrochen. Esser legte sofort los.

„*My friend*", holte er aus, als Tarne ihn abrupt unterbrach.

„Wir sind auf einer heißen Spur."

„Aah, das hört man gerne, aber das weiß ich doch längst. Ich habe doch meine Verbindungen. Das hat mir mein Kontakt innerhalb der Polizei doch längst mitgeteilt."

Tarne dachte, dass der ganze Polizeiapparat wie ein Sieb funktionierte. Jeder schien alles zu erfahren.

„Es besteht der dringende Verdacht, dass ein prominentes Parteimitglied hinter den ganzen Aktionen steckt. Ich bin morgen auf einer Pressekonferenz, um anschließend ein Gespräch, also ein Privatinterview, bei ihm zu haben. Ich habe da einige dringende Fragen an ihn."

„Ja, das habe ich doch arrangiert."

„Hauptkommissar Hesse hat mich dazu eingeladen, soweit ich informiert bin."

„Ach was. Ich habe das für euch arrangiert, und der Sender. Ihr bekommt eine Privataudienz. Nichts leichter als das. Ich wollte nur, dass du das auch erfährst. Wir stehen hinter dir. Wenn der von der Garthen hinter dem Attentat auf Lauer steckt, das wäre der Knüller. Dann war es das mit seiner politischen Karriere. Viel Erfolg und *see you*. Soll heißen, halt mich auf dem Laufenden."

Tarne wurde fast übel von dem Gerede. Aber vielleicht brauchte er wirklich nur etwas für sein leibliches Wohl. Er orderte zwei Mal holländische *Frikandel Special*, die Tarne nur im *Domino* so gut schmeckten wie sonst in den Niederlanden. Inzwischen war es fast 18 Uhr. Tarne wollte den Informanten in Dortmund anrufen. Das Gesellschaftszimmer im *Domino*, das sich an das Nebenhaus anschloss, wurde nicht mit Musik beschallt und war jetzt auch noch leer.

„Ich geh eben zum Telefonieren nach hinten. Sagst du Bescheid, wenn das Essen fertig ist?"

Wille nickte, schien heute nicht sehr gesprächig zu sein und Tarne ging in den Nebenraum, setzte sich an einen Tisch in der Ecke und rief die Nummer einer der letzten öffentlichen Telefonzellen in Dortmund auf, an der Mütze seinen Anruf erwartete.

„Tarne?"

„Ja."

„Hör zu, ich muss noch vorsichtiger sein. Werde mich kurzfassen. Es scheint so, als wenn die Nazis eine Verbindung und irgendwelche Gesinnungsgenossen oder Kumpane in den Reihen der Polizei haben. Ich konnte noch nicht herausfinden, wer bei der Polizei, also wo das Leck ist. Ich bitte dich, sag es auch nicht deinem Kontakt, selbst wenn du ihm traust, solange wir nichts wissen. Er sagt es irgendjemanden und … du verstehst?"

„Klar."

„Es steht eine größere Aktion kurz bevor. Da wird von allen irgendetwas sehnsüchtig erwartet. Es ist wie ein Hexenkessel. Bei allen, die etwas mit dieser neuen Gruppierung zu tun haben, herrscht riesige Aufregung. Und irgendwie werden es täglich mehr. Die scheinen von überall her zu kommen. Dann wird noch gemunkelt, dass ein Schnüffler, du kannst dir denken, wer damit gemeint ist, ziemlich unangenehm sei."

„Warum unternehmt ihr nichts?"

„Geht nicht, die warten die Ergebnisse der Hausdurchsuchungen ab, die gerade durchgeführt wurden. Die PCs, die sie gefunden haben, die Auswertungen der Festplatten etc. Außerdem soll da der BND schon überwachen und da können wir nicht ins Gehege kommen. Das sind so die üblichen Kompetenzstreitigkeiten. Bisher gibt es auch nicht genügend verwertbare Hinweise, die in unserem Rechtsstaat einen Eingriff rechtfertigen würden. Das ist wohl die übliche Formulierung in solchem Fall."

„Höre ich da einen gewissen Ärger heraus?

„Kann man so sagen."

„Hast du keinen Hinweis, um was es geht, wann, wo?"

„Nichts Genaues. Es scheint sich um eine Lieferung zu handeln. Es könnte sich um Waffen handeln. Zeitpunkt, dem Gerücht nach, kurz bevorstehend. Mehr ist nicht. Sieh zu, was du damit anfangen kannst."

035

Tarne hing seinen Gedanken nach, ließ sein zweites Guinness die Kehle hinunterfließen, als ihm eine Hand auf die Schulter tippte.

„Ich dachte, die Gelegenheit ist günstig, dich in deinem neuen Büro zu besuchen. Außerdem komme ich so auch einmal vom Rechner weg."

„Ich hätte doch sonst wo sein können."
Dorfmann fasste sich unter ein Auge und zog das Unterlid ein wenig herunter.

„Holzauge sei wachsam. Ich bin eben schlau. Nicht nur du. Hab die Nummer angerufen, die du mir gegeben hast, und Susanne hat mir bestätigt, dass du hier bist."
Tarne sah sich nach der Kellnerin um, die ihm lachend zuwinkte.
Dorfmann setzte sich auf den nächsten Hocker und strich sich mit beiden Händen seine langen schwarzen Haare aus dem Gesicht. Immer wieder fielen sie ihm vor die Augen.

„Guinness nehme ich auch. Das ist eine gute Idee."

„Was hast du mitgebracht?"

Dorfmann legte einen zerfledderten Packen DIN-A4-Zettel auf die Theke, blätterte darin herum und schichtete mehrfach um.

„Also, vorausgeschickt, auch wenn es sich jetzt auf Gelsenkirchen konzentriert, es war kein Zufall, dass du von der Garthen dort getroffen hast. Er hat eine Tour gemacht, durch sämtliche Städte, in denen die unterschiedlichen rechten Parteien Büros oder Niederlassungen unterhalten. Wo nur irgendein Treff, eine Zusammenkunft möglich war. Er hat überall für sich die Werbetrommel gerührt. Bei allen unterschiedlichen Parteien des rechten Spektrums, Kreisverbänden, soll ich alle aufzählen?"

„Nicht nötig."

Aber wenn Dorfmann einmal in Fahrt kam, war er nicht zu stoppen. Er rasselte herunter: Kameradschaft Dortmund, Duisburg, Kreisverband Bochum-Wattenscheid, Oberhausen, Bottrop, Essen, Herne, Mülheim, …"

„Ja, ja, schon gut."

„Ich wollte damit nur sagen, egal, wo du hingegangen wärst, er wäre dir irgendwann sowieso über den Weg gelaufen. Die nutzen größere Kellerräume, Gartenlauben in Schrebergärten, leere Ladenlokale, geschlossene Kneipen, Scheinvereine als Treffpunkte. Oder Konzerte, die als Geburtstagspartys getarnt sind …"

„Was hast du über von der Garthen?"

„Dazu komme ich noch. Ich will damit nur diesen Typen und seine Energie beschreiben. Er macht es wie Mao, auf seinem langen Marsch, oder Kemal Atatürk. Er sammelt seine Leute ein, wo er sie finden kann. Aber, was sammelt sich da an, die ganzen Verlierertypen, gescheiterte Existenzen, die sonst nichts erreichen? Das ist das Menschenbild, das dann für *Das Wahre Reich* kämpft. Sie halten sich für genetisch prädisponiert, haben ein klares, eindeutiges, durch ihre

Parolen gestütztes Weltbild und alles andere von außen, was da nicht hineinpasst, wird einfach ausgeblendet. Die erzeugen damit wieder einen Stolz auf die Zugehörigkeit zu Deutschland, sich mit der Fahne identifizieren, was sonst heute keiner mehr macht. Der hat regelrecht Schulungszentren eingerichtet und die Glatzen, für die ist das wie Urlaub. So etwas kennen die sonst gar nicht. Da werden die gut behandelt, fühlen sich verstanden. Die neue Gruppierung, *Das Wahre Reich*, wird bereits vom Verfassungsschutz überwacht und als gefährlich eingestuft."

„Warum tut man nicht mehr dagegen?"

„Nur lose Vereinigungen, Kameradschaften, noch nicht mal als Verein organisiert. Alles ziemlich clever. Verbieten kann man nur Vereine, Parteien, und das ist zum Teil fragwürdig, aufgrund unseres Demokratieverständnisses nur möglich, wenn gegen *die freiheitlich demokratische Grundordnung* verstoßen wird, und das muss bewiesen werden können."
Dorfmann strich sich mit einer Hand die Haare aus dem Gesicht, mit der anderen pflückte er einige zerfledderte Papierbögen aus seinem Stapel. Es kam Tarne so vor, als wenn er eine Pause machte, damit Raum für eine Anerkennung seiner Arbeit entstand. Er tat ihm den Gefallen.

„Sehr gut. Das ist der Hintergrund. Was ist jetzt mit dem *Neuen Chef*?"

„Das ist das Dossier über Guido von der Garthen. Alles, was ich finden konnte."
Tarne blättere den Packen Papier durch, legte ihn auf die Theke.

„Erzähl's mir einfach."
Das schien Dorfmann entgegenzukommen. Er strich sich die Haare wieder aus den Augen, die für Tarne so aussahen, als wenn sie vor Begeisterung über die Ergebnisse seiner Recherche glänzten.

„Also", begann er „Guido von der Garthen, geboren 1976. Einzelkind. Er ist seit 14 Jahren verheiratet mit Marion, geborene Zeller, hat einen fünfjährigen Jungen, Jan, und ein elfjähriges Mädchen, Cecilia. Er interessiert sich nicht dafür, wann sie Geburtstag haben oder was sie machen. Seine Frau sieht er kaum. Sie hält ihm den Rücken frei. Das ist auch das, was er von ihr erwartet. Sie bewohnen ein großes Haus in Mülheim, mit Blick auf die Ruhr. Die Ehe, selbst die Kinder scheinen ihm egal zu sein, es sei denn, er benötigt sie zum Vorzeigen, bei gesellschaftlichen Anlässen, bei denen es um Geschäfte geht. Dann erwartet er, dass sie einen guten Eindruck machen, so wie er es sich vorstellt. Bisher funktionieren sie so wie er es braucht. Sie halten die Spur. Nebenbei hält er in einer seiner Eigentums-wohnungen eine Frau, die er besucht, wenn es ihm gerade einfällt. So eine Art Lebensmotto könnte man formulieren: Alles, was mir nützt, das darf ich tun. Er ist sich selbst so wichtig, dass Zusammenleben und Kommunikation mit anderen äußerst schwierig sind. Er hat viele Affären, nur um sich in seiner Wichtigkeit zu beweisen. Einmal die Schwester eines Freundes geschwängert, dann sitzen gelassen. Sein Vater hat ihr eine Abfindung gezahlt, damit der Name der Familie nicht in den Dreck gezogen wurde. Daraufhin hat von der Garthen seine Aktivitäten mehr im Geheimen durch-gezogen. Mit Alkohol baut er Hemmungen ab und über Frauen holt er die Bestätigung. Es läuft immer nach dem gleichen Muster ab: Er findet eine Frau interessant, erobert sie, um sie dann abzuservieren. Sein Verhältnis zu Frauen ist pathologisch: Erobern und weg! In letzter Zeit, seit etwa drei Jahren, bevorzugt er Prostituierte, das nimmt weniger Zeit in Anspruch. Wenn man so etwas wie einen wirklichen Freund meinte, dann hat er da einen, den er, wenn es hoch kommt, einmal im Jahr trifft und ihm vorspielt, wie gut es ihm geht und wie erfolgreich er ist.

Die Schulzeit. Hmm, er scheint so eine Art Klassenclown gewesen zu sein. Seine Art, um Aufmerksamkeit zu bekommen, nach Aussage einiger Lehrer."

„Wie bist du so schnell an die Informationen gekommen?"

„Vermerke auf alten Zeugnissen. Die wurden digital eingelesen und gespeichert. Weiter?"

Tarne nickte.

„Abitur mit Ach und Krach geschafft. Banklehre abgebrochen, obwohl in dieser Zeit eine Art Wendung in seinem Leben eintrat. Er schien erkannt zu haben, dass es ihm vor allem um die Anerkennung seiner Person ging, weniger irgendeine Form von echter Leistung. Anerkennung für Reden, sich toll Darstellen … Von da an ging es bergauf. Heute gehört ihm die Welt, zumindest nach seiner Sichtweise. Er begann dann ein Studium, BWL, das er ebenfalls abbrach. Dann als einer von vier Geschäftsführern im elterlichen Unternehmen eingestiegen."

„Irgendwelche Interessen, Hobbys, außer Frauen?"

„Er liebt alte Autos, die er aufkauft, auf Bali restaurieren lässt und in einer klimatisierten Halle sammelt.

Seine Eltern, in seinen Augen hassenswerte Kleinbürger, leben in einer Villa in Bredeney. Die Mutter ein Gutmensch, ehrenamtlich tätig für Flüchtlinge. Statt ihn zu vergöttern, wie sie es getan hatte, als er ein Kind war, stellte sie ihre überversorgende Haltung ein, als er nicht ihren Erwartungen entsprach. Sicherheit, Erfolg, das Geschäft aufbauen, stand beim Vater an oberster Stelle. Und erfolgreich war der Vater, das muss man ihm lassen. Für den Vater reichte die Leistung des Sprösslings nie. Als er dann auch noch begann, Probleme zu machen, wurde er als schwieriges Kind in ein Internat gesteckt. Er sollte funktionieren lernen."

Dorfmann bändigte erneut seine Matte.

„Ich habe erste Informationen zur Erstellung eines psychologischen Profils gesammelt, soweit das möglich war."

„Alle Achtung. Mit dem Wissen kann ich gut zur morgigen Pressekonferenz gehen."

Dorfmann zog ein Foto zwischen den Seiten hervor, die inzwischen über die Theke verstreut lagen, und reichte es Tarne.

„Damit du siehst, über wen wir reden."

„Ja, wir haben schon ein Foto von ihm. Wirkt auf Bildern eher unbedeutend. Seine Wirkung erzielt er anscheinend erst beim Auftritt."

Dorfmann nahm einen Schluck aus seinem Glas.

„Also, genau genommen hat dieser Typ eine richtige Gier – man könnte fast sagen, Sucht – danach, beachtet zu werden. Er braucht Menschen zur Bestätigung. Er ist ein extremer Narzisst. Obwohl er ja im Grunde nicht wirklich etwas leistet, außer zu labern."

„Aber das scheint er gut zu können."

„Sieht so aus. Noch etwas zur aktuellen Situation?"

„Ja?"

„Von der Garthen hat begonnen, seine Anteile an dem Familienunternehmen gegen den Willen des Vaters zu veräußern. Ein Notartermin fand schon statt, an dem er die ersten Anteile in Millionenhöhe losgeworden ist. Einen Monat wird er noch sein Geschäftsführergehalt erhalten, dann endgültig aus dem elterlichen Unternehmen ausscheiden. Er will sich selbst beweisen, dass er ohne seine Eltern etwas erreichen kann."

036

Das Grundstück mit dem Anwesen von der Garthens lag auf der Bismarckstraße in Mülheim, ganz in der Nähe des Bismarckturms und der Wasserstraße. Es war umgeben von einer alten Mauer mit Verzierungen und einem undurchdringlichen Dickicht aus Pflanzen. Die Gebäude waren alt, machten aber einen sehr gepflegten Eindruck. An der Einfahrt wurden sie von Hilfspersonal mit Sicherheitswesten empfangen, das die Fahrzeuge zu einem ausgedehnten Parkplatz wies. Vom Gelände hatte man einen imposanten Blick auf Ruhrtal und Fluss.

Bevor Tarne und Anne Klar den Wagen verließen, erregte ein Teil der Nachrichten ihre Aufmerksamkeit.
„ ... *Immer mehr unzufriedene Bürger schlie-*
ßen sich der neuen Gruppierung des rechten
Spektrums, bekannt unter dem Namen Das
Wahre Reich, *an. Die erst seit kurzem bekannt*
gewordenen neue Partei hat einen enormen
Zulauf. Die Mitglieder erkennen die Bundes-
republik nicht an und haben eine eigene Miliz
gegründet. Die Anzahl der Bewaffneten unter

den Mitgliedern wird als hoch angesehen. Die Zentrale scheint sich im Ruhrgebiet etabliert zu haben. Es gibt auch Zulauf aus anderen Bundesländern ..."

Am Eingang wurden sie empfangen von einer der geklonten Mitarbeiterinnen – alle blond, mit langen Haaren und zu engem Oberteil, weiße Bluse, schwarzes Kostüm, High Heels. Sie wirkten sehr vornehm im Gegensatz zu den eher lässig gekleideten Journalistenhorden. Tarne konnte beim besten Willen nicht ausmachen, wie viele dieser jungen Damen um das Wohl der Reporter bemüht waren. Ein Namensschild an der Kostümjacke verriet, dass es sich bei ihrer Betreuerin um Jennifer handelte. Mit klickenden Absätzen führte sie die kleine Gruppe, die entstanden war, als sich Hauptkommissar Hesse und sein Kollege Kommissar Krause zu ihnen gesellt hatten, zu ihren Plätzen. Jedem Besucher wurde eine Pressemitteilung überreicht, edel, eine weiße DIN-A4-Mappe, mit geprägtem Adler, der zwischen seinen Klauen als einzigen Farbpunkt eine Deutschlandfahne hielt. Über allem halbrund der Schriftzug in gotischen Lettern: *Das Wahre Reich.*
Anne lehnte sich an Tarne und flüsterte:
„Das darf doch nicht wahr sein. Hast du gesehen, was da steht?"
Im Saal herrschte eine entspannte Atmosphäre. Das Rednerpult war mit der Deutschlandfahne verkleidet. An der Wand dahinter hing ebenfalls ein großer weißer Adler, mit der Fahne in seinen Klauen. Ein Vorredner trat auf, würdigte die Leistungen des neuen Vorsitzenden der neuen Partei und beschrieb in blumigen Worten, aus welchen bestehenden Verbänden und Parteien es einen großen Zulauf gegeben hatte. Nach dieser Einführung kündigte er den neuen Chef an. Er gebrauchte tatsächlich diese Worte, *Der Neue Chef.*

Guido von der Garthen trat ans Mikrofon und wartete. Sehr gepflegt sah er aus. Es war für Tarne offensichtlich, dass er die Aufmerksamkeit genoss, die ihm zuteilwurde. Seine im Scheinwerferlicht sehr weiße Haut wirkte ein wenig aufgeschwemmt. Man konnte unter der Schminke erahnen, dass er trotz seines relativ jungen Alters beginnende Tränensäcke und Hamsterbacken entwickelt hatte. Die groben Poren der Säufernase, wie Tarne sie von den Fotos kannte, waren gekonnt mit Schminke retuschiert. Er wirkte auf Tarne gelassen, souverän, siegesgewohnt.

„Ziemlich arrogant", flüsterte ihm Anne zu. Das Gemurmel, Gebrabbel, Geraschel um sie herum verstummte nach und nach. Jetzt hatte Guido von der Garthen die Aufmerksamkeit aller Anwesenden. Er dankte seinem Vorredner – wie sich das gehört, dachte Tarne – und richtete seine Begrüßung an alle Journalisten.

„Wie Sie den Unterlagen entnehmen konnten, habe ich sie aus einem bestimmten Grund heute hierher gebeten …

Ihre Kollegen und Kolleginnen haben heute Morgen bereits von dem enormen Zuwachs unserer Partei erfahren, den wir aus der Bevölkerung bekommen. Die negativen Adjektive, die uns unterstellt werden, sind lediglich aus der Luft gegriffene Behauptungen, Auswüchse der etablierten Parteien und ihrer korrupten Politiker, die Angst um ihre Positionen haben …"

So ging es weiter und dann kamen die Fragen.

„Ich kann Ihnen versichern, dass wir uns auf dem Boden der freiheitlich demokratischen Grundordnung bewegen …"

Er machte eine Pause.

„… und das bestimmt mehr als diejenigen, die uns anderes unterstellen …"

Eine erneute Pause.

„Ich möchte sogar sagen, wenn überhaupt jemand, dann sind doch wir es, die sich auf die Fahne geschrieben haben, die demokratische Grundordnung dort wieder herzustellen, wo die Politiker der anderen Parteien versagt haben! Wir werden das erfüllen, was sich der Bürger wünscht! Es ist an der Zeit für eine Machtablösung."

Auf die Frage eines Journalisten, „Brauchen sie dafür gewaltbereite Jugendliche?", antwortete von der Garthen:

„Im Gegenteil, wir stellen einen sicheren Hort für diese fehlgeleiteten Individuen. Geben ihnen eine Aufgabe. Retten sie. Was diese Jungs brauchen, ist eine Aufgabe, ein Sinn. Wir sehen das als Möglichkeit einer Rehabilitation und Reintegration in unsere Gesellschaft."

Guido von der Garthen blieb freundlich, bis er nach etwa 25 Minuten mit fester Stimme die Befragung abschloss. Falls noch weitere Fragen beständen, wäre sein Vorredner und Pressesprecher gerne bereit, diese auch zu ihrer Zufriedenheit zu beantworten. Weitere dringende Termine würden auf ihn warten. Damit waren sie gemeint.

Die Blonde, Jennifer, tauchte wieder auf und bat sie, ihr zu folgen.

037

Guido von der Garthen empfing sie, auf einem breiten Ledersofa sitzend, angelehnt, einen Arm auf der Rückenlehne, den anderen auf dem Oberschenkel. Die Krawatte hatte er gelockert.

„Tarne, ja, ich habe von Ihnen gehört. Sie sollen sich sehr festbeißen, wenn Sie eine Spur oder einen Fall verfolgen. Wenn es etwas zu finden gibt, dann seien Sie der Richtige, es zu finden."
Die Gäste saßen ihm gegenüber auf locker im Raum platzierten Sesseln. Tarne fiel auf, dass von der Garthen scheinbar oft an ihnen vorbei schaute. Erwartete er noch jemanden? Nachdem Tarne sich unauffällig umgesehen hatte, wurde ihm klar, wohin er schaute. Dort hing sehr dekorativ ein großer venezianischer Spiegel, in dem von der Garthen immer wieder seine Wirkung beobachten konnte. Nach der allgemeinen Vorstellungsrunde, die Hesse übernommen hatte, der auch darauf hinwies, dass es sich um ein inoffizielles Treffen handelte, ergriff von der Garthen das Wort.

„Der Polizeichef persönlich und der Direktor eines großen Senders haben mich gebeten, sie zu

empfangen. Wir sollten also in aller Ruhe und Freund-
schaft unsere Sichtweisen austauschen. Gegen mich liegt
nichts vor, wurde mir versichert."

Dann fuhr er in derselben Art und Weise fort zu dozieren,
wie er es in der Rede vor den Journalisten begonnen
hatte.

„Was wollen Sie denn? Mal ganz ehrlich, es kann
doch so nicht weitergehen. Deutschland geht doch vor
die Hunde. Seit Jahren. Einer muss doch aufstehen und
etwas unternehmen."

Tarne versuchte einen Vorstoß, die Rede zu unterbrechen.

„Und das sind Sie."

„Genau. Mir bleibt nichts anderes übrig. Ich bin
auserwählt, Deutschland zu retten. Sie sehen es doch
selbst: Vor der Wahl krähen alle Politiker und danach
machen sie weiter wie bisher. Ich bin jemand, der tut,
was er sagt. Mir kann der Wähler vertrauen. Ich spreche
nur aus, was das Volk will. Das ist doch Demokratie.
Oder sind Sie anderer Meinung?"

Die Frage war nur rhetorisch. Er wollte keine Antwort.
Seine Gäste sollten nur den ihm gebührenden Beifall
zollen. Aber das würden sie nicht tun, sagte sich Tarne.

„Die Welt ist nicht so kompliziert wie uns die
Politiker das weismachen wollen. Es ist ganz einfach.
Das Volk will keine …" Er beugte sich vor und demon-
striert große Gesten: „… Weltoffenheit!"

Dann sank er wieder in die schwere Ledercouch und
lehnte sich selbstzufrieden zurück.

„Ich bin stolz auf das, was ich erreicht habe. Ich
habe die Trümmer zusammengeführt. Wir sind jetzt
wieder wer. Und es werden mehr. Dagegen können Sie
nichts, rein gar nichts tun. Keiner war vor mir so erfolgreich. Ich nutze die neuen Medien und ich gebe den
Menschen eine Aufgabe …" Nach einer Pause setzte er
fort: „… und Hoffnung."

Hauptkommissar Hesse räusperte sich, um zu Wort zu kommen.

„Vielleicht können wir da einmal einhaken."
Von der Garten schien ungern das Wort abgeben zu wollen, wie Tarne an seinem falschen Lächeln und Nicken zu erkennen glaubte.

Tarne schaute seinen Freund Hesse an, der unmerklich den Kopf schüttelte und den Faden aufnahm.

„Herr von der Garthen, wir recherchieren das Attentat auf den Bundestagsabgeordneten Eberhard Lauer …"

„Ich hörte davon. Sehr bedauerlich, dass einem Kollegen so etwas in unserem Land passieren kann. Ein weiterer Grund, sich für ein neues Deutschland …"

„Ja, das wissen wir jetzt. Es gibt nun Verdachtsmomente, die in die Richtung Ihrer Splittergruppe zeigen …"

„Also, dagegen muss ich mich ganz entschieden verteidigen. Zum einen sind wir keine Splittergruppe, sondern eine ernst zu nehmende, inzwischen weit verbreitete Partei …"
An dieser Stelle konnte Tarne sich nicht weiter zurückhalten.

„Sparen Sie sich das, ich …"

„Sie sollten mich ausreden lassen. Sie, Herr Tarne, sind doch derjenige, der unsere Leute verprügelt, ungestraft. Was wollen Sie eigentlich von uns?"
Typisch Mann, ging es Tarne durch den Kopf, seinen Claim abstecken, seinen Anspruch geltend machen, wie Gorillas, die sich mit den Fäusten auf die Brust klopfen und laut brüllen, um ihr Vorrecht deutlich zu machen. Aber so leicht wollte er sich nicht geschlagen geben.

„Ich habe Fragen gestellt – wie jetzt auch – und daraufhin wurde eine Einsatztruppe von drei Mann aus Ihren Reihen auf mich angesetzt. Ich habe in reiner Selbstverteidigung gehandelt. Was, bitteschön, haben

Sie zu verbergen, wenn man noch nicht einmal Fragen stellen darf?" Tarne hatte es auch drauf, sich nicht unterbrechen zu lassen, wenn er es nicht wollte, und so fuhr er fort:

„Rechtfertigt Ihre Ideologie, dass Bombenattentate auf andere Politiker und jetzt auch auf mich verübt werden?"

Von der Garthen warf Hesse einen fragenden Blick zu. Der hatte sich aber zurückgelehnt und ließ Tarne seine Schlacht schlagen. Als von der Garthen sah, dass von Hauptkommissar Hesse keine Unterstützung zu erwarten war, blieb ihm nichts anderes übrig als auf Tarnes Provokation einzugehen.

„Davon weiß ich nichts. Das höre ich zum ersten Mal. Wie kommen Sie darauf, dass wir damit zu tun haben?"

„Es ist schon eigenartig, dass, nachdem ich Ihre Zentrale – oder wie Sie das dort nennen – in Gelsenkirchen mehrfach besucht habe, plötzlich Ihre Leute bei mir vor der Tür stehen, mich überwachen und mein Büro in die Luft gesprengt wird."

„Wer weiß, was für Feinde Sie sich bei Ihrer Arbeit gemacht haben. Vielleicht schauen Sie einmal in Ihrer eigenen Vergangenheit nach Schuldigen. Sollten wirklich Mitglieder unserer Vereinigung in Ihrer Nähe gesehen worden sein, was bedeutet das schon? Wir sind viele und leben überall in Deutschland. Und es werden täglich mehr."

Dieser Kerl nutzte wirklich alles, um seine Parolen zu verteilen. Tarne versuchte die Wutfalte auf seiner Stirn durch ein vorsichtiges Darüberstreifen mit zwei Fingern seiner rechten Hand zu glätten.

„Können Sie sich vorstellen, warum einige Ihrer Leute mein Büro in die Luft gesprengt haben? Was haben Sie zu verbergen, dass Sie zu solchen Mitteln greifen müssen?"

„Ich muss mich sehr gegen solche Unter-
stellungen verwehren. Wir als Organisation – das kann
ich definitiv und das will ich auch mit Nachdruck hier
festhalten – haben mit solchen Aktionen nichts zu tun.
Rein gar nichts. Ich könnte mir vorstellen, dass Sie selbst
Auslöser sind. Wenn ich richtig informiert bin, haben Sie
einige junge Leute verprügelt, die Ihnen nicht das
Geringste getan haben. Wenn man sich so verhält, muss
man sich nicht wundern, dass es ein Echo gibt. Aber
wenn, dann sind das ganz individuelle Aktionen, hinter
denen von uns niemand steckt. So sehr wir uns über
jeden Zulauf freuen, so deutlich muss ich mich davon
distanzieren. Herr Kommissar …"
Er wandte sich an Harald Hesse.

„Hauptkommissar."

„Würden Sie mir bitte erklären, was diese
Angriffe hier sollen?"

„Ich bin nur als Beobachter hier. Der Betroffene
ist der private Ermittler, der im Auftrag der Mediengesellschaft das Interview führt."
Die dicke Schminke auf von der Garthens Gesicht
begann zu verlaufen. Er schwitzte. Für Tarne sah er
langsam aus wie eine Karikatur des Jokers aus Batman.
Tarne dachte an die Zeit, als er sich als Klassenclown
aufgespielt hatte.

„Sie wollen also behaupten, Sie hätten nichts mit
dem Attentat auf Lauer und ebenfalls nichts mit der
Sprengung meines Büros zu tun?"
Tarne hatte das unbestimmte Gefühl, dass er diesen
Typen, der sich *Der Neue Chef* nannte, und seine
Karriere immer mehr durchschaute. Er wurde für ihn
vorhersehbarer, kalkulierbarer und er beschloss, ihn auf
gut Glück, mit zusammengereimten Provokationen aus
der Reserve zu locken.

„Wir wissen doch alle, dass Sie gerne Unfrieden
stiften, je mehr, desto besser. Ich zitiere Sie jetzt: Ein

Ziel, so sagen Sie doch wohl, ist es, das bestehende System mit allen Ihnen zur Verfügung stehenden Mitteln zu schwächen. Das waren doch Ihre Worte bei mehreren Veranstaltungen, oder?"

„Das sind doch Sprüche, die hören Sie von jedem Politiker. Wissen Sie, Klappern gehört zum Handwerk."

„Machen Sie jetzt einen Rückzug?"

„Ganz und gar nicht. Ich stehe dazu, dass wir es anpacken müssen, um Deutschland vor dem Untergang respektive der Überfremdung zu schützen."

Von der Garthen wischte sich über die Stirn. Er sah die verwischte Schminke im Spiegel, das schien ihn noch unruhiger werden zu lassen. Er verhaspelte sich und kam aus den Phrasen, die Tarne wie auswendig gelernt vorkamen, heraus.

„Was wollen Sie uns noch alles in die Schuhe schieben?" Das klang für Tarne plötzlich wie ein kleiner trotziger Junge. Dann ging es wieder in einem anderen Tonfall weiter:

„Interessant, was uns alles zugeschrieben wird." Tarne merkte, wie die anderen nervös wurden. Krause scharrte mit den Füßen. Hesse warf ihm immer wieder Blicke zu und Anne griff nach seiner Jacke. Wie zur Beruhigung ließ sie eine Hand auf seinem Oberschenkel liegen. Aber er war einmal in Fahrt und war nicht mehr zu bremsen.

„Was gibt Ihnen das Recht, um Ihre Ziele zu erreichen, Gerichte im Ruhrgebiet durch Briefe mit weißem Pulver lahmzulegen?"

„Völlig absurde Behauptungen. Sie haben ja eine blendende Fantasie. Wir haben solche Dinge nicht nötig."

„Sie wollen behaupten, das gehe nicht von Ihrer Organisation aus? Sie lassen auch keine anders Denken-den im wahrsten Sinne des Wortes hinrichten?"

Hesse griff hier ein.

„Er bezieht sich auf die Ermordung des Thorsten Biberneid in Herne."

„Ich habe noch nicht einmal gehört, dass es so etwas gegeben haben soll. Und ich bestreite natürlich energisch, dass irgendein Mitglied aus unserer Organisation, *Das Wahre Reich*, damit irgendetwas zu hat. Sie können uns doch nicht einfach alles anlasten, was irgendwo passiert. Getreu nach dem Motto: Wenn man genug Dreck wirft, dann bleibt schon etwas hängen."
Er blickte einen nach dem anderen der Anwesenden an, als wenn er nicht glauben könnte, was er da zu hören bekam. Aber natürlich kam ihm niemand zu Hilfe.
Tarne machte weiter.

„Wofür haben Sie denn sonst die Trainingscamps für ihre Gefolgsleute?"

„Da haben Sie bestimmt etwas missverstanden."
Wieder verwischte er Schminke in seinem Gesicht. Das rote grobporige Riechorgan stach plötzlich wie eine Clownsnase aus der weißen Fassade hervor.

„Ich würde sagen, dass wir Sozialstationen eingerichtet haben, die den jungen Leuten helfen sollen, sich in die Gesellschaft zu integrieren. Ja, ich muss zugeben, dass ich mir nicht zu schade bin, egal in welcher Stadt ich mich gerade aufhalte, wenn ich Menschen sehen, die meine – das heißt, unsere – Hilfe brauchen, dann halte ich an und spreche mit ihnen. Biete ihnen unsere Unterstützung an. Die Erfolge geben mir recht."

„Wenn man auf Menschenfang ist, wie Sie, dann ist das bestimmt der richtige Weg!?"

„Mein Vater hat noch Werte vermittelt. Anders als andere in meiner Jugend habe ich den Idealen vertraut, die ich zu Hause gelernt habe. Und auch heute noch denke ich, das war richtig so. Sehen Sie sich doch die ganze Verkommenheit in unserer Gesellschaft an."

Wieder schien er sich in seine Allgemeinplätze zu flüchten. Tarne merkte, wie ihm warm wurde. Vor allem, als er die Blicke aller anderen auf sich zog.

„Das, was Sie da tun, ist in meinen Augen ganz klar die Gründung einer terroristischen Vereinigung, einer Terrorgemeinschaft, gegen die jetzt etwas unternommen werden sollte."

Tarne sah, dass sich von der Garthen nur noch mühsam beherrschte. Aber er schaffte es erneut, seine politische Argumentation vorzubringen.

„Aber sehen Sie, das haben wir doch alles schon alles gehabt. Bisher ist noch keine Partei durch ein Verbotsverfahren verhindert worden. Das wird auch nicht passieren. Wir haben einfach die Bevölkerung auf unserer Seite."

„*Aber sehen Sie*", äffte Tarne ihn jetzt in seiner Hilflosigkeit nach, „genau, sehen Sie einmal in den Spiegel: Sie sehen doch jetzt genau aus wie der Klassenclown, der Sie in der Schule waren!"

Tarne hörte, wie alle Anwesenden tief einatmeten. War das zu viel?

Guido von der Garthen lief zwischen all seiner verschmierten Schminke dunkelrot an. Blaue Adern zeigten sich auf der Stirn. Er schnaubte wie ein Stier vor dem Angriff.

„Raus!", brüllte er, „Jetzt langt es aber. Das muss ich mir in meinem eigenen Haus nicht bieten lassen."

Mühsam kämpfte er sich aus den Kissen hoch und fiel noch einmal zurück.

038

Wie die kleinen Kinder auf dem Schulhof, so kam es Tarne vor, standen sie auf dem Parkplatz um ihre Wagen herum.

„Ich weiß, es bringt nichts und wir können ihm nichts nachweisen. Aber ich konnte einfach nicht anders. Das musste sein." Tarne fühlte sich erleichtert, auch wenn ihm das sein Büro nicht zurückbrachte.

Anne strich ihm über den Rücken.

„Ich weiß."

Krause stand in der Hocke und schlug sich auf beide Oberschenkel und lachte, dass ihm die Tränen aus den Augen liefen.

„Der ist ja richtig ausgeflippt. Das mit der *Splittergruppe* war großartig. Da war er richtig angepisst, der große Parteivorsitzende. Und dann der *Klassenclown*, das hat ihm den Rest gegeben. Ich kann ja nicht mehr."

Hesse fasste zusammen.

„So demontiert man einen Politiker."

Anne grinste über das ganze Gesicht und schüttelte den Kopf.

„Aber nur einen, der noch unsicher in seiner Rolle ist." Dann modulierte sie mit einer Stimme wie eine Comic-Figur:

„Aber ich hab es ihm gezeigt."

Tarne spürte immer noch so etwas wie einen kindlichen Trotz.

„Ja, genau. Das musste sein."

Hesse unterdrückte sein Grinsen.

„Ich kann dich verstehen, aber dir ist klar, dass es nichts, aber auch gar nichts bringt. Ich hoffe, dass es kein Nachspiel gibt."

Krause unterstützte seinen Chef und schien ausnahmsweise auf Tarnes Seite zu stehen.

„Ach was, Chef, das war es allemal wert."

„Ja."

Anne Klar wurde als Erste wieder einigermaßen vernünftig und fasste ihre Meinung zusammen.

„Cleveres Kerlchen, mit allen Wassern gewaschen. Indem er den Leuten ein Ziel, eine Bedeutung gibt, kann er sie leiten, führen. Sie fressen ihm aus der Hand, das haben wir auch in der Nacht vor dem *Haus Deutschland* gesehen. Der hat so viel Macht über die, da kann er sie für seine Interessen einsetzen."

Krause hörte mit dem Glucksen auf, nach dem Lachen hatte er sich verschluckt.

„Aber was hat er davon?"

Hesse versuchte eine Erklärung.

„Macht? Vielleicht glaubt er selbst an seine Phrasen? Er gibt ja sogar zu, dass er diese Sichtweise aus seinem Elternhaus hat. Und Großeltern wahrscheinlich."

Tarne ging das psychologische Profil Dorfmanns durch den Kopf.

„So wie ich es sehe, will er nur Anerkennung und Bewunderung, und das nach Möglichkeit von allen. Der lebt ja richtig auf, wenn er zwischen seinen jugendlichen

Bewunderern steht. Da kommt er sich bestimmt wie der neue Messias vor."

Anne musste noch eine Bemerkung loswerden, die Tarne wie eine Spitze vorkam:

„Du kannst jetzt wieder runterkommen. Ich bin stolz auf dich, gegen das letzte Verhör bist du ja erstaunlich ruhig geblieben. Ich kam einfach aus dem Staunen nicht mehr heraus. Auf jeden Fall hast du ihm die Maske heruntergezerrt und dabei ein Bild dieses cleveren Chefs gezeigt, der die Schlägertypen ausnutzt und manipuliert zu seinen Zwecken. Aber beweisen, da hat Harald recht, können wir ihm gar nichts."

„Ja. Gebracht hat es nichts. Außer dass ich mich jetzt besser fühle. Diese Typen regen mich einfach auf. Egal, für wie großartig die sich halten."

Anne unterdrückte ein Schmunzeln.

„Jetzt kenne ich zumindest eines deiner Hobbys: bei Verhören rausgeschmissen zu werden."

Tarne ging nicht darauf ein.

„Wartet es ab, ich werde es noch schaffen, diesen Kerl zur Strecke zu bringen. Er hat es selbst gesagt: Wenn es etwas gibt, dann werde ich es finden."

„So kennen wir ihn", schloss Hesse.

039

Tarne saß allein im *Domino* und trank einen Kaffee. Susanne war heute nicht im Dienst. Wie oft hatte er sich schon vorgenommen, nicht immer so schnell aus der Haut zu fahren. Aber dieser Typ war echt das Letzte. Was hatte er jetzt noch? Irgendeine Lieferung, die kommen sollte. Aber er wusste weder, wann noch wo diese erwartet wurde. Er griff nach seinem Handy, drückte den grünen Hörer, dann Anrufliste, der dritte von oben, da stand Dorfmann. Vielleicht hatte der eine Idee. Tarne drückte darauf und die Verbindung baute sich auf.

„Ja?"

Die moderne Technologie machte die üblichen Floskeln überflüssig, wenn man wusste, was man wollte.

„Hast du irgendetwas, wohin es eine Lieferung für von der Garthen geben könnte?"

„Lass mal überlegen. Tja, dieses Schuhimperium, die haben mehrere Lagerhallen. Im Ruhrgebiet und auch in ganz Deutschland. Was haben wir hier, Essen, Herne, Dortmund, und und und …"

„Das ist zu viel Auswahl. Da reichen meine Kapazitäten nicht, das alles zu überwachen. Irgendein Hauptlager? Eine Zentrale?"

„Nicht zu erkennen. Die scheinen alle für ein bestimmtes Gebiet zuständig zu sein."

„Wenn dir etwas einfällt, auch *Das Wahre Reich* betreffend, ob die eine Zentrale für so etwas haben …"

„Dann melde ich mich sofort, okay."

Sollte er noch einen Kaffee trinken? Nein, er war schon unruhig genug. Also, in Gelsenkirchen wollte von der Garthen ihn nicht haben. Hmm. Das nächste Lager war in Herne. Nicht so weit. Ob es sich lohnte, da einfach vorbeizuschauen?

Tarnes Handy gab sein unverkennbares Geräusch eines ankommenden Anrufes von sich. Ein Blick darauf zeigte ihm *Anruf von Unbekannt*.

„Hier ist Mütze."

„Ja?"

„Ich hab eine Info. Du erinnerst dich an unser letztes Gespräch?"

„Ja?"

„Unsere Leute unternehmen immer noch nichts. Ewig diese Kompetenzstreitigkeiten. Ich habe jetzt etwas, aber vielleicht ist das bei dir besser aufgehoben."

„Ich werde mich auf jeden Fall darum kümmern, das kann ich dir versprechen."

„Ja, so habe ich dich auch eingeschätzt. Ich habe mir deine Nummer von Hesse geben lassen. Ist zwar gegen mein Sicherheitsbedürfnis, aber ich rufe von einer Öffentlichen an. Wird immer schwieriger, so etwas noch zu finden. Also, die Lieferung, von der alle die ganze Zeit reden, wird in einem Lager der Schuhfirma von der Garthen in Herne erwartet."

„Weißt du, was oder wann?"

„Nein, nur den Ort. Sieh zu, ob du was draus machen kannst."

Damit war das Gespräch beendet. Das war zwar nur eine rudimentäre Information. Aber immerhin. Jetzt kannte er den Ort. Also würde er sich vermutlich auf eine längere Überwachung einstellen müssen. Das würde wieder viel Langeweile bedeuten.

Tarne beschloss, später, wenn es dunkel würde, einmal nach Herne zu diesem Lager zu fahren und sich – und das nahm er sich ernsthaft vor – diesmal unauffälliger umzusehen. Wenn es nur um eine Lieferung Schuhe ging, dann war es eben so. Es würde ihn aber wundern. Warum waren sonst diese Neonazis so an dieser Ladung interessiert, dass Mütze sogar davon erfahren hatte. Selbst wenn es sich um Springerstiefel handeln würde, wäre die ganze Aufregung darum nicht wirklich zu verstehen.

Sein Handy gab erneut den Blueston von sich. Ein Blick auf das Display zeigte ihm, dass es sich um Sagatzki handelte.

Der hielt sich nicht mit langen Vorreden auf.

„Ich hab etwas für dich."

„Du hast die beiden Typen zum Reden gebracht."

„Wie ein Wasserfall."

Tarne wusste, dass sein Freund Sagatzki seine speziellen Methoden hatte, Menschen zum Reden zu bringen.

„Sie faselten erst drum herum, aber dann bekamen wir klare Antworten. Am Freitag würde eine Ladung Schuhe aus Polen angeliefert, die irgendetwas Besonderes an sich haben soll. Alle würden darauf warten."

Tarne stöhnte.

„Schuhe! Natürlich bekommt der von der Garthen Schuhe geliefert. Schließlich handelt er mit Schuhen. Ich habe auch schon aus mehreren Quellen dazu etwas gehört. Aber keiner scheint zu wissen, ob es wirklich Schuhe sind oder um was es sich handelt.

Irgendwie ergibt das doch gar keinen Sinn. Aber wenn da etwas ganz anders drin ist?"

„Wer weiß?"

„Aber, dass du den genauen Termin hast, das ist natürlich sehr hilfreich."

„Am Freitag. Die haben sogar eine genaue Uhrzeit genannt, 23 Uhr. Da käme die langersehnte Ladung. Deklariert zumindest als Schuhe, aber das könnte als Tarnung dienen."

„Keiner scheint eine Ahnung zu haben, um was es sich handelt. Aber alle erwarten das Ereignis voll Spannung."

„*Der Neue Chef* habe gesagt, damit ändere sich alles. Sie seien kurz vor ihrem Ziel."

„Und wussten sie auch, wo?"

„Ja, im Lager in Herne."

„Freitag?"

„Heute ist Freitag."

„Das schaue ich mir an."

„Willst du alleine dahin? Ohne Rückendeckung?"

040

Der Regen prasselte auf das Wagendach. Es war 22:30 Uhr, als Tarne die ersten Hafenanlagen am Rhein-Herne-Kanal passierte, dann das Gelände, auf dem die Cranger Kirmes stattfand, und er erreichte kurz hinter dem Herner Containerterminal ein großes Gelände mit Lagerhallen. Das konnte schon Gelsenkirchen sein, die Veltins-Arena war zumindest nicht mehr weit. Die Übergänge waren im Ruhrgebiet fließend. Man wusste das nie so genau. Aber das war die Adresse, die ihm genannt worden war. Sporadisch verteilte Laternen beleuchteten das Gelände nur ungenügend. Tarne kreiste durch mehrere Querstraßen. Er hatte die genaue Lage vorher gegoogelt, aber jetzt erwies es sich als schwieriger als erwartet. Es gab nur wenige kleine Firmenschilder und keine Nummerierung. Das Gelände galt als eine Adresse, wie ein Industriepark. Welches der Gebäude war es? Wie sollte er das richtige finden? Das große Schuhimperium und nicht einmal ein kleines Firmenschild. Sie hatten es wohl nicht nötig. Ihm kam eine Idee. Wenn das Treffen dort für heute angesagt war, mussten irgendwann die Mitglieder der Zelle erscheinen.

Er suchte sich einen Parkplatz zwischen einem Container und einem abgemeldeten Auto an der Hauptzufahrt zu dem Gelände. Die Dunkelheit und der Regen waren eine gute Tarnung. Trotzdem kam ihm kurz der Gedanken, ob es nicht besser gewesen wäre, einen anderen Wagen zu nehmen, da einige ja sein Fahrzeug kannten. Aber das schwarze, ungewaschene, etwas verkommene Äußere seines Dodge Charger fügte sich so gut wie unsichtbar zwischen dem Gerümpel in die Umgebung ein. Wenn die Lieferung so bedeutend war, wie er vermutete, dann wären die mit ihrer Aufmerksamkeit sowieso bei etwas anderem, versuchte er sich einzureden. Jetzt ging es wieder ums Warten. Er trommelte ununterbrochen mit seinen Fingern auf das Lenkrad. Versuchte Schlagzeugrhythmen zu generieren. Zeitkontrolle. Der Zeitanzeiger schien festgetackert zu sein. Sein Blick suchte die Umgebung ab und glitt immer wieder von Außenspiegel zu Innenspiegel, als wenn er dadurch die Erwarteten zu schnellerem Erscheinen bewegen konnte.

Die Scheinwerfer eines einzelnen Wagens trafen den Rückspiegel und blendeten Tarne. Er rutschte in seinem Sitz runter, dass er nur noch gerade so eben über die Unterkante des Fensters spähen konnte. Der Wagen fuhr auf das Gelände an ihm vorbei. Alles war wieder ruhig und dunkel. Wieder näherte sich ein Wagen. Als der kaum verschwunden war, erschienen gleich zwei Autos. Das ging hier ja zu wie auf der A40 in der Rush Hour. Jetzt hörte es gar nicht mehr auf. Tarne zählte um die dreißig Fahrzeuge. Dann entstand eine Pause, wie um Luft zu holen. Tarne wartete. Schließlich erschien der Sattelschlepper. Ein Blick auf die Uhr zeigte 22:55. Das nannte er Timing. Als der Lkw vorbei war, schlängelte sich Tarne, ohne das Licht einzuschalten, aus seiner

Parklücke und folgte in gebührendem Abstand. Schon von weitem erkannte er jetzt das richtige Gelände.

Jetzt war es hell, vor der Halle und darin. Vorhin hatte es die Festbeleuchtung noch nicht gegeben. Sonst hätte er keine Probleme gehabt, das Gelände zu finden. Es existierte sogar ein sehr kleines Firmenschild, wie er jetzt erkannte, das aber nicht beleuchtet war. Daher hatte er es vorher im Dunkeln nicht ausmachen können. Sie schienen sich sehr sicher zu fühlen. Hunderte, vielleicht Tausende von Strahlern, Neonlampen erleuchteten das ganze Gebiet taghell. Schuhe zu verkaufen schien ein gutes Geschäft zu sein.
Es sah so aus, als wenn hier viele Lkw Tag und Nacht alle möglichen Dinge und Waren anliefern würden. Das war ein Gebiet, wo es nicht weiter auffällt, wenn auch mal spät nachts ein Lkw auftaucht. Niemand würde sich über einen Truck mehr oder weniger wundern.

Die Lagerhalle hatte enorme Ausmaße. An der Kopfseite war ein großes Tor, in das der Sattelschlepper hinein-gefahren war, so dass im Inneren störungsfrei aus- oder umgeladen werden konnte. An der Längsseite der Halle befanden sich eine Rampe über die gesamte Länge und 60 nummerierte Tore mit Metallrollladen. Die Halle war mit senkrechten grauen Plastikpaneelen verkleidet. Tarne vermutete, dass hier täglich Kleintransporter die Waren für die einzelnen Filialen abholten. Jetzt waren alle Seitentore geschlossen. Das stählerne Schiebetor der Halle, aus dem der Lichtschein taghell in die Dunkelheit hinaus strahlte, stand offen.

Auf der Straße um das Gelände herum, vor und hinter dem Zaun parkten verstreut viele unterschiedliche Pkw mit Kennzeichen aus dem ganzen Ruhrgebiet. Auf dem Gelände selbst zwischen Stapeln von alten Europaletten standen kreuz und quer mehrere Fahrzeuge. Nur eine schmale Gasse – breit genug, dass der Lkw dazwischen hindurch konnte – hatten sie frei gelassen.

Tarne ließ seinen Wagen außerhalb des Geländes ausrollen und rangierte ihn wieder an eine unauffällige Stelle zwischen einem abgestellten Wohnwagen und einem Kleintransporter. Er hatte gerade den Motor ausgeschaltet, als noch zwei Autos auftauchten. Er rutschte wieder unter die Sichtlinie. Hoffentlich hatten die seine Bremslichter nicht gesehen.

041

Als alles ruhig zu sein schien, verließ er den Dodge und drückte die Tür vorsichtig geräuschlos an. Er schlich, die abgestellten Autos, Palettenstapel und Müll als Tarnung nutzend, auf das Tor der Halle zu. Er bewegte sich schnell, jede Deckung nutzend, seitlich auf das offene Tor zu. Vorsichtig lugte er um den Rand der Öffnung. Wenn er direkt um die Ecke und hinter die nächstgelegene Regalreihe springen konnte, wenn er das schaffte, war er von der Gruppe weit hinten nicht mehr zu sehen.

Schwerlastregale bis zur Decke hoch, endlose Reihen, rot lackierte perforierte Metallgerüste mit schweren Einlegeböden. Vollgepackt mit Paletten, die Schuhkartons über Schuhkartons enthielten, darüber Klarsichtfolie und mit Binder festgezurrt, aber auch entpackte einzelne Schuhkartons gestapelt. Regalreihen durchnummeriert, 48, 49, …
Tarne schlich hinter der Regalreihe Nummer 56 entlang nach rechts bis zu einem Quergang, bog links in diesen ab. Der konnte nicht eingesehen werden von der Gruppe, die er zu Beginn entdeckt hatte. Er glitt auf leisen Sohlen

von rotem Metallpfosten zu rotem Metallpfosten und näherte sich den sich laut unterhaltenden Menschen. Er bewegte sich in diesem Quergang parallel zum Hauptgang bis etwa auf Höhe der Gruppe vor. Vor jeder Linksabbiegung zögerte er, riskierte einen Blick um den Eckpfosten, ob dort jemand stand, der ihn sehen konnte, und huschte dann schnell über die Kreuzung, wenn die Luft rein war.

Zuerst hörte Tarne nur Wortfetzen. Je näher er kam, umso mehr verstand er.

„Wir werden uns dieses Land zurückerobern, und wenn es das Letzte ist, was wir tun."
Das war die Stimme von der Garthens. *Der Neue Chef* ging seiner Lieblingsbeschäftigung nach, er hielt eine Rede.

Die nächste Abbiegung nach links führte in den 64. Gang. Dieser war einsehbar von den versammelten Kämpfern für *Das Wahre Reich*. Sie hatten sich um ihren Führer versammelt und schienen sich sehr sicher zu fühlen, aber warum sollten sie hier auch flüstern? Es wirkte auf Tarne wie das Hauptquartier der Bewegung. Eine Organisation mit klaren Strukturen und Regeln für die Mitglieder.

„Und wenn wir dafür erst alles einreißen müssen, dann wird es genau das sein, was wir tun. Und heute …"
Tarne musste über die Kunstpausen, die von der Garthen gekonnt einzusetzen verstand, schmunzeln.

„… heute habe ich euch alle hierher bestellt, weil wir einen großen Schritt vorangekommen sind …"

Tarne schlich ein paar Meter zurück und suchte in den Regalen Lücken, durch die er vielleicht näher an das Geschehen herankommen konnte. Aber alles war bis auf den letzten Platz belegt. Also riskierte er vorsichtig einen

Blick um die Ecke. Alle starrten gebannt auf von der Garthen, der auf einer gepackten Palette stand und seine Rede mit wilden Gesten unterstützte. Guido von der Garthen war heute nicht geschminkt. Tiefe Schatten ließen sein Gesicht dämonenhaft, wie einen Holzschnitt wirken. Aus der geöffneten Rückseite des Sattelschleppers hatten die Helfer mit einem Hubwagen eine Palette heruntergeladen. Sie sah aus wie all die Hunderte von Verpackungseinheiten, die Tarne hier in der Lagerhalle heute schon gesehen hatte. Was mochte da jetzt herauskommen. Würden es Waffen sein? Sprengstoff? Die Anwesenden schienen genauso gespannt zu sein wie er, so dass er sich keine Sorgen machte, dass sich jemand zu ihm umdrehen würde. Irgendwelche Wachposten hatte er auch nicht bemerkt. Alle waren zu gefangen in ihrer Bewunderung für den *Neuen Chef* und für das, was er ihnen zu sagen hatte.

„In diesem Lkw …" wieder Kunstpause „… ihr denkt, darin sind Schuhe? Vielleicht sogar Springerstiefel? Ha, weit gefehlt, da drin ist ein Vermögen."

„Ganz ruhig", flüsterte plötzlich eine Stimme hinter Tarne und etwas Kaltes wurde gegen seine Schläfe gepresst. Er erstarrte.

042

Aus dem Augenwinkel erkannte er den Lauf einer Waffe. War er doch nicht vorsichtig genug gewesen? Hatte er einen Wachposten übersehen, diese Typen unterschätzt? Der Druck der Waffe auf Tarnes Schädel wurde erhöht.

„Ganz langsam, umdrehen." Mit diesen gemurmelten Worten zog sich der Kerl, der ihn entdeckt hatte, vorsichtig einen Schritt zurück.

Die Überraschung war zu groß gewesen. Tarne hatte zu lange gezögert. Er wusste, was er hätte tun müssen, um diesen Kerl zu entwaffnen. Er hatte jede Bewegung, jeden Handgriff im Kopf. Hundertmal geübt. Vorsichtig die Hände heben, gleichzeitig wegdrehen und die Hand mit der Waffe wegschlagen. Er wusste alles. Nicht genug geübt, noch nicht die Reaktion reflexhaft genug ausgeführt. Böser Fehler. Jetzt war es zu spät. Jetzt war der Typ zu weit entfernt. Der wusste, was er tat. Diese Typen hatten doch zumindest zum Teil mehr drauf als er ihnen zugetraut hatte. Er musste die nächste Gelegenheit abwarten.

„Mach schon, dreh dich um."

Tarne drehte sich langsam und sah in die schwarze Tiefe des Laufs einer Walther P22. Das charakteristische Emblem am Lauf war nicht zu übersehen.

Ein unrasierter Kerl mit eingefallenen Wangen und Baseballkappe verkehrt herum aufgesetzt zielte mit der rechten Hand und griff mit der linken zur Unterstützung unter die rechte. Er löste die linke Hand, um mit kurzen schnellen Gesten anzuzeigen, dass er wollte, dass Tarne rückwärts gehen sollte.

„Schaut mal, wen ich hier gefunden habe", sagte er nun laut, als sie sich aus der Deckung auf die versammelten Mitglieder der Vereinigung *Das Wahre Reich* zubewegten.

Von der Garthen verstummte, es entstanden allgemeine Unruhe und ein Durcheinander, Gerede und Geschreie, als alle sich umdrehten. Doch der *Neue Chef* hatte sich schnell wieder gefangen und riss die Aufmerksamkeit wieder an sich. Er gab kurze Anweisungen. Mehrere Skinheads kümmerten sich um Tarne. Während der weiter mit der Waffe in Schach gehalten wurde, hatte irgendeiner schon eine Rolle Duct Tape hervorgekramt und Tarne die Hände zusammengeklebt. Er wurde hin und her gestoßen zwischen den Anhängern der Gruppierung und zu Füßen von der Garthens festgehalten.

„Gut gemacht, Leute! Das nenne ich brauchbare Mitarbeiter!"

Dann wandte er sich an Tarne.

„Ich hatte nicht erwartet, Sie so schnell wiederzusehen. Genau genommen hätte ich gerne für immer auf Ihre Anwesenheit verzichtet. Auch wenn ich ärgerlich darüber sein sollte, dass Sie mir meine Show hier verderben, freut es mich trotzdem, dass Sie dabei sind und diesen überwältigenden Erfolg mit mir teilen können. Besonders erfreut bin ich darüber, dass es das Letzte sein wird, was sie erleben. Leute wie Sie …"

Er steigerte sich in Rage.

„… Sie haben sich genug eingemischt …"

„Sie kommen sich vielleicht großartig vor, aber Sie sind doch nichts weiter als ein ganz simpler Verbrecher."

Der Neue Chef lachte lauthals auf über Tarnes Bemerkung, schien sich dann seiner Rolle wieder bewusst zu werden, beherrschte sich und fuhr in seiner üblichen Rhetorik fort.

„Ihre Gebeine werden längst ausgebleicht sein, wenn wir immer noch an der Macht sind. Sie werden unserem Siegeszug nicht mehr in die Quere kommen. Wir haben viele Helfer. Leute in allen wichtigen Positionen. Uns kann niemand aufhalten. Wir werden das Erbe antreten. Wir …" wieder ein Kunstpause „… *Das Wahre Reich*, und hier möchte ich betonen, dass heute auch das Adjektiv …" Pause „… reich …" Pause „… eine neue Bedeutung bekommt …"

Hier wurde er von tosendem Beifall unterbrochen.

„… wir werden das Geld nutzen, um unsere Ziele durchzusetzen."

Alle anwesenden Mitglieder der Bewegung *Das Wahre Reich* lachten und stimmten mit lautem Gegröle der Rede zu.

„Jetzt werden Sie Zeuge unseres genialen Schachzuges. Wir haben aus der Geschichte gelernt. Wie damals geht es darum, den Feind zu schwächen, wo wir ihn treffen können, Desorientierung und so weiter. Hier sind mehrere Hundert Millionen an Euros drin", er breitete beide Arme aus, als wenn er den Sattelschlepper umarmen wollte. „Die verteilen wir, wo und wie es nur geht. Und es kommen noch mehr, bis der Euro hintenüber kippt. Mit anderen Worten: Wir alle sind reich. Wir haben so viel Geld wie wir nur haben wollen. Alles für unser Ziel. Wir haben jetzt so viel Kapital, dass wir jede Sabotage gegen diese überholte Staatsform anwenden können, die uns weiterhilft. Wenn es nur so geht, dann müssen wir eben erst alles zerschlagen, und damit meine ich diesen verkommenen Staat, neu aufbauen, so aufbauen wie wir es wollen und wie es uns zusteht. Unsere geliebte Heimat."

Das Ende seiner Ansprache ging unter in tosendem Applaus.

Einige Helfer hatten eine Palette mit Schuhkartons mit einem Hubwagen vom Lkw gehievt. Jemand zertrennte mit dem Seitenschneider die Stahlbänder, ein anderer zerschnitt mit Teppichmesser die Folie. Die ersten Schuhkartons wurden aufgerissen. Keine Schuhe, sondern Euroscheine, Päckchen mit Banderole quollen aus den Kartons. Alle grölten, sprangen durcheinander. Stürzten sich auf die Kartons, rissen sich gegenseitig die Bündel Geldscheine aus den Händen.

„Nehmt euch so viel ihr wollt, verteilt es überall", schrie der *Neue Chef* in den Tumult hinein und lachte.

Plötzlich wurde ein Geräusch lauter. Alle schauten irritiert auf. Zuerst war es nicht einzuordnen. Es war ein Brummen, ein Rauschen, weit entfernt, wie vom Horizont schien es zu kommen und es schwoll an. Es war bereits so laut, dass das Prasseln des Regens auf dem Dach nicht mehr zu hören war.

043

In dem lauter werdenden Dröhnen ging das Lachen von der Garthens unter. Es war ein erstaunliches Geräusch, es wirkt sehr bedrohlich. Alle verstummten. Einige schauten sich um, andere zuckten mit den Schultern, als wenn sie sagen wollten, keine Ahnung, was das ist. Der Krach schwoll immer mehr an. Einige hielten sich die Ohren zu.

Als die ersten Motorräder in die Halle brausten, wurde es allen klar. Es war das Konzert, das entstand, wenn mehr als fünfzig Harley Davidson auf einmal angerollt kamen. Beeindruckend. Gänsehaut und Kribbeln den ganzen Rücken hinauf und hinunter. Tarne würde dieses Geräusch nie vergessen. In seinen Ohren war es wie Musik.

Der Gesichtsausdruck von der Garthens verzerrte sich. Sein überlegenes Strahlen war weg. In Bruchteilen einer Sekunde war er um Jahre gealtert. Heute wurde er unge- schminkt so blass, als wenn er zu viel Kreide gefressen hätte. Die Sprache hatte es ihm auch verschlagen.

Die Motorräder kurvten durch die Gänge der Lagerhalle. Auf den Kutten der Fahrer prangte für alle unübersehbar das Emblem der Dragon Wheels. Allen voran Walla und Kalle. Abenteuerliche Gestalten hockten auf den Maschinen. Tarne kamen sie wie Wikinger vor. Schlagkräftig sahen sie aus. Das musste man ihnen lassen.

Die Schläger der Nazigruppierung liefen auseinander, griffen sich, was sie nur tragen konnten, an Kartons mit Geld. Ein langer dünner Kerl mit Glatze, auf die symbolträchtige Runen tätowiert waren, und der einen dunkelblauen Hoody trug, erklomm die Führerkabine des Lkw. Er warf den schwer knatternden Diesel an. Wollte sich vermutlich mit den ganzen Paletten mit Euros auf dem Sattelschlepper aus dem Staub machen. Einer aus der Motorradgang packte sein Bein, das gerade die Kupplung treten wollte, riss ihn unsanft aus der offenen Wagentür. Noch während des Fallens prügelte er auf ihn ein. Als der am Boden lag und sich nach den Schlägen, die er eingesteckt hatte, schnell wieder aufrichten wollte, trat er ihn mehrfach vor den Kopf, bis er unbeweglich liegen blieb. Es schien wirklich keinen anderen Weg zu geben. *Bei manchen Leuten hilft nur, Gewalt mit Gewalt zu bekämpfen*, sinnierte Tarne, der mit seinen gefesselten Händen zur Untätigkeit verdammt war.

Der Diesel blubberte vor sich hin und untermalte die ganze Szenerie.

Tarne stand mit seinen gebundenen Armen alleine da. Von der Garthen kletterte neben ihm schwerfällig, stöhnend von seinem improvisierten Rednerpult herunter. In dem ganzen Chaos gelang es ihm mit langsamen, schleichenden Bewegungen wenig Aufmerksamkeit zu erregen, sich so gut wie unsichtbar zu machen und sich zu verdrücken.

Alles stürmte kreuz und quer durcheinander, als wenn jemand mit einem Stock in einem Ameisenhaufen gestochert hätte. Schüsse erklangen. Tarne sah einen getroffenen Biker zu Boden stürzen. Aber andere nahmen seinen Platz ein. Eine Kette wickelte sich um den Arm des Schützen, die Waffe wurde seiner Hand entrissen. Mehrere droschen mit unterschiedlichen Schlaginstrumenten auf ihn ein. Tarne sah einen Skinhead, der in einem selbstkonstruierten provisorischen Sack aus Schutzfolie einen ganzen Berg Schuhkartons auf der Schulter mit sich schleppte. Andere rannten mit auf den Armen gestapelten Kartons Richtung Ausgang zu ihren Fahrzeugen. Überall prügelten Gruppen von Skins und Dragon Wheels aufeinander ein. Andere rannten mit ihrer Beute zum Ausgang. Einige Dragon Wheels rasten zwischen dem ganzen Chaos mit ihren Maschinen hinter den Flüchtenden her. Tarne sah, wie ein Mitglied der Dragon Wheels im Vorbeifahren einen Flüchtenden mit ausgestrecktem Arm zu Boden schlug. Ein anderer flüchtender Neonazi wurde einfach niedergefahren. Im offenen Container des Lkw rissen einige der Skins noch Kartons mit Euroscheinen aus den mit Stahlbändern festgezurrten Paletten. Die Dragon Wheels wurden mit Fußtritten daran gehindert, näherzukommen. Aber sie gaben nicht auf. Einen der Skins hatten sie schon am Bein erwischt und herunter gezogen. Kampflärm, Geschrei und Flüche untermalten das Ganze.

Es waren nach Tarnes Schätzung erst wenige Minuten vergangen, als eine schwere Harley direkt auf ihn zukam. Der Fahrer hielt vor ihm, stellte seine Maschine auf den Seitenständer, stieg ab und nahm seinen Helm ab. Tarne schaute in Wallas mit Pflastern verklebtes, breit grinsendes Gesicht.

„Ich hab doch gesagt, du hast was gut bei uns."

Dann zog er ein Messer aus seinem Stiefel und befreite Tarne von seinen Fesseln.

„Draußen ist noch jemand, den du kennst. Geh schon, wir räumen hier weiter auf." So wie Tarne das sah, schien es ihm richtig Spaß zu machen.

Tarne schritt zwischen den letzten kleinen Gefechten, die noch hier und da stattfanden, den Hauptgang hinunter zum Ausgang und befreite sich dabei von den letzten Kleberesten an den Handgelenken. Er zog sein Handy heraus und informierte seinen Auftraggeber Esser. In dem ganzen Durcheinander war inzwischen die ausgeladene Palette vollständig geplündert. Es lagen nur noch ein paar leere Schuhkartons auf den zerfetzten Resten der Schutzfolie herum. Die meisten hatten sofort die ganzen Kartons mitgenommen.
Keiner hatte den Motor des Sattelschleppers abgeschaltet. Er blubberte immer noch vor sich hin und füllte die Halle mit Abgasschwaden.
Zwei Quergänge weiter sah Tarne, dass auch die Dragon Wheels das Duct Tape entdeckt hatten. Sie hatten hier mehrere Mitglieder aus der sogenannten Partei *Das Wahre Reich* recht fantasievoll mit dem Klebeband umwickelt und nebeneinander auf den Betonboden gelegt. Tarne erkannte provozierende Nazi-Tattoos auf den Händen, Unterarmen, am Hals oder auf den rasierten Schädeln der Gefesselten. Da gab es Stahlhelme mit Totenkopf, SS-Dolche, Hakenkreuze und Ähnliches in unterschiedlichsten Variationen. Ein paar Motorradfahrer der Dragon Wheels standen dabei und bewachten die Gefangenen. Einer hielt Tarne den Daumen der rechten Hand hoch und rief:

„Gute Show hier!"

Draußen links neben dem Eingang parkte ein ihm bekannter schwarzer Vito. Es nieselte noch leicht, aber keiner achtete darauf. Sagatzki lehnte an der Beifahrertür und sprach in ein Headset. Einige seiner Mitarbeiter umringten ihn. Er gab noch einige Anweisungen und kam dann Tarne entgegen.

„Ich dachte mir, du könntest hier ein wenig Hilfe gebrauchen."

Wenn Sagatzki sich einmal entschieden hatte, jemanden als Freund anzusehen, dann war das etwas, das hielt. Tarne hatte zu seiner Zeit als Versicherungsdetektiv einen Budenbesitzer aus menschlichen Gründen gedeckt – das war nun einmal Tarnes Sichtweise von Ehre und Gerechtigkeit. Dieser Mann hatte Sagatzki davon erzählt. Das war das Ausschlaggebende gewesen.

„War mir doch klar, dass du dahintersteckst, als die Dragon Wheels einfuhren. Als du mir am Telefon die Info durchgegeben hast, hätte ich gleich stutzig werden müssen, wie du sagtest, *da willst du ohne Rückendeckung hin?* Da schwang so etwas mit."

Tarne wusste ja, dass Sagatzki Walla und die Jungs vom Motorradclub kannte.

„Sagen wir, ich habe das Ganze hier ein wenig koordiniert."

Tarne schüttelte den Kopf.

„Die Polizei ist informiert. Werden gleich auftauchen. Aber ich dachte, die Dragon Wheels schulden dir was und sind bestimmt schneller und zuverlässiger."

„Wie man sieht, hattest du recht."

An ihnen vorbei rannte ein Skin, so schnell ihn seine Springerstiefel trugen, mit einigen Kartons unter den Arm geklemmt auf sein Auto zu. Einer der Dragon Wheels stellte ihm ein Bein und er rutschte der Länge nach über den Boden. Ein Karton platzte auf und die Euros flatterten heraus. Der Dragon Wheel sprang auf seinen Rücken. Ein zweiter Neonazi rannte ähnlich bepackt an ihnen vorbei. Er schaffte es zu seinem Wagen, riss die Tür auf, schmiss die Kartons auf den Beifahrersitz, ließ sich auf den Fahrersitz fallen und startete. Er gab Vollgas, die Räder drehten auf dem Boden durch, bevor sie fassten. Mit voll eingeschlagenem Lenkrad kam er nicht an einem abgestellten Motorrad vorbei, sondern säbelte es einfach um. Das war ein Fehler, vermutete Tarne. Und tatsächlich, zwei Dragon Wheels sprangen herbei, rissen die Fahrertür auf und zerrten den Typen heraus. Sie droschen gemeinsam auf ihn ein, dass Blut spritzte, und Tarne glaubte, auch Zähne fliegen zu sehen.

Andere hatten es geschafft, zu ihren Fahrzeugen, die vor der Halle geparkt waren, zu kommen und mit ihrer Beute zu verschwinden.

„Moment mal …"

Sagatzki ging einige Schritte zur Seite, sprach in sein Headset und kam zurück.

„Ich hab mit den Dragon Wheels vereinbart, dass jeder, der es vom Platz schafft, verfolgt wird. Dann wird der Aufenthaltsort an mich durchgegeben und wir können der Polizei dann den Hinweis geben, wo sie die Typen einsammeln können. Wenn wir alle erwischen, verhindern wir, dass die das Geld unter die Leute bringen."

„Alle Achtung. Perfekt organisiert, auf die Schnelle."

In der Ferne erklangen mehrere Polizeisirenen.

„Da rauscht unsere Staatsmacht an. Ich habe Hesse auch informiert."

„Da fällt mir ein: Habt ihr den von der Garthen? Ich hab gesehen, wie er sofort zu Beginn der Aktion sich verkrümeln wollte."

044

Das Bild in der Lagerhalle und auf dem Hof hatte sich beruhigt. Die Einsatzkräfte hatten ihre Zeit benötigt, das Chaos zu ordnen. Die Nacht neigte sich dem Ende entgegen. Der Regen hatte aufgehört. Das Morgengrauen setzte langsam ein. In dem diffusen Licht wirkte die gesamte Szenerie auf dem Vorplatz wie eine perfekte Theaterinszenierung. Einsatzkräfte vom SEK waren hinzugezogen worden. Zwei Beamte in voller Montur führten die letzten beiden Skinheads ab. Hände auf dem Rücken mit Kabelbinder gefesselt. Die Beamten führten sie in klassischer vorbildlicher Art, mit einer Hand die gefesselten Arme leicht hoch gedrückt, die andere im Nacken des Festgenommenen. Jeder Widerstand konnte auf diese Weise mit minimalem Aufwand leicht gebrochen werden. Die Gefangenen wurden in einen vergitterten Transporter geführt. Anklagepunkte würde es genug geben, Waffenbesitz, Bildung einer kriminellen Vereinigung, Falschgeldbesitz und vieles mehr, ging es Tarne durch den Kopf. Ein Mann mit rasiertem, blutverschmiertem Schädel wurde in einem offenen Krankenwagen versorgt. Tarne wendete sich ab. Selbst in diesem geschlagenen Zustand machten ihn diese Typen noch wütend.

Nach dem Eintreffen der Polizei waren die meisten Dragon Wheels schon entweder auf den Verfolgungsjagden hinter den einzelnen Entkommenen oder hatten sich verdrückt. Der Kameramann und die attraktive Kommentatorin, die Esser mitgebracht hatte, hatten viele Aufnahmen gemacht und waren inzwischen wieder abgezogen. Esser war begeistert. Sensationell, war eines ihrer Worte. Auch Sagatzki hatte, sobald es ihm von den Ordnungshütern gestattet war, das Gelände verlassen, nachdem die Polizei die Aktion übernommen hatte.

Der Plan Sagatzkis war aufgegangen. Jeder Wagen mit einem oder mehreren Mitgliedern der Gruppe *Das Wahre Reich*, der es geschafft hatte, das Gelände mit ihren Anteilen und Bündeln zu verlassen, war von einem der Dragon Wheels verfolgt worden. Nachdem die Polizei informiert wurde, konnten die Neonazis jeweils vor Ort eingesammelt werden. Die meisten waren bereits von den Mitgliedern der Dragon Wheels gestellt worden und wurden den eintreffenden Polizisten übergeben. Dadurch konnte verhindert werden, dass das Falschgeld in den einzelnen Städten verbreitet wurde.

Beim Eintreffen in der Nacht war Hesse erst einmal seinen Ärger auf Tarne losgeworden.

„Verdammt noch mal. Keine Alleingänge mehr. Wie ich das hasse! Wie oft muss ich das noch sagen? Immer müssen wir hinter dir aufräumen."

Wieder, wie auf der Pressekonferenz, war Krause ihm zur Hilfe gekommen. Das schien eine neue, für Tarne ungewohnte Veränderung zu sein.

„Chef, jetzt sei mal nicht ungerecht. Er hat ja schon einiges erreicht."

„Und das du? Aus deinem Mund, das gibt's doch nicht."

Krause hatte dann doch noch seine Standpauke abgelassen.

„Wie wär's, wenn du uns in Zukunft einmal rechtzeitig informieren würdest, dann hätten wir auch mal das Gefühl, unsere Arbeit zu tun."

Inzwischen hatten sich die Gemüter beruhigt und Hesse fasste zusammen.

„Soweit wir das bisher überblicken, erfolgte die Lieferung aus Polen durch den Lkw da drinnen. Die Blüten wurden wahrscheinlich dort gedruckt." Hesse deutete auf die Halle. „Die Verteilung sollte durch die ganzen Mitglieder dieser Splittergruppe oder Partei, wie sie sich hochtrabend nennen, in den verschiedenen Städten erfolgen. Ich muss schon sagen, dieser von der Garthen hat in Geschichte aufgepasst. Dasselbe hatten die Nazis damals mit der *Aktion Bernhard* auch versucht. Ziel war es, wie seinerzeit, zu einer Destabilisierung des Euro, also damals natürlich des Pfundes, zu führen und natürlich die Gruppierung *Das Wahre Reich,* wir sollten die Abkürzung verwenden, *DWR,* mit ihren Reichskameraden an die Macht zu bringen."

„Das wird bestimmt als die Falschgeldaffäre in die Annalen eingehen."

Tarne sah Hesse und Krause an und beide nickten bestätigend. Krause wirkte müde.

„Aber jetzt geht die Arbeit erst richtig los. Die alle verhören, sehen, was hier noch alles gefunden wird, Durchsuchungsbefehle organisieren, ihre Wohnungen auseinandernehmen. Das wird dauern."

„Wir haben bereits mehrere Waffen gefunden. Vielleicht ist die dabei, mit der Biberneid hingerichtet wurde."

„Darum wird sich die Technik kümmern."

„Was wird aus von der Garthen?"

„Da mach ich mir keine Sorgen, den werden wir bald erwischen. Ist nur eine Frage der Zeit."

„Tja, wie soll man das nun sehen, als die neue oder eher die alte Gefahr?"

„Ich würde sagen, die neue Gefahr. Dieses Denken schient nicht ausgestorben, sondern taucht wohl immer wieder auf. Aber die Leute sind neu."

045

Hesse wandte sich wieder Tarne zu.

„Na, dann haben wir ja das Motiv."

„Wofür?"

„Um dich aus dem Weg zu räumen, den unbequemen Schnüffler, der die große Aktion, die Verteilung des Falschgeldes, in Gefahr bringen könnte. Deshalb waren die so nervös."

„Aber wir haben keine Beweise."

„Warten wir ab, was die Verhöre bringen. Wenn diese Rechtsradikalen nicht dermaßen viel Einsatz gezeigt hätten, dich auszuschalten, wären wir nie darauf gekommen, was die vorhaben."

„Wieso schafft ihr es nicht, da einfach früher einzugreifen? Wieso unternehmt ihr nicht mehr gegen die?"

„Uns sind die Hände gebunden. Solange nicht ein erkennbarer Straftatbestand vorliegt …"

„Das Attentat? Die Hinrichtung? Reichte das nicht?"

„Schon, aber bisher gab es keinerlei Belege, dass es aus dieser Richtung kam. Außerdem stehen die unter

Beobachtung vom Verfassungsschutz und wir dürfen denen nicht ins Gehege kommen."

„Da sind die unter Beobachtung und ihr …?"

„Du hast ja vollkommen recht, aber was sollen wir tun? Vorher dürfen wir nicht, das lassen unsere Gesetze nicht zu, und hinterher heißt es dann Behördenversagen. Was glaubst du, wie uns das ärgert."
Sie sahen sich an und schwiegen einen Moment.

„Ich mache diesen Job ja schon etwas länger, wie du weißt, und wenn ich in dieser Zeit eins begriffen habe, dann ist es das, dass das, was vernünftig wäre, lange nicht das ist, was wir vor dem Gesetz wirklich vertreten können, also aktiv umsetzen dürfen. Leider. Wir sind zwar die Guten, aber deshalb dürfen wir trotzdem nicht alles."

„Was soll das jetzt heißen?" Tarne Stimme wurde merklich lauter. „Was kriegen die denn jetzt für ihre ganzen Schandtaten? Gehen die jetzt frei aus, oder was? Keinerlei Konsequenzen? Ist das unser Rechtsstaat?"

„Reg dich nicht auf. Es wird alles gut. Unser Rechtssystem ist zwar oft sehr langsam, aber in diesem Fall kann das ein echter Vorteil sein. Die kommen erst einmal in Untersuchungshaft…"

„Klar, und wie die Gerichte entscheiden, das dauert und die kriegen dann Bewährung…"

„Das wissen wir nicht. Das werden die Untersuchungsrichter und die Staatsanwaltschaft klären. Nur eines: Bis zur Verhandlung, das dauert. Das dauert sogar Jahre, sechs bis zehn Jahre sitzen die in U-Haft. Stell dir das vor."

„Zumindest sind wir so lange vor denen sicher. Und von der Garthen? So ein Promi kriegt wie üblich eine Sonderbehandlung. Falls ihr den überhaupt zu fassen kriegt?"

„Erstens: Wir kriegen den. Zweitens: Es werden sich so viele zur Verfügung stellen, als Kronzeugen auszusagen, um ihre eigene Haut zu retten, dass bestimmt genug gegen ihn zusammenkommen wird. Bildung einer kriminellen Vereinigung, ach, was sag ich: Bildung einer terroristischen Vereinigung, Landesverrat, Anstiftung zum Mord und und und. Ich kann dir sagen, das wird eine sehr lange Liste."

Tarne hatte sich mit seiner rechten Hand über die Augenbraue gestrichen, um seine Wutfalten zu glätten, und klopfte sich nun mit dem Fingerknöchel auf die Stirn.

„Dann klopfe ich auf Holz, dass ihr den zu fassen kriegt. Ich hoffe, dass der dann so lange in U-Haft schmort, bis er alt und grau geworden und verschimmelt ist. Am besten schmeißt ihr den Schlüssel weg und vergesst ihn ganz. Aber erst müsst ihr ihn haben. So ein Typ. Hat alle Voraussetzungen von zu Hause mitbekommen und dann so etwas. Man kann es gar nicht glauben."

Tarne hatte Dampf abgelassen. Sie schwiegen einen Moment und Hesse ging einige Schritte vor und zurück.

„… Und übrigens: Wir haben die Angaben über den Sprengstoff. Das habe ich bei dem ganzen Durcheinander ganz vergessen. Dein Büro ist mit Semtex zerlegt worden. Da wissen wir auch, woher die das haben."

„Ja?"

„Ein Bundeswehrdepot in der Eifel. Da gab es vor einiger Zeit einen Einbruch. Da haben die Waffen und Sprengstoff erbeutet. Ein Teil davon ist bei den Razzien im Ruhrgebiet sichergestellt worden. Nach den Indizien können die es bei dir auch gewesen sein."

„Na also."

„Ja, aber das ist nicht alles. Das Nächste wird dir nicht gefallen."

„Wieso?"

„Es ist nicht derselbe Sprengstoff. Die Materialien stimmen nicht überein. Das Attentat auf den Lauer war reines Dynamit."

„Was soll das heißen?"

„Also, in deinem Büro wurde Semtex benutzt. Dasselbe Zeug wurde auch schon einmal in Dortmund verwendet. Dort ist das ganze Gebäude in die Luft geflogen. Die scheinen noch nicht so genau zu wissen, wie sie das portionieren müssen. Wir vermuten, dass das alles zu einer Ladung gehörte, die aus der Bundeswehrkaserne gestohlen wurde."

„Und der bei dem Attentat verwendete Sprengstoff?"

„Den Lauer können wir nicht auf ihr Konto buchen, fürchte ich. Das war gutes altes, lange abgelagertes Dynamit. Altmodisch, auch vom Material her länger gelagert. Alt eben."

„Das heißt?"

„Vermutlich unterschiedliche Täter?"

„Könnte sein."

„Mit anderen Worten, der eigentliche Attentäter ist noch frei."

„… und wir haben keine Ahnung, wer es ist", bestätigte Hesse, „… nicht den geringsten Hinweis."

„Kriegen wir den oder die Täter jemals?"

„Es gibt keinerlei Hinweise oder habt ihr etwas?"

„Nichts."

„Irgendeine Idee? Wer dahinter stecken könnte?"

„Wir stehen wieder ganz am Anfang. Diese Gruppierung, *Das Wahre Reich*, kann nicht doch dahinterstecken?"

„Dafür gibt es keinerlei Belege."

„Aber wer war es dann?"

„Genug Feinde hat er sich ja gemacht mit seiner Politik."

Tarne konnte es noch nicht fassen.

„Es gibt immer jemanden, dem die Politik des einen oder anderen nicht gefällt. Mein größter Fehler war wohl, dass ich mich von Esser gleich auf diese

Neonazi-Schiene habe setzen lassen. Vielleicht sollte ich mich lieber mit Lauer selbst und eventuellen Feinden beschäftigen. Das Attentat auf Lauer war mit simplem Dynamit. Wenn ich dich recht verstehe."

„Yes, Sir!"

„Das heißt, ich stehe wieder am Anfang. Zumindest was das Attentat betrifft."

„Könnte sein. Aber vielleicht überlässt du das jetzt zu Abwechslung einmal uns."

Mit anderen Worten: Tarne konnte neu anfangen. Da glaubte man, man hatte es, und was war? Nichts. Es war, als wenn man eine Zwiebel schälte. Eine Schale nach der anderen und was blieb zum Schluss über? Nichts. Aber Tarne wäre nicht Tarne, wenn er so einfach aufgeben würde.

046

Nachdem Tarne sich einen ganzen Tag Pause zur Erholung gegönnt hatte, stand er am nächsten Abend bei Anne vor der Tür.

„Da bist du ja."

Er schaute in ihre großen dunklen Augen. Die Haare, noch nass vom Duschen, hatte sie hochgesteckt. Ein einfaches weißes T-Shirt, einen kurzen schwingenden grauen Rock und barfuß. Mehr war auch nicht nötig. Für ihn sah sie aus wie eine Königin. Tief in ihre Augen zu schauen, löste bei ihm ein ganz zärtliches Gefühl aus. Tarne musste sich von dem Anblick, der ihn zu überwältigen drohte, losreißen.

„Ich muss dir ganz viel erzählen", brachte er schließlich hervor.

„Später."

Sie legte ihre Hände an sein Gesicht, zog ihn zu sich heran, schabte dabei über seine Bartstoppeln und küsste ihn. Erst sanft, dann verlangender.

„Whoooaah", er wollte etwas sagen, aber sie legte ihm einen Finger auf den Mund und küsste ihn erneut. Diesmal länger. Gieriger, kam es ihm vor.

Gleichzeitig ergriff sie seine Hand und führte sie unter ihr T-Shirt. Er spürte ihre Haut, umfasste ihre festen Brüste und streichelte vorsichtig eine Brustwarze. Wie sehr er sich nach ihrer Nähe, der warmen weichen Haut und ihrem Geruch gesehnt hatte.

Er umfasste ihre Taille und sie beugte sich ein wenig zurück, schaute ihm in die Augen. Während er den Reißverschluss ihres Rockes hinter ihrem Rücken öffnete, begann Anne sein Hemd aufzuknöpfen. Der Rock rutschte zu Boden. Er strich über ihren Bauch und nahm ein leichtes Zittern wahr.

Sie löste sich von ihm, trat aus dem Rock, drehte sich um und zog ihn mit einer Hand hinter sich her. Der Anblick des schönsten Hinterns, den er je gesehen hatte, und ihre langen Beine, beides in Bewegung, löste Wellen von Wollust in ihm aus. Er stolperte hinter ihr her, seine Schuhe abstreifend, sich der Hose entledigend. Als sie an der Couch angekommen waren, half sie ihm, sich der restlichen störenden Utensilien zu entledigen. Das Ganze wurde von ihrer beider schwerem Atem begleitet. Sie saß bereits und er stand noch vor ihr in seiner Nacktheit. Er strich mit beiden Händen ihren ganzen Rücken hinunter, spürte die Pobacken und knetete sie fester.

„Jaaahh.“

Später sagte sie, noch ganz außer Atem:

„Das hatte ich gebraucht.“

„Was?“

„Schon gut, sonst wirst du noch übermütig.“

Aneinander gekuschelt, immer wieder von gegenseitigem Streicheln und zärtlichen Küssen unterbrochen, hatte Tarne die ganze Geschichte des Finales seines Neonazi-Abenteuers erzählt.

„Das war ja ein voller Erfolg. Eine tolle Story für deinen Auftraggeber.“

„Esser war sehr zufrieden. Der kriegte sich gar nicht mehr ein. Ist ja so ein bisschen überkandidelt, wie diese Leute vom Fernsehen eben sind. *Great, great, was für eine Kulisse*, waren seine Worte. "

Tarne musste lachen.

„Aber wie geht's jetzt weiter? Ursprünglich solltest du doch das Attentat auf Lauer klären?"

„Die Penner vom *Wahren Reich* haben Semtex verwendet, um mein Büro zu sprengen. Das war aus einem Militärarsenal gestohlen. Da weiß man eben, wo es herkam. Aber das andere, bei dem Lauer, war Dynamit. Der Punkt, der mir zu schaffen macht, wo ich nicht weiter komme, ist das Dynamit. Es ist nirgends was abhandengekommen. Es liegen keine Diebstähle vor. Wir wissen einfach nicht, wo die das Zeug herhaben."

„Das könnten doch sicher auch andere benutzen?"

„Ja, bestimmt, aber wer?"

„Wo wird denn überhaupt Dynamit verwendet? Vielleicht kannst du da ansetzen."

„Gute Frage."

Später, als sie eng umschlungen, glücklich und erschöpft einschliefen, drängten sich Tarne im Halbschlaf noch Gedanken auf. Nur durch die Aufforderung Essers war er ja auf die Spur der Neonazis und dadurch diesen bei ihrem Projekt in die Quere gekommen. Die waren bestimmt davon ausgegangen, er wisse mehr, und hatten deshalb versucht, ihn aus dem Weg zu räumen, um ihre groß angelegte Aktion nicht zu verderben. Konnten ja nicht damit rechnen, dass er cleverer war. Aber damit stand er wirklich wieder ganz am Anfang. Die steckten ja nun nicht hinter dem Attentat auf den Lauer. In welche Richtung sollte er jetzt denken? Eine Idee kam ganz unerwartet. Eine plötzliche Eingebung. Er hatte doch Charly beim Frühstück getroffen. Der kam als Taxifahrer viel herum, hörte viel und wusste genau, wo und wie wirklich alles nur Denkbare organisiert werden konnte. Der hatte ihm schon öfter mit seinen Tipps geholfen. Vielleicht sollte er den einmal fragen? Wo man sich Dynamit beschaffen konnte. Wer weiß, vielleicht hatte Charly eine Idee. Das würde er morgen noch einmal durchdenken und angehen.

047

Anne und Tarne saßen beim Frühstück. Sonnenstrahlen fanden ihren Weg auf den reichlich gedeckten Tisch. Vor dem Fenster leuchteten die herbstlich gefärbten Blätter an den Bäumen und ließen die Welt bunt aussehen.

Anne schlürfte aus ihrem Kaffeebecher mit den Peanuts darauf.

„Du siehst richtig verkommen aus, mit deinem Bart."

„Ich habe keinen Bart."

„Na, halt die Stoppeln da."

„Und du … du siehst …"

„Na?"

„Richtig glücklich aus."

„Das bin ich auch."

„Gibt es noch Neues von deiner Ausreißerin?"

„Dass ich sie gefunden habe, weißt du ja. Die Vermisste lebt halt mit ihrem Freund in der typischen Sozialwohnung. Die haben nur Müll in ihrer Behausung, aber einen großformatigen Fernseher, neueste Technik. Auf jeden Fall scheinen die beiden glücklich zu sein, so wie sie leben. Ich hatte auch Kontakt mit der Betreuerin, die meinte auch, so wie die da jetzt leben, scheint es erst einmal das Beste zu sein, was sie erreichen können. Das schwierigste Problem war, es den Eltern zu verklickern, dass ihre Tochter nichts mit ihnen zu tun haben will. Aber sie haben sich damit abgefunden, dass das wohl erst einmal das Beste für ihre Tochter ist."

„Das glaube ich gerne."

Das Frühstück zog sich hin. Immer wieder schauten sie sich an, berührten sich, neckten sich. Aßen noch einen Toast, blätterten in der Zeitung. Tarne entdeckte etwas in der *WAZ* und zitierte:

„Hör dir das an: *Unbekannte haben ein transportables Toilettenhäuschen gesprengt. Es handelt sich um einen mutmaßlichen Bombenangriff.* Was soll so ein Schwachsinn denn? Ein Angriff auf ein Toilettenhäuschen? Spinnen die? Das Ding muss völlig nieder sein. Hier steht, dass auch noch ein Baucontainer mit dran glauben musste. Verletzte gab es nicht. Die Kripo habe die Ermittlungen aufgenommen. Das sei kein Scherz mehr."

„Klar. Würde ich wohl auch so sehen."

„Weißt du, ich überlege so: Es scheint ja noch mehr Spinner zu geben, die Bomben basteln."

„Frag doch Hesse, ob er weiß, was die für einen Sprengstoff verwendet haben."

„Hm. Meinst du, das sollten wir tun?"

Er schaute Anne an, die ihm in einem langen weißen T-Shirt gegenüber saß, einen Fuß auf dem Küchenstuhl, so dass sie ihr Kinn auf ihr Knie stützen konnte, und ihr langes T-Shirt, in dem sie geschlafen hatte, über das Bein bis zum Sitz runtergezogen hatte. Hinreißend kam sie ihm vor. Ihre Augen strahlten nach dieser Nacht, die hochgesteckten Haare waren ein wenig strubbelig und hübsch von der Sonne umrahmt.

„Du sagst *wir*? Soll ich darunter verstehen, dass du mich in deine Ermittlungen einbeziehst? Da muss ich mir aber erst einmal überlegen, ob ich das wirklich will. Obwohl, ich kann natürlich verstehen, dass du eine kompetente Frau wie mich dazu brauchst. Allein kommst du ja nicht weiter." Sie grinste ihn an. Tarne nickte, lachte und gab ihr einen spielerischen Stoß über den Tisch hinweg.

Tarne bemerkte, dass während des gesamten Frühstücks Anne mehrfach die Gelegenheit nutzte, ihn genauer in Augenschein zu nehmen. Sie schien sehr zufrieden mit ihrer Wahl. Damit hatte sie ja wirklich einen guten Geschmack bewiesen.

„Von einer eventuellen Kooperation einmal abgesehen, werde ich wohl heute anfangen, in eine andere Richtung zu denken."

Tarne nahm einen weiteren Schluck Kaffee aus der *Starbucks*-Tasse, die Anne ihm hingestellt hatte, und erzählte ihr von seinen Gedanken in der letzten Nacht, wie er weiter vorgehen wollte. Bezüglich des Dynamits hatte er eine neue Hoffnung. Ihm war jemand eingefallen, der da vielleicht weiterhelfen konnte. Jemand, der immer unterwegs war. Jemand, den er bestimmt am Hauptbahnhof erwischen konnte.

„Ich kenne da in Essen jemanden, der in seinem Beruf viele interessante Dinge erfährt und – vor allem – viel herumkommt."

„Bleibt noch ein wenig Zeit für uns?"

Eine halbe Stunde später duschten sie gemeinsam, eng aneinander geschmiegt. Tarne suchte seine Sachen zusammen, zog sich vollständig an, vergaß sich zu rasieren und machte sich auf den Weg.

048

Tarne entdeckte am Essener Hauptbahnhof in der Reihe der wartenden Taxen sofort die Nr. 33. Charly saß nicht in seinem Wagen. Tarne schaute sich suchend um. Charly schlurfte von der Tanke herbei, die Hände am heißen Becher Kaffee wärmend. Seine Jacke schaffte es nicht, den Bauch zu verdecken, der über die Hose hing und nur von einem schmuddeligen T-Shirt gehalten wurde, das jeden Moment zu platzen drohte.

„Hey Tarne, noch auf, oder schon wieder?", begrüßte er ihn und verzog den Mund zu seinem schrägen Grinsen. Dann nahm er seine Brille ab und wischte sich müde über die kleinen Schweinsäuglein, die oft listig und liebevoll umherirrten, besonders wenn er bei seiner Frau und seinen drei Kindern war. Dazu kam er aber nur selten. Charly kannte die Stadt wie sämtliche Taschen seiner alten Jacke. Er kannte jeden, hatte Connections, wie man so sagt, konnte alles besorgen und, was besonders wichtig war, er konnte Dinge für sich behalten. Er hatte Tarne schon hin und wieder bei einem Auftrag geholfen. Tarne holte sich ebenfalls einen Kaffee.

Sie setzten sich in Charlys Taxe. Tarne erkundigte sich nach Charlys Frau und seinen Kindern. Sie sprachen so über dies und das. Die Pausen zwischen den Sätzen wurden länger. Regen setzte ein und prasselte auf das Dach. Durch die Heizung war es angenehm warm. Die Vibration des Motors, der leise im Leerlauf lief, gab Tarne den Rest. Er kämpfte gegen die Müdigkeit an. Hin und wieder ließ Charly den Scheibenwischer kreisen, um einen Blick durch den Regen auf den Vordermann zu werfen und ein Stückchen vorzufahren. Tarne überlegte, wie er auf sein Thema umschalten sollte, als Charly plötzlich meinte:

„Nun lass schon hören, was du wissen willst. Ich weiß doch, dass du nicht so früh hier erscheinst, um mich zu fragen, wie es mir geht. Bevor du mir hier noch einschläfst. Dann können wir auch beide nach Hause und uns in die Falle hauen."

So rückte Tarne mit der ganzen Geschichte raus. Dass er noch nichts erreicht hatte und so. Und dass er, Charly, doch bestimmt weiter wüsste. Ob er keine Idee hätte, wo man wohl das Zeug herhaben könnte.

„Lass mich mal nachdenken."

Charly nahm einen Schluck aus dem heißen dampfenden Kaffeebecher.

„Ja, ich wüsste da etwas."

Erneute Pause.

„Es gibt da einen. Wird *der Belgier* genannt. Frag einfach nach dem Belgier, und sag, dass du von mir kommst. Kann alles besorgen, bei dem kriegste alles. Und wenn nicht, weiß der, wo."

„Ist der aus Belgien?"

„Ich glaub, ja. Deshalb wird er wohl so genannt. Aber so genau weiß das keiner mehr, weil er schon so lange hier ist."

„Klar. Dumme Frage. Wo finde ich den?"

„Du weißt ja, dass wir hier im Ruhrgebiet so eine funktionierende Trinkhallenszene haben?"

„Ja, sicher, wird doch jetzt jährlich gefeiert. *Tag des Büdchens* oder so."

„Genau, früher war da eine besondere, an der Gelsenkirchener Straße gegenüber von Im Natt, vor der alten Stoppenberger Turnhalle, die war echt *in*, da haben sich alle getroffen. Die haben sie aber abgerissen, was echt schade war. Die vorher da waren, treffen sich jetzt am Stoppenberger Markt. Frag da nach ihm."
Er nannte Tarne ein paar Kneipen und eine Trinkhalle, wo er vielleicht mal unauffällig nachfragen könne.

„Aber sag nur dem Belgier, dass du das von mir hast", schloss er. „Und vergiss nie: Gestern standen wir am Rande des Abgrunds, heute sind wir schon einen Schritt weiter!"

049

Die Trinkhalle lag im Essener Norden an der Haltestelle am Stoppenberger Markt. Daneben standen drei Männer um einen Stehtisch herum. Einer unrasiert wie Tarne, zwei mit Vollbart. Alte verkommene Kleidung. Es wirkte auf Tarne, als wenn sie auch darin geschlafen hätten. Es roch auch so. Zu ihren Füßen standen Plastiktüten, die, so vermutete Tarne, ihr gesamtes Hab und Gut enthielten oder eine Sammlung von Pfandflaschen. Vielleicht war das aber auch beides dasselbe. Sie brummelten unartikuliert herum. Tarne trat zu ihnen.

„Guten Tag, die Herren, darf ich mich dazustellen?"

Sie verstummten und schauten ihn mit großen Augen an. Der Unrasierte öffnete den Mund und zeigte dabei erhebliche Zahnlücken.

„Is'n freies Land hier."

Tarne kam eine starke Alkoholfahne entgegen.

„Ich suche den Belgier. Mir wurde gesagt, ich kann ihn hier treffen? Können Sie mir einen Tipp geben?"

Die drei sahen sich an und einer strich sich über seinen langen ungepflegten Bart.

„Ich sach nur eins: Jägger!"

Tarnes Gesichtsausdruck schien für die drei ein einziges Fragezeichen zu sein. Sie kicherten und der Unrasierte erklärte es.

„Hol uns bei Eddy was zu trinken. Er weiß schon, was. Dann kann ich dir sagen, wat de wissen wills." Dabei schaute er sich mit einer Verschwörermiene um.

Tarne ging an den Verkaufsschalter.

„Die Herren hätten gerne drei Jägger?"

„Zahlen Sie das?"

Tarne bestätigte und erhielt drei kleine Fläschchen Jägermeister.

Die drei kippten die Fläschchen in einem Zug runter.

„Dat tut gut."

„Und?"

„Woher hast du das?"

„Bist du der Belgier?"

„Ich habe gefragt, woher du den Namen hast."

„Das sage ich nur dem Belgier."

Der Unrasierte schien der Jüngste und auch der Pfiffigste zu sein. Er deutete neben die Bude und sie bewegten sich von den anderen weg. Die begannen über irgendetwas zu streiten.

„Ich bin nicht der Belgier, aber ich kann dir sagen, wo du ihn findest. Wär dir das noch ne Ladung Jägger wert? Und ein Bier für jeden?"

Tarne ging auf den Deal ein, übergab die Getränke aber erst, nachdem er die Namen mehrerer Kneipen in der Nähe erfahren hatte.

Tarne besuchte die genannten Kneipen. Auf seine Fragen nach dem Belgier erhielt er nur Kopfschütteln oder „Heute noch nicht gesehen" zur Antwort.

In der dritten Kneipe dröhnte ihm der an den Wirt gerichtete Spruch entgegen:

„He, lass ma die Luft raus!"

Der Wirt zapfte einige Pils vor und Tarne sagte sein Sprüchlein auf.

Der Wirt ließ seinen Blick die Theke entlang schweifen, zu einem Mann, der getrennt von den anderen Thekengästen für sich alleine stand. Ein Pils und einen Korn vor sich. Seine rechteckige Gestalt steckte in einem cremefarbenen ausgeblichenen Jackett, unter dem eine gelbe, mit roten Streifen durchkreuzte Weste hervorlugte. Dazu trug er Hemd und Hose in einem Blau, das den Himmel von Spanien vor Neid hätte erblassen lassen.

Tarne wartete auf eine weitere Reaktion des Wirtes. Es kam aber keine. Er zeigte nicht den kleinsten Hinweis. Das konnte nun wirklich alles heißen. War das nun oder war es nicht der Belgier?

Tarne trat zu ihm und sprach ihn leise an.

„Sind Sie der Belgier?"

Sein Blick ging ohne jeden Ausdruck durch Tarne hindurch. Das Gesicht sah aus, als wenn jeder Knochen darin mindestens schon einmal gebrochen war.

„Was wollen Sie von dem Belgier?"

Tarne nannte Charly. Das wirkte so wie eine Garantie, dass er vertrauenswürdig war.

„Erspar mir das ganze Drumherum und Hin- und Hergerede. Sag mir einfach, worum es geht."

Tarne erklärte ihm die Problematik.

„Dynamit, wo kriegt man heute noch Dynamit?" Er trug seine Uhr am Handgelenk nach innen. Ein typischer Manierismus, wie ihn Leute mit militärischem Hintergrund häufig hatten. Oder die sich einen solchen harten Anstrich geben wollten.

„Was ist für mich drin? Wenn ich dir weiterhelfe?"

Tarne zeigte ihm einen Fünfzig-Euro-Schein.

Er kippte das Glas in einem Zug hinunter und stellte es genau auf die Abbildung des feuchten Rings auf dem Tresen zurück. Er lächelte und schaute mit einem Blick, der die Überzeugung beinhaltete, ein großes Werk getan zu haben, in das leere Glas. Ein Ritual, das Tarne nur von Menschen mit einer Abhängigkeitsthematik kannte.

„Dynamit findet nur noch Anwendung im Bergbau und da ist ja nun bald endgültig Ende. Bergleute haben oft einen Schrebergarten. Ich habe gehört, dass es da Leute geben soll, die schmuggeln das Zeug aus dem Bergwerk und nutzen es dazu, wenn sie in ihren Gärten einen Baum gefällt haben und den Stumpf nicht so einfach rauskriegen. Den Baumstumpf sprengen die dann eben. Besser als wochenlang buddeln. Ist natürlich verboten. Aber in der Schrebergartenanlage machen das alle. Die Kumpels besorgen das dann auch für die anderen. Ist völlig harmlos."

Tarne fiel auf, dass der Belgier, kaum hatte er den ersten Drink hinunter gekippt und einen zweiten vor sich stehen, ruhig und entspannt wirkte.

„Solange es nicht in die Finger von Leuten fällt, die Unfug damit machen. Können Sie mir Namen nennen? Oder um welchen Schrebergarten es sich handelt?"

Tarne schob den Euroschein über die Theke zum Belgier.

„Ich würde es Am Krausen Bäumchen versuchen. Wenn ich für Sie Namen ermitteln soll oder einen Deal abwickeln, dann kostet das mehr."

050

Das *Domino* machte erst um 10 auf. Tarne, der ja durch sein vorübergehendes Domizil in der Wohnung darüber auch einen Schlüssel für den Laden hatte, war durch die Küche schon früher in den Schankraum gekommen. Er würde sich so bald wie möglich wieder eine eigene Unterkunft besorgen müssen.

„Guten Morgen, bin ich etwa wieder der Erste?"

„Macht nichts." Susanne lächelte ihn an. „Das bin ich ja von dir gewöhnt. Kaffee, wie immer?"

„Auf jeden Fall. Ist die Zeitung schon da?" Susanne bereitete die Kneipe für das Tagesgeschäft vor, während Tarne die *WAZ* vornahm.

Erneuter Bombenanschlag, lautete eine Überschrift.

„Essen wird auch immer gefährlicher, was?"

Normalerweise war der Kern seiner Arbeit – jeder Detektivarbeit –, tief zu graben. Alles an Informationen zusammenzutragen, im Dreck zu wühlen, zufällige Elemente von zuverlässigen Hinweisen auszusortieren, Verbindungen herzustellen, letztlich Beweise für oder manchmal auch gegen jemanden zu sichern. Manchmal brauchte es eben eine Portion Glück oder Zufall, wie immer man es nennen sollte. Meist war es so, dass die Dinge, die er herausfand, anschließend zu Nachrichten verarbeitet wurden. Diesmal war es umgekehrt.

„ ... Am Wochenende sprengten sich Jugendliche beim Versuch, einen Explosionskörper zusammenzusetzen, selbst in die Luft ... Fortsetzung auf Seite ... "

Tarne blätterte wild durch, fetzte fast die Zeitung auseinander. Nach dem gesprengten Klo wurde in dieser Ausgabe über eine Explosion in einer Wohnung berichtet. Mehrere Jugendliche hatten sich anscheinend mit dem Bau einer Bombe beschäftigt, die dann vorzeitig explodiert war. Ein Täter schwer, einer leicht verletzt. Ein weiterer sei flüchtig. Der Journalist versuchte krampfhaft, damit einen rechtsextremen politischen Hintergrund zu verbinden. Da er sich aber nicht sicher war, waren alle diesbezüglichen Verweise mit Fragezeichen versehen. Tarne war klar, natürlich sollte hier dramatisiert werden, weil sich dadurch mehr Zeitungen verkaufen ließen.

Was war hier los? Tarne zählte im Kopf durch: Da war Nummer eins der Anschlag auf den Bundestagsabgeordneten Eberhard Lauer, dann Nummer zwei das Toilettenhäuschen und jetzt Nummer drei die Jugendlichen beim Bombenbasteln. Er musste unbedingt mit Hesse reden. Ob diese Anschläge zusammenhingen? Ob es derselbe Sprengstoff war?

Er drückte Hesses Durchwahl an dessen Arbeitsstelle im Präsidium.

Krause meldete sich.

„Nee, darüber kann und darf ich nichts sagen. Hat aus unserer Sicht nichts mit der Neonazi-Szene zu tun. Daher sind wir hier nicht zur Auskunft berechtigt." Es klang richtig hämisch.

„Wo ist Hesse? Wann ist er zu erreichen?"

„Der ist auf dem Weg zum Sozialgericht in Duisburg als Zeuge. Das kann noch dauern."

Tarne versuchte Hesses Mobilnummer. *„Vorübergegend nicht erreichbar …"* Er versuchte es mehrfach. Wiederum nur die Mailbox.

Plötzlich sah er, dass er selbst eine Nachricht auf seiner Mailbox hatte.

Sie war von Hesse. Er bat um einen Rückruf und erklärte, dass er zum Sozialgericht nach Duisburg müsse und deshalb nicht zu erreichen sei. Er nannte einen Zeitraum.

Tarne sah auf die Uhr. Das war jetzt. Wenn er sich beeilte, hoffte er Hesse dort noch zu erreichen.

Sozialgericht Duisburg, Mülheimer Straße. Es dauerte etwas, bis Tarne durch die Gitter der Sicherheitsschleuse war und erfuhr, in welchem Fall und welchem Saal Hesse als Zeuge bestellt war. Dann stürmte er in die erste Etage hoch. Hesse wartete mit anderen auf das Aufrufen des Falles. Zu Tarnes Erstaunen trug er ein ordentliches weißes Hemd unter seiner Lederjacke. Dunkle Hose und geputzte Schuhe.

„Hat Krause dir nichts gesagt?"

„Nee, der hat sich sehr angestellt."

„Dieser Idiot. Der lernt es nie. Ich dachte mir schon, dass du mich erreichen willst, nach den neuen Explosionen. Deshalb hab ich dir die Nachricht auf der Mailbox hinterlassen, dass ich hier bin."

Hesse beschwerte sich.

„Es bleibt kaum Zeit für meine reguläre Arbeit, so oft muss ich zum Gericht. Und was kommt dabei raus? Meist nichts. Da denkt man doch, man macht seine Arbeit umsonst. Aber wie heißt es, wir strafen nicht, wir helfen zur Resozialisierung. Weil Strafen bringen ja angeblich nichts. Sollen noch nicht mal abschreckend sein."

Sie hatten sich einen Platz etwas von den anderen Wartenden entfernt gesucht, um ungestört reden zu können. Hesse flüsterte.

„Ich habe mir schon gedacht, dass dich das interessiert. Also, was habe ich? Es ist derselbe Sprengstoff."

„Na also. Wer sagt es denn. Endlich ein Lichtblick. Ich brauche Namen - und Adressen wären gut."

„Unsere Unterstützung gilt nur für die Nazirecherche."

„Jetzt fang du auch noch an. Färbt Krause mit seiner dämlichen Art auf dich ab?"
Hesse wischte mit einer Handbewegung Tarnes Kommentar beiseite.

„Ich kann dir mit Namen dienen. Das verletzte Mädchen und die Mutter des Jungen, der verschwunden ist. Dann ist da noch der eine im Krankenhaus, der ist noch nicht wieder ansprechbar. Der Flüchtige ist wohl der Drahtzieher der ganzen Bande. Peter Urban."

„Das ist doch ein Anfang."

051

Ihre Eltern wohnten in Schönebeck, einem Stadtteil am Rande Essens, der das Gefühl vermittelte, auf dem Land zu leben. Man konnte über Felder schauen. Tarne parkte in der Einfahrt vor der Garage des typischen Einfamilienreihenhauses. Ein Vorgarten reihte sich an den anderen. Kein Stadtteil, in dem man Neonazis vermuten würde, und das schienen diese Jugendlichen ja auch nicht zu sein. *Martina und Ernst Rottersbach* stand auf der Schelle.

Es öffnete eine Frau von etwa fünfzig Jahren mit einer durch Haarspray gehaltenen Marilyn-Monroe-Frisur. Selbst Tarne, dem sonst diese Feinheiten weiblicher Fassade nicht auffielen, erkannte den dunklen Ansatz der gefärbten Haare. Sie trug hautenge Leggins im Lederlook, dazu Badeschlappen. Dem weiten, mit Glitzer besetzten Pullover darüber gelang es nicht, ihre voluminöse Oberweite zu verbergen.

Tarne stellte sich vor.

„Sind Sie der Mann, der angerufen hatte? Sie hatten mit meinem Mann am Telefon gesprochen?"

„Ja, ich versuche, den Bombenbauer zu finden."

„Das hat die Polizei uns auch gesagt."

„Die haben viel zu tun, manchmal hat ein Einzelner bessere Chancen, da er sich auf das Wesentliche konzentrieren kann und nicht an vielen Fällen gleichzeitig werkeln muss. Ihr Mann sagte, Sie würden mir helfen? Darf ich reinkommen?"

Tarne wusste, dass das eine alte Technik der Versicherungsagenten war. Sobald der Kunde einmal ja gesagt hatte, würde er auch weiter ja sagen.

„Kommen Sie ruhig rein. Besser, Sie erfahren von uns alles, als dass Sie noch unsere Nachbarn ausfragen. Die wissen sowieso nichts."

Sie führte ihn durch einen engen Flur mit Holzvertäfelung in ein abgedunkeltes Wohnzimmer. Der Fernseher, der eine ganze Wand dominierte, lief. Der Herr des Hauses hatte sich auf einem Gesundheitssessel ausgestreckt. Der Platz der Frau schien auf dem Sofa zu sein. Er erhob sich nicht.

„Hatte ich mit Ihnen gesprochen?"

Ernst Rottersbach griff in seine graugrüne Stoffhose mit Bundfalten und zog ein Feuerzeug heraus. Die Schachtel Zigaretten nahm er vom Tisch. Seine Hose wurde von einem modischen Gürtel gehalten, über den ein leichter Bauchansatz hing. An seinem hellen Leinenhemd mit knöpfbaren Taschen hatte er die Ärmel hochgerollt, wie um zu zeigen, dass er Feierabend habe. Eine modische Brille wertete sein Allerweltsgesicht deutlich auf.

„Rauchen nur draußen, das weißt du doch", sagte Frau Rottersbach zu ihrem Mann.

Er erhob sich, nahm die Schachtel mit.

„Gehen wir raus?"

Martina Rottersbach erhob ihre Stimme und rief ihnen nach:

„Dieser Terrorist gehört bestimmt zu diesen ganzen Flüchtlingen. Der hat unsere Tochter verführt. Dieses ganze Gesindel sollte man ausräuchern."

Tauchte da schon wieder dieses Gedankengut auf? Tarne konnte es nicht fassen.

Auf der Terrasse zündete sich Rottersbach eine Zigarette an und stieß den Rauch des ersten tiefen Zugs geräuschvoll aus. Er streckte Tarne die Hand mit Schachtel und Einwegfeuerzeug hin.

„Wollen Sie auch eine?"

„Hab es aufgegeben."

„Sie Glücklicher."

„Wie war die Beziehung Ihrer Tochter zu diesem Urban?"

„Heißt der so?"

„Mir wurde gesagt, der Flüchtige sei Peter Urban."

„Sie hatten keine Beziehung. Ich höre den Namen auch zum ersten Mal. Falls die Kripo ihn erwähnt hat, ist er mir entfallen."

„Wie kam Ihre Tochter … Kerstin, ist richtig?"

„Ja."

„… zu der Gruppe um diesen Urban?"

„Wie junge Leute so sind, das war für sie bestimmt so etwas wie ein Abenteuer. Sie ist ein gutes Kind. Sie weiß, was sich gehört. Wir haben es ihr beigebracht."

„Haben Sie Namen von anderen, die dazu gehören? Hat sie einen anderen Freund?"

„Nichts Festes. Ich glaube, sie will erst einmal schauen, bevor sie sich auf jemanden einlässt."

„Haben Sie eine Vorstellung, wo sich dieser Urban verstecken könnte?"

„Das haben die Beamten auch schon gefragt. Stimmt, da hatten die den Namen schon erwähnt."

„Manchmal fällt einem noch etwas ein."

Er machte den Eindruck, als wenn er überlegen würde, schüttelte aber den Kopf.

Tarne ließ nicht locker.

„Wo traf sich denn die Clique? Hatten die bestimmte Cafés, Gaststätten, Discos, Clubs, wo die öfter hingingen?"

„Wenn Sie mich so fragen... Ich glaube, da ist so eine Kneipe in Frohnhausen oder war das Altendorf?" Er wandte sich zur Terrassentür.

„Du Tina, wo war das noch mal? Diese Kneipe, wo sie immer hingehen?"

„*Blues Corner*", rief sie aus dem abgedunkelten Wohnzimmer. Das ist da in der Nähe von so einem angemalten Hochbunker. So ein rundes Betonmonster."

„Könnte Ihre Frau mehr über den Freundeskreis Ihrer Tochter wissen?"

„Nein."

„Ihre Frau kannte die Kneipe..."

„War mir nur entfallen. Wir reden immer über alles."

Da würde er keine weiteren Antworten erhalten. Beim Hinausgehen sah Tarne das gerahmte Bild eines jungen Mädchens auf dem Sideboard vor dem TV. Er deutete darauf und fragte:

„Ist das Ihre Tochter?"

Blonde Locken umrahmten ein ovales Gesicht mit einer Stupsnase, die dem niedlichen Kindchenschema entsprach, und ein Hauch von Babyspeck war noch zu erkennen. Sehr attraktiv. Nach Tarnes Meinung würde sie die Aufmerksamkeit vieler Männer auf sich ziehen.

„Ja, das ist Kerstin, unser ganzer Stolz. Sehr erfolgreich in der Schule. Sie wird ihren Weg machen."

„Sie ist nicht zufällig auch hier? Könnte ich sie sprechen?"

„Nein, ist nicht hier. Wir wollen auch nicht, dass sie für diesen Quatsch auch noch extra Aufmerksamkeit bekommt."

052

Der Junge, der beim Bombenbau in Peter Urbans Wohnung verletzt worden war, hieß Stefan Imholz. Sie waren in die gleiche Schule gegangen. Er wohnte bei seinen Eltern in Schönebeck.

Tarne hatte die Familie angerufen und die Auskunft erhalten, dass sie mit niemandem sprechen wollte. Sie lehnten die Befragung durch einen Detektiv ab.

Hesse hatte ihm zwar gesagt, dass der Junge im Krankenhaus nicht vernehmungsfähig war, er hatte sich aber inzwischen auch selbst durch einen Anruf im St.-Vincenz-Krankenhaus davon überzeugt, dass so schnell noch keine Besserung des Zustandes des Jungen zu erwarten war. Wie üblich, wollte ihm erst aus Datenschutzgründen niemand etwas sagen. Aber er hatte eben seine Techniken im Überreden.

Peter Urbans Adresse, Turnerweg in Stoppenberg. Eine Siedlung mit Mehrfamilienhäusern, die unschwer einer der großen Wohnungsbaugesellschaften zugeschrieben werden konnte. Tarne fand die Hausnummer schnell und schaute an der Fassade hoch. Ein Fenster in der dritten

Etage fehlte. Die Fensterhöhle war rundherum schwarz verkohlt. Im Vorgarten lagen auf dem Rasen einige Trümmer.

Ein freundlicher Zeitgenosse, der keine Arbeit hatte und jemanden zum Plaudern suchte, ließ ihn in das Treppenhaus.

Die Türe der Wohnung fehlte, der Eingang war nur mit zwei Brettern wie ein X und dem Absperrband der Kripo versperrt. Doch soweit er hineinsehen und etwas erkennen konnte, gab es da nur noch schwarze Trümmer. Nach der Explosion war alles verbrannt oder verkohlt. Nichts, was einen Hinweis auf den Verbleib und den Aufenthalt von Peter Urban geben konnte.

Auf dem Rückweg wollte er Urbans Mutter einen Besuch abstatten, die er telefonisch nicht hatte erreichen können. Unterwegs ging sein Telefon. Er drückte auf den Knopf für die Freisprecheinrichtung. Es war Hesse.

„Hast du einen Moment?"

„Sicher. Was gibt es?"

„Ich wollte dir nur unsere neuesten Erkenntnisse mitteilen. Die Pistole, die du am Kopf hattest, war tatsächlich die, mit der Biberneid hingerichtet wurde."

„Sieh an. Dann gibt das wenigstens einmal einen Beweis."

„Es lässt sich ganz gut an. Einige reden wie ein Wasserfall. Da kommt einiges zu Tage. Nur so ein paar ganz Harte – oder die sich dafür halten – schweigen. Aber mal sehen. Wie kommst du voran?"

„Langweilige Fußarbeit. Ich klappere jede Spur ab."

„Anne wieder gesehen?"

„Warum fragst du?"

„Nur so."

Tarne konnte bei dieser Frage das Grinsen seines Freundes fast sehen.

„Wie geht es mit deinem Sohn?"

„Du glaubst es nicht. Der hat sich doch tatsächlich ein Tattoo stechen lassen. Obwohl ich es verboten habe. Schließlich bin ich der Vater. Ich habe doch noch was zu sagen. Mir wäre fast die Hand ausgerutscht … nicht dass ich was dagegen hätte, wenn er selbstständig wird, im Gegenteil, da kommt er nach mir, aber …"

„Ja, so kenne ich dich. Was hat er sich denn stechen lassen?"

„Na was wohl. Hat sich ein Motiv ausgesucht von diesem Schalke-T-Shirt, Kumpels und Malocher ausgesucht, den Förderturm und dazu Consol 1/2 Schacht 5 und darunter in Großbuchstaben UGE, also Ultras Gelsenkirchen. Diese radikale Fanbewegung von Schalke. Und das Ganze richtig dick auf die Wade. So viel zu meiner Autorität als Vater. Aber wem sage ich das. Du bist ja genauso mit einem Polizistenvater geschlagen wie ich. Wir versuchen, es besser zu machen als unsere Alten, aber das klappt irgendwie auch nicht so."

„Dann scheint deine Erziehungsmethode, von wegen Diktatur und so, ja nicht so wirksam gewesen zu sein. Immerhin war er doch sehr kreativ in der Gestaltung, wenn ich das so höre. Muss ich mir zeigen lassen, wenn ich ihn sehe."

„Ach, ich weiß gar nicht, warum ich überhaupt noch mit dir rede."

Radhoffstraße in Altenessen. Tarne stapfte bis in die vierte Etage. Ihm blieb auch nichts erspart. Monika Urban hatte die Haustüre geöffnet und erwartete ihn im Treppenhaus.

Er hatte noch nie eine Frau mit einer Kittelschürze gesehen. Aber das musste eine sein. In verwaschenem Blau und darunter trug Monika Urban einen pink-farbenen Pullover. Tarne fiel dazu ein kleine goldene Armbanduhr mit schwarzem Lederarmband auf. Die

Frisur war wie eine Haube oder eine Perücke über den Kopf gestülpt, mittelbraun, mittelkurz mit durch Lockenwickler erzeugten Wellen darin. Ihre kleinen, von dunklen Ringen umgebenen Augen, denen nach Tarnes Sicht keine Staubflocke entgehen würde, waren verweint. Sie begann eine Tirade, als er noch eine Etage tiefer im Treppenhaus war.

„Wie konnte das nur so weit kommen? Mein Junge. Er war immer der Beste."

Sie steigerte sich quasi in ein richtiges Heulen hinein. Sie wollte ihn auch auf keinen Fall in ihre Wohnung lassen.

„Ich verstehe den Jungen gar nicht, wo ich doch immer alles für ihn getan habe."

Wahrscheinlich gerade deswegen, dachte Tarne.

„Wie konnte er mir das nur antun? Er war doch ein so lieber Junge."

Sie knetete ihre Hände.

„Haben Sie eine Idee, wo er sich aufhalten könnte? Ein geheimes Versteck oder so etwas? Irgendwelche Vorlieben?"

Sie schüttelte den Kopf.

„Ich hab ihm doch immer die Wäsche gewaschen. Aber gesagt hat er mir nie etwas. Was ist das nur für eine Welt geworden."

„Besser ich finde ihn und kann ihn überreden, sich zu stellen, als wenn ihn die Polizei findet. Die würden gleich schießen. Sie kennen das: Durch den Terrorismus sind die etwas nervös, haben einen lockeren Finger am Abzug. Da verstehen die keinen Spaß. Das möchten Sie doch nicht?"

„Ich würde es Ihnen bestimmt sagen. Aber ich weiß es nicht. Bitte tun Sie ihm nichts. Er ist sicher nur verführt worden."

053

Tarne betrat das *Blues Corner* in Altendorf und kämpfte sich zur Theke durch. Der Wirt, lange Haare, kariertes Flanellhemd und Lederweste, war aufmerksam.

„Was darf's sein?"

„Habt ihr Guinness?"

„Klar, 'n großes?"

Tarne nickte. Ein Wirt, der wusste, wie er Umsatz machte. Das war eine gute Verkaufsstrategie.

„Du warst noch nicht hier?"

„Nee, zu viel zu tun." Tarne zwinkerte ihm zu. „Deshalb bin ich auch heute hier. Sag mal, hier sollen sich die Freunde von dem Urban öfter aufhalten? Sind die hier?"

„Bist du 'n Bulle?"

„Ne."

„Presse?"

„Könnte man sagen."

„Na denne – das sind die Verrückten, die sich selbst in die Luft gesprengt haben. Kannst du dir das vorstellen? Die sind fast jeden Abend hier. Nicht zu verfehlen, die Gruppe hinten am Stammtisch. Du erkennst sie an der Bandagierten, die dabei sitzt.

Der Wirt stellte das Pint Guinness auf die Theke.

„Machst du denen mal eine Runde auf meinen Deckel? Ich nehme meins schon mal mit."

Tarne fühlte sich wohl hier im *Blues Corner*. Das war seine Musik. Clapton dröhnte aus der schlechten Anlage, natürlich, aber die guten alten Sachen.

Um einen großen Stehtisch, dicke Holzplatte auf selbst zusammengeschweißtem Metallgestell, stand eine Gruppe Jugendlicher. Er drängte sich dazwischen und versuchte, sich verständlich zu machen, die dröhnende Musik zu übertönen.

„Ist Kerstin Rottersbach hier?" Obwohl er sie nach dem Foto schon als die Freundin von Peter Urban erkannt hatte. Auch war der Verband um ihren rechten Arm nicht zu übersehen, der von der Explosion herrührte. Es sah für Tarne aus, als wenn sie ihn stolz zur Schau trug und sichtlich die Bewunderung der Clique genoss.

Die Jugendlichen schauten ihn misstrauisch und abweisend an. Ein Typ stand grollend auf.

„Wer sind Sie denn?"

Tarne stellte sich mit Namen vor.

„Ich suche die Freundin von Peter Urban. Ich würde ihr gerne ein paar Fragen stellen."

„Da kann ja jeder kommen."

„Nun ernsthaft, Leute."

„Ja, ernsthaft. Warum sollen wir überhaupt mit Ihnen sprechen?"

Für Tarne wirkte sie hier ganz und gar nicht so wie die Tochter aus gutem Hause auf dem elterlichen Bild. Sie hatte dickes Make-up und extrem roten Lippenstift aufgetragen. Ihr helles Oberteil war zu eng, zu tief ausgeschnitten und zu kurz. Im Bauchnabel glitzerte ein Piercing. Außerdem trug sie vermutlich einen Push-up-BH, der ihre Brüste so zusammendrückte, dass das Tal dazwischen sehr tief und dunkel wirkte. Ihre Hose betonte ihren Körper. Die Jungs schoben sich vor Kerstin Rottersbach, als wenn sie sie vor dem Eindringling beschützen wollten.

„Na, na!"

Ein Junge in schwarzer Lederjacke, der Tarne besonders finster anblickte, fuhr dazwischen.

„Du musst nicht mit dem sprechen."

„Lass mal …, ich bin schon oft interviewt worden in letzter Zeit."

Augenaufschlag, Haare zurückwerfen und mit der Hand durch die Haare streifen.

„Von welcher Zeitung sind Sie?"

„Ich bin Detektiv."

„Na, was sag ich, 'n Bulle!"

„Das ist ja aufregend."

Wieder ein Augenaufschlag.

Nachdem Tarne erklärt hatte, dass er für das Fernsehen recherchiere, drängte sich Kerstin Rottersbach zu ihm durch und stellte sich seitlich in Positur, Augen weit auf, den Mund leicht geöffnet und die Lippen wie zum Kuss vorgewölbt.

„Komme ich auch ins Fernsehen, wenn ich mit Ihnen spreche?"

Tarne lachte.

„Man kann nie wissen. Darf ich erst mal ein paar Fragen stellen?"

Sie strahlte und nickte.

Tarne nahm sich für die Zukunft vor, die Karte mit dem Fernsehen öfter auszuspielen, wenn dadurch die Türen geöffnet wurden.

Der Wirt brachte gerade die Runde und Tarne fasste sie am Arm, zog sie aus der Gruppe heraus auf einen leeren Tisch zu.

„Am besten setzen wir uns und unterhalten uns alleine."

Dem mit der schwarzen Lederjacke passte das gar nicht.

„Hey, so nicht, Mann! Wir sind nicht käuflich."

„Lass gut sein, Roger. Ich red mit ihm. Vielleicht komme ich ins Fernsehen."

Sie setzte sich unter den bösen Blicken der Gruppe, während der Wirt am Stammtisch das Bier verteilte.

In der intimeren Zweisamkeit am Tisch beugte sie sich vertrauensvoll zu Tarne vor.

„Sie müssen das nicht ernst nehmen. Die Bullen haben mich schon so viel gefragt und Roger will nicht nur mein Beschützer sein, glaube ich."

„Ist Peter Urban Ihr Freund?"

„Nee, eigentlich nicht. Der ist nur immer dabei. Ist irgendwie verschroben, ein bisschen irre eben."

„Und? Hat er Chancen?"

Sie zierte sich oder wusste es vielleicht selbst nicht.

„Er ist halt ein liebenswerter Spinner. Ist immer für irgendetwas Verrücktes gut. Wird nie langweilig mit ihm."

„Jetzt war es aber wohl etwas übler, oder?"

„Ja, schon. Sollte aber doch nur ein Spaß sein."

Was hatte die Jugend heute für eine Vorstellung von Spaß, dachte Tarne.

„Kann es sein, dass er schon öfter mit Bomben experimentiert hat? Ich denke da an das Attentat auf Eberhard Lauer?"

„Ja, schon, damit hat er geprotzt. Wir waren ganz schön geschockt, als er das erzählte. Wollte es erst gar nicht glauben. So etwas hatten wir ihm nicht zugetraut. Aber er hat gesagt, dass er extra aufgepasst hat, dass der nicht da ist und dass er ihn auch nicht wirklich verletzen wollte. Sollte nur ein Zeichen sein oder so etwas. Aber, okay, ein wenig *strange* war das schon. Und dann hat er es uns unbedingt beweisen wollen, dass er das kann … deswegen kam es dazu."

Sie hielt stolz ihren verbundenen Arm hoch, wie eine Trophäe.

„Sie wollen doch sicher auch, dass dem Peter nichts Ernsthaftes geschieht, oder?"

„Natürlich."

„Wenn die Bullen ihn zuerst finden, kann es gut sein, dass die sofort schießen. Bei Terroristen fackeln die nicht lange. Das wollen Sie doch bestimmt nicht?"

„Auf keinen Fall."

„Wenn ich ihn zuerst aufstöbern kann, dann werde ich das verhindern. Das verspreche ich Ihnen. Fällt Ihnen irgendetwas ein, wo er sein könnte?" Sie überlegte, zog ihre süße Stirn regelrecht kraus, um anzuzeigen, wie viel Mühe sie sich gab. Stützte den Kopf auf und streifte mit der anderen Hand ihre blonde lockige Haarpracht nach hinten.

„Er hat da einen Freund, aus dem Bergbau. Das ist der, wo er auch das Zeug her hat. Die sind oft in so einer Kleingartenkolonie. Der Freund hat da ein Parzelle oder wie das heißt."

„Wissen Sie, wo?"
Sie nickte.

054

Als Tarne seinen Wagen Am Krausen Bäumchen ein-
parkte, wurde es langsam dunkel. Er irrte erst durch die
mit gleichmäßigen Hecken versehenen Gänge der
Kleingartenanlage, bis er das System der Nummerierung
der Parzellen verstand. Alles schien ruhig. Das Wetter
war nicht so, dass die Hobbygärtner ihrer Arbeit
nachgehen wollten. Es ballten sich Sturmwolken über
Essen zusammen und ein leichter Nieselregen fiel vom
Himmel.
Die Hütte bestand aus senkrecht angebrachten, grau
verwitterte Holzbalken, einer stabilen Holztür in der
Mitte und zwei Fenstern, auf beiden Seiten der Tür, die
wie Augen wirkten. Die weiße Farbe der mit Gitter-
sprossen versehenen Fenster war an vielen Stellen
abgeblättert. Das Schrebergartenhäuschen war mit neuen
roten Dachziegeln bedeckt, die bis über die vorgelagerte
Terrasse reichten, auf der ein runder dunkelgrüner
Plastiktisch stand – in einer Ecke die dazugehörigen
Plastikstühle aufgestapelt. In einer anderen Ecke fristete
ein zusammengeklappter, ehemals gelber Sonnenschirm
sein Dasein.

„Hallo? Ist hier jemand?"

Tarne rüttelte an der Tür. Als nichts geschah, ging er um das Häuschen herum, öffnete einen weitere Tür, die Toilette. Er fand noch eine Tür, die sich auch öffnen ließ. Dort waren durcheinander Rasenmäher und sonstige Arbeitsgeräte und einige Kisten. Vermutlich für Sitzauflagen und Kleinwerkzeuge.

Er klopfte erneut an die Vordertür.

„Peter Urban? Hallo. Ich weiß, dass Sie hier sind. Ich habe mit Kerstin Rottersbach gesprochen. Ich will Ihnen helfen."

Eine schwankende Stimme, leise klang es aus dem Inneren:

„Hauen Sie ab. Ich will mit keinem reden."

Tarne wirkte weiter beruhigend auf ihn ein, bis er bereit war, aus dem Häuschen zu kommen. Das Klacken des Riegels war zu vernehmen und die Tür wurde einen Spalt breit aufgeschoben. Hindurch schob sich der Lauf einer Pistole.

„He, das ist wirklich nicht nötig. Ich tue Ihnen nichts."

Urban schob die Tür nun ganz auf, wich zurück und Tarne betrat die Hütte. Es roch muffig.

„Gemütlich haben Sie es hier."

Das Innere der Hütte war mit nachgedunkelten Holzpaneelen verkleidet. Komplettiert wurde die Einrichtung durch einen alten Küchenschrank, Marke Borbecker Barock. Eine Stehlampe mit Metallfuß und Faltenschirm mit Fransen erhellte nur spärlich den Raum. Sie ließen sich auf knisternden Korbstühlen mit speckigen Kissen an einem viereckigen Tisch mit Wachstuchdecke nieder. Peter Urban holte jedem eine Flasche Bier aus einem Kühlschrank, dessen Front von weiß zu gelb mutiert war. Er selbst hatte, wie Tarne es sah, schon einige hinter sich. Da saß das dürre, lange Gestell eines Jugendlichen mit seinen gerade einmal neunzehn Jahren, wie Tarne mittlerweile herausbekommen hatte, wie ein Häufchen Elend vor ihm, die Augen angstvoll geweitet. Die blonden Haare sahen so aus, als hätte er sie seit Wochen nicht gewaschen. Er war mit einer verwaschenen blauen Jeans, einem T-Shirt und Sneaker bekleidet. Das T-Shirt, in einem hellen Olivgrün ließ durch die Schweißränder erahnen, dass er es bereits länger trug. Eine modische Lederjacke hing über der Stuhllehne. Peter Urban spielte die ganze Zeit mit der Pistole herum, ließ sie von einer Hand in die andere gleiten und zurück, drehte sie hin und her, streifte über den Lauf, wischte zwischendurch seine Hände an der Hose ab. Zur Entspannung der Situation sprach Tarne über die Kleingartenanlage. Er bemerkte, dass Urban sich dabei entspannte, je mehr er erzählen konnte. So erfuhr Tarne alles über die Anlage.

„Eigentlich darf man hier nicht übernachten. Aber nach dem Krieg, als es keinen Wohnraum gab, wurden hier zum Teil Häuser gebaut, in denen man auch wohnen durfte. Da gibt es eines, da wohnt noch eine über 90-jährige Oma drin. Aber sobald die ausgezogen ist oder verstorben ist, werden diese Häuser abgerissen. Dann dürfen nur noch welche in einer bestimmten Größe gebaut werden und hier Wohnen ist nicht mehr erlaubt. Ist natürlich wie üblich alles genau reglementiert. Sie glauben es nicht, aber eines haben die mal abgerissen, da haben die unten darunter weitläufige Kellerräume gefunden, über hundert Quadratmeter. Keiner wusste, wie derjenige das angestellt hatte."
Je ruhiger Urban wurde, umso gesprächiger wurde er.

„Sie brauchen keine Angst zu haben", verriet er Tarne, „die alte Waffe hier, dafür habe ich gar keine Munition. Das ist eine italienische Beretta, eine Pistole aus dem Krieg. Wurde hier auf dem Gelände gefunden. Ich weiß gar nicht, ob die überhaupt noch geht. Wollen Sie mal sehen?"

Tarne begutachtete und lobte die Waffe und gab sie ihm zurück, um das beginnende Vertrauen nicht zu zerstören. Urban behielt sie dann in der Hand und spielte weiter damit herum, wie mit einem Glücksbringer.

Urban erklärt ihm seine Philosophie.

„Ich wollte gar nichts Schlimmes machen, ich dachte nur, so kann man einmal auf die Missstände aufmerksam machen, wissen Sie?"

„Die anderen …"

„Sie haben auch mit den anderen gesprochen, auch mit Kerstin?"

„Sicher, die haben das alles nur als Spaß angesehen."

„Die verstehen sowieso nie was."

Ehe er sich zu ärgern begann, brachte Tarne ihn lieber zu seiner Sichtweise der Dinge zurück.

„Also für mich …", erklärte Urban, „… gibt es zwei grundsätzliche Zeichen, warum das Leben hier in Deutschland heute nicht mehr lebenswert ist. Und das sind beides Beweise dafür, dass es sich um eine allgemeine Tendenz handelt. Zum einen, und das sehen Sie ständig im Fernsehen, in vielen Shows und sogar im Radio, wenn mehrere Moderatoren oder Gäste dabei sind. Es hat sich da eine Art entwickelt, dass es nur darum geht, den anderen niederzumachen, runterzuputzen, um dadurch auf Kosten des anderen besser dazustehen. Ich habe da manchmal den Eindruck, dass das über alle Schichten in der Bevölkerung so gehandhabt wird. Alle sind heute so. Und das ist doch wohl ätzend. So sollten Menschen doch nicht miteinander umgehen. Das ist doch keine Art."

„Und das zweite?"

„Diese unglaubliche Unzufriedenheit der Leute. Oder, das ist vielleicht falsch, aber, die Kinder werden doch schon so erzogen, wenn das nicht das Beste ist, was sie erhalten, sind sie beleidigt. Gefälligkeiten werden als selbstverständlich hingenommen. Keiner weiß mehr etwas zu schätzen und so. Also, früher …"

Tarne bat Urban zwischendurch, die Toilette aufsuchen zu dürfen, außen an der Hütte. Urban stimmte dem ohne Weiteres zu. Dort setzte Tarne eine SMS an Esser ab. Wo er mit seinem TV-Team hinkommen sollte, um ein Interview des Attentäters zu erhalten, bevor er sich der Polizei stellen würde. Anrufen wollte er nicht, Urban hätte das hören können. Tarne befürchtete, dass er dann flüchten würde.
LASS IHN NICHT WEG. WIR MACHEN EIN LIVE-INTERVIEW, schrieb Esser zurück.

Nach der Unterbrechung war Urban begierig, seine Erklärungen weiter auszuführen.
    „Also, Herr Tarne … wenn wir uns den politischen Hintergrund ansehen …"
    „Tarne, einfach nur Tarne. Reicht völlig, wir können uns auch gerne duzen?"
    „Okay, also, ich bin sicher kein Linker, aber wenn man sich so ansieht, was die heute in diesem verblendeten Europa machen. Da wird ein kleines Land in Europa aufgenommen, das eigentlich gar nicht die Voraussetzungen erfüllt. Dann geben wir dem Kredite von 60 Milliarden oder mehr, die natürlich wieder nach hier zurückfließen, weil, dann kaufen die unsere Autos und unsere Baufirmen bauen dann bei denen die Brücken usw. Und die kleinen Leute kriegen ihre Kredite ohne Ende. Damit die auch alles Zeug von uns kaufen können. Dann können die alle irgendwann ihre Kredite nicht mehr zurückzahlen und die Banken dort stehen kurz vor der Pleite. Dann zahlen wir, der Bürger, mit seinen Steuern wieder einmal alles, fangen das voll auf. Der Einzige, der daran verdient, das sind nur die dicken Konzerne. Und wir, der kleine Mann, bleiben wie üblich

dabei auf der Strecke. Glauben die denn, wir sind so doof und merken das nicht?"

„Das hört sich schon nach Kommunismus an, oder vorsichtig ausgedrückt nach Kapitalismuskritik."

„Nee, ich finde Kapitalismus schon gut. Aber es kann nicht sein, dass immer nur die Großen verdienen. Und wir die Beschissenen sind."

Draußen prasselte der Regen endlos vor sich hin.
Die Ausführungen, denen Tarne gelauscht hatte, machten ihm deutlich, dass dieser junge Mann nicht wirklich ein ernsthafter Attentäter, sondern eher nur ein wenig verdreht war. Dabei nickte er, um sich seine eigene Idee zu bestätigen. Auf Urban, das merkte Tarne, wirkte es, als wenn er seinen abstrusen Ideen zustimmen würde.

„Ich wollte doch nie jemanden verletzen."

„Weiß dein Freund, dass du sein Dynamit genommen hast?"

„Nein. Ich hab es in einer Kiste im Werkzeugraum gefunden. Es lag wohl schon lange da."

Sie hörten einen Wagen vorfahren. Urban verstummte, wurde bewegungslos und umkrampfte seine Beretta. Tarne stand auf und schaute aus der Tür. Im Dämmerlicht sah er einen Transporter mit dem Label des Senders auf der Seite. Ein Mann sprang heraus. Er sah schwergewichtiger aus als Tarne ihn in Erinnerung hatte. Eine Strähne seiner blonden Haare fiel ihm ins Gesicht. Er schob sie zurück. Auf Tarne wirkte er wie ein abgehalfterter Tennisprofi. Paul Esser, wie er leibt und lebt, in einem langen wehenden beigefarbenen Popelinemantel. Esser gab an sein Team, das aus den anderen Türen ausgestiegen war, Anweisungen. Der Kameramann schulterte seine Kamera.
Tarne drehte sich wieder zu Urban um, der bleich geworden war.

„Ist nur Fernsehen, Kleiner. Die wollen dich interviewen. Dann kann dir nichts passieren."

„Bin kein Kleiner." Das kam fast weinerlich.

Esser rief Tarne zu:

„Die Polizei muss jeden Moment erscheinen."

„Was? Wieso Polizei? Du hast doch gesagt …"

„Das ist doch ein gefährlicher Verbrecher. Außerdem macht sich das optisch besser."

„Hast du sie noch alle? Das ist doch nur ein kleiner Spinner."

Esser reagierte nicht auf Tarnes Einwurf, bekam ihn wohl gar nicht mit, da er voll in seinem Element war. Er schaute zurück und kommandierte seine Leute herum.

„Bringt den Wagen in Sicherheit. Und die Kamera immer drauf, egal was passiert."

In dem Moment registrierte Tarne das typische Geräusch eines Hubschraubers und weiter entfernt Polizeisirenen aus verschiedenen Richtungen.

055

Peter Urban rannte an ihm, Esser und dem Kameramann vorbei aus dem Garten heraus.

Tarne versuchte ihn aufzuhalten, streifte aber nur seine Jacke, als er vorbeihuschte, ohne sie richtig zu fassen zu kriegen.

„Junge, bleib stehen. Mensch. Dann passiert dir nichts", schrie Tarne und setzte an, ihn zu verfolgen.

Esser ging strahlend auf Tarne zu und versperrte ihm so den Weg und wollte Tarne auf die Schulter klopfen.

Tarne wehrte Essers Arm ab.

Aber der gab weiter vor Begeisterung seine Lobeshymnen von sich.

„Das gibt Aufnahmen zum krönenden Abschluss. Ich habe mich nicht in dir getäuscht. Großartige Leistung. Ich hab die GSG 9 informiert, die sind ja nicht so weit von hier stationiert, in Sankt Augustin-Hangelar. Die können schnell hier sein. Sind für genau diesen Fall, für Terroristenbekämpfung, ausgebildet."

Tarne verschluckte sich fast und tippte sich an die Stirn.

„Sag mal, spinnst du? Das ist ein gestörter Jugendlicher, kein Krimineller."

301

„Ach was, Attentäter ist Attentäter. *So what?*"
Tarne hatte Urban aus den Augen verloren und stand hilflos, schäumend vor Wut neben Esser. Beide beobachteten im letzten Tageslicht, wie in dem Hubschrauber an dem einen Ende der Gartenanlage mehrere bis an die Zähne bewaffnete Männer des GSG-9-Kommandos den Abseilvorgang einleiteten und auf der anderen Seite mehrere Einsatzfahrzeuge der Essener Polizei gleichzeitig die Anlage erreichten und mit quietschenden Bremsen zum Stehen kamen.

Es war gerade noch hell genug, dass man die Männer der Elitetruppe mit ihrer Ausrüstung erkennen konnte. Außer den schusssicheren Kevlarwesten, den Schutzhelmen, dem Kampfanzug waren sie zur Kommunikation auch mit modernen Helm- und Körperkameras ausgestattet. Tarne wusste, dass sie eine eigene Funkfrequenz hatten, um während der ganzen Aktion mit dem Einsatzleiter in Verbindung zu bleiben. Er konnte auch Nachtsichtgeräte erkennen. Sie hatten Gewehre bei sich. Tarne befürchtete das Schlimmste. Sie waren mit dem Scharfschützengewehr PSG1 von Heckler & Koch und einer Glock 17 ausgestattet. Hatten also vermutlich die Erlaubnis zum Einsatz dieser schweren Waffen erhalten.

Kaum berührten die Scharfschützen den Boden mit ihren Stiefeln, verteilten sie sich über das Gelände, um eine möglichst gute Position einzunehmen. Auf dem dunkelblauen Hubschrauber stand in weißen Versalien *BUNDESGRENZSCHUTZ*.
Tarne überlegte, wie es wohl dazu gekommen war, dass tatsächlich die GSG 9 zum Einsatz kam. Sicher, die waren zur Terrorismusbekämpfung und auch gegen Schwerstkriminelle auf Bundesebene zuständig. Aber ebenso hätte es auch das SEK, das Spezialeinsatz-

kommando der Länderpolizei, sein können. Normalerweise hätte es einen Streit um die Zuständigkeiten gegeben. In diesem Fall vermutete er, dass der vorgeschobene Grund die aktuelle Situation war, die ein schnelles Handeln erfordert hatte. Wahrscheinlich auch deswegen, weil der Einfluss der Medien so groß war, wenn Esser oder seine Vorgesetzten sich eingeschaltet hatten.

Auf der anderen Seite der Schrebergärten bei der Polizei bewegte sich etwas. Scheinwerfer wurden aufgestellt und ausgerichtet. Als der Lichtstrahl kurz über Esser und Tarne schwenkte, kniffen sie die Augen zu. Tarne dachte, dass sie in dem Augenblick wie Schneemänner wirken mussten. Das Licht war jetzt exakt auf den langen Gang zwischen den hohen grünen akkurat gepflegten Hecken ausgerichtet.

Ein weiterer Scheinwerfer wurde aus dem Hubschrauber, der nun über der Szenerie kurvte, auf den Flüchtenden gerichtet. Das *Wup Wup Wup* der Rotorblätter war unerträglich laut aus der Nähe.

Urban trat zögernd aus dem Seitengang hervor und bog in den langen geraden, mit den Hecken versehenen Zugangsweg ein, der nun taghell erleuchtet war. Seine Arme hingen auf beiden Seiten am Körper herab. Die Beretta hing locker immer noch in seiner rechten Hand. Er blieb so, die Beine einen halben Meter auseinander gespreizt, in der Mitte des Laubenganges stehen, zu beiden Seiten die gerade geschnittene immergrüne Hecke.

„Er hat eine Pistole", schrie Esser.

Eine befehlsgewohnte Stimme aus dem Hintergrund forderte Urban auf: „Lassen Sie die Waffe fallen."

Tarne konnte nicht erkennen, ob die Aufforderung aus der Richtung der Essener Polizei oder von einem der

Männer der nationalen Elitetruppe kam. Die Augen aller Anwesenden waren auf den Jungen gerichtet.

Peter Urban war geblendet. Der Junge hob langsam die Hand, die die Pistole hielt, in Stirnhöhe. Tarnes Vermutung war, er wollte sich gegen das Licht schützen, um zu sehen, wer da mit ihm sprach. Aber irgendjemand hatte den Scharfschützen das Kommando gegeben, die Erlaubnis erteilt.

Tarnes Schrei: „Er hat doch keine Munition! Neeeiiin!", ging in den Schüssen, die durch die Nacht hallten, unter.

Im Gegensatz zur sonst in Deutschland ausgeübten Vorsicht bei der Anordnung eines Todesschusses schien die Befehlskette bei der Bekämpfung eines vermuteten Terroristen keine Zurückhaltung zu kennen.

Auf Peter Urbans Brust entstanden mehrere rote Flecken und breiteten sich schnell aus. In den Scheinwerfern sah es aus, als wenn er abheben würde, als wenn er noch einmal tief einatmen würde, aber an seiner Stellung veränderte sich nichts. Für Tarne wirkte es, als wenn ein Engel sich plötzlich erheben würde. Peter Urbans Mund formte ein *Oh*. Er schloss mit dem letzten Atemzug seine Augen. Dann sackte der leblose Körper in sich zusammen.

Plötzlich wimmelte alles von Einsatzkräften. Drei der mit ihrem Kampfanzug bekleideten GSG 9 standen schon bei Peter Urban. Einer trat die Waffe mit einem Fuß weg. Einer beugte sich über ihn, hielt seine beiden Arme fest und der Dritte hielt eine Pistole in der Hand, mit der er auf den Kopf des Jungen zielte. Sie traten Sekunden später zurück, als sie den Tod festgestellt hatten. Sie nahmen ihre Helme ab oder klappten das Visier hoch. Einer zog seine Jacke aus und legte sie über den Kopf und den Oberkörper. Peter Urban lag auf dem Rücken, auf dem regennassen Asphalt des Weges, das rechte Bein angewinkelt aufgestellt und das linke ausgestreckt. An den Füßen seine Sneaker. Vom anderen Eingang der Kleingartenkolonie kamen die Essener Einsatzkräfte im Laufschritt, teils die Waffen noch in der Hand.

Tarne und Esser hatten sich auch der Stelle genähert und standen nun mit den anderen um den toten Jungen herum. Tarne schaute in Paul Essers Gesicht. Im ersten Moment glaubte er ein begeistertes Glänzen in seinen Augen zu sehen. Dann fiel ihm der Zug um die Mundwinkel auf, der von Verbitterung zeugte. Vielleicht brachte der Job das ja so mit sich.
Die ersten Worte Essers waren an seinen Kameramann gerichtet.
„Hast du alles im Kasten?"
Tarne fiel für diesen Mann nur ein Wort ein: Menschenverachtung. Er konnte sich die Schlagzeilen lebhaft vorstellen, die Esser kreieren würde und die dann am unteren Rand des Fernsehens laufen würden: *Unser interner Ermittler fing gesuchten Terroristen! Finaler Todesschuss im Schrebergarten!*
Plötzlich überkam ihn unglaubliche Wut. Er holte mit aller Kraft, die ihm zur Verfügung stand, aus und knallte Esser einen Faustschlag auf das Kinn. Esser stürzte, gefällt wie ein Baum hin, rieb sich das Kinn und rappelte sich wieder auf.
Alle schauten auf die beiden.
„Spinnst du? Sei doch nicht so empfindlich. Schick die Rechnung. Du kriegst noch ein Erfolgshonorar. Die Einschaltquoten … werden phänomenal sein."
Tarne wollte einfach nur weg. Jemand versuchte, ihn festzuhalten. Er riss sich los, wendete sich um und ging weg.

Hinter ihm erklärte Esser den aufgeregten Bullen wohl alles aus seiner Sicht. Aber ihm war es egal, auch wenn sie ihn in den Rücken schießen würden. Er fühlte sich mitschuldig am Tod dieses verwirrten Jungen. Ehre, sollte das nur noch ein leeres Wort für ihn sein? Wo er sich bemühte, immer alles richtig zu machen und seiner Vorstellung von Ehre gerecht zu werden? Sam Spade oder Philip Marlowe wäre so etwas nie passiert. Es hätte ein Exklusiv-Interview werden sollen. Geplant waren ein Gespräch und die Verhaftung. Aber keine inszenierte Show, keine Hinrichtung. Er hatte nicht damit gerechnet, dass Esser so weit gehen würde. Oder hätte er es ahnen können? Schließlich kannte er Esser und seine Art schon etwas länger. Wie kam er sich jetzt vor? Wie ein Verräter? Hatte er einen Unschuldigen ans Messer geliefert? Unschuldig nicht, aber so ein Ende hatte er bestimmt nicht verdient. Schließlich war es doch nur ein gestörter Jugendlicher und kein hinterhältiger Terrorist. Das war ganz und gar nicht okay. Das würde ihm noch lange nachlaufen. Ein schaler Geschmack machte sich in seinem Mund breit. Wie viele Fehler würde er noch in seinem Leben machen? Die beginnenden Kopfschmerzen würde er mit einem ordentlichen Drink bekämpfen müssen. Er beschloss, sich so richtig die Kante zu geben.

Tarne bewegte sich durch den strömenden Regen. Sein durch die aufgestellten starken Suchscheinwerfer erzeugter Schatten lief ihm voraus, als ob er es besonders eilig hätte, sich von all diesen Leuten zu entfernen. Es würde wohl doch eher ein kalter Winter werden.

Der letzte Satz, der ihm aus Essers Mund hinterher schallte, war:

„Werd endlich erwachsen. Wir leben hier im Pott, das ist kein Mädchenpensionat."

056

Einige Tage später, an einem der letzten lauen Herbstabende holte Tarne Anne in Gelsenkirchen ab. Sie waren erstmals nach dem Tod Peter Urbans zum Essen verabredet.

Als er mit ihr das Restaurant betrat, entging es ihm nicht, dass fast alle Männer aufsahen und ihre Gespräche kurzfristig verstummten. Kein Wunder, wenn er so ihre langen wohlgeformten Beine in den High Heels betrachtete. Aber auch eine so gut aussehende Frau konnte hier im Ruhrgebiet nur kurz für eine Unterbrechung sorgen. Die Gäste kehrten zu ihren Gesprächen zurück.

Irgendetwas geschah in ihm, das er nicht kannte. Sobald er sie wieder sah, stürzte er in ein absolutes Gefühlschaos. Ein simples Gefühl von Freude bei dem Gedanken, morgens neben ihr aufzuwachen.

Sie nahmen Platz und Anne begann einen Smalltalk.

„Ich bummele gerne die Rü runter im Sommer, dafür komme ich auch schon mal nach Essen, nur um auf der Rü einen Kaffee zu nehmen."

„Du auch?"

„Das trifft sich gut, dann können wir das ja auch zusammen tun."

Tarne fühlte sich beschwingt, gleichzeitig kam aber auch etwas anderes zu Tage, jemand, der ihm auf der Schulter saß und sagte, mach dich nicht zum kompletten Narren. Sei vorsichtig, du kennst das doch. Aber bei ihrem Anblick kam dieses Teufelchen sofort zum Schweigen. Tarne konnte nur eines denken: Was für eine tolle Frau. Sie sah jung aus, stark und in dem kurzen schwarzen schwingenden Kleid mit Spaghettiträgern schien sie ihm gleichzeitig auch ein wenig verletzlich. Vor allem aber unglaublich attraktiv. Ihre nackten Schultern lösten in ihm das Verlangen aus, ihre seiden glänzende Haut zu berühren. Tarne fühlte sich beschwingt, irgendwie stolz, an ihrer Seite zu sein. Er sah die Blicke anderer Männer auf ihr und vermutete, dass sie genauso ein Verlangen empfanden.

Sie lachten gemeinsam über das, was über seine Ermittlungen in den Zeitungen gestanden hatte. Die üblichen Schlagzeilen und Verfälschungen der Wahrheit. Wie die alles zusammengeworfen hatten. Über die mutmaßlichen Rädelsführer der Falschgeldaffäre, die dem rechten Spektrum zuzuordnen seien. Der lang gesuchte Attentäter aus der rechtsextremistischen Zelle in Gelsenkirchen und so weiter. Mit von der Garthen beschäftigte man sich ausführlich. Er war mit Amtshilfe von Interpol in London beim Boarding einer American Airlines Maschine mit dem Ziel Santa Cruz, Bolivien, gestellt worden. Es hätte die Möglichkeit bestanden, dass er bei zwei Zwischenlandungen in New York und in Miami den Flug hätte beenden können. Man ging aber davon aus, dass er vorhatte, nach Bolivien zu fliehen, da seine Familie dort größere Ländereien besäße. London hatte er mit dem Wagen ohne Probleme durch den Kanaltunnel erreicht. Die Auslieferung war unkompliziert vonstattengegangen. Der biografische Hintergrund und die Motive von der Garthens wurden von vielen Spezialisten beleuchtet. Sie waren sich einig, wo dieser Mann hingehörte.

Anne meinte:

„Man kann nur hoffen, dass die Menschheit in Zukunft vor dem geschützt wird."

Tarne nickte und nahm einen Schluck aus seinem Glas Bier, das die Kellnerin zwischenzeitlich gebracht hatte.

„Offen geblieben ist, welcher Kollege in Hesses Arbeitsbereich der Informant für Paul Esser war."

„Ach", sagte Anne, „das ist immer so – war schon zu meiner Zeit dort so. Irgendjemand braucht immer Geld. Da darf man nichts drum geben."

Tarne erzählte von seinem Entschluss, den Medien noch weniger zu vertrauen als bisher, nachdem er so in die Machenschaften und Verfälschungen der Medien verwickelt war.

„Ich hatte mit Hesse für diese Neonazis das Schlagwort *neue Gefahr* benutzt. Jetzt glaube ich fast, die wirkliche *neue Gefahr* sind die Medien mit ihrer verantwortungslosen Art, alles zu einer Sensation zu machen, zu dramatisieren…"

In dem Zusammenhang kam Tarne auch auf Peter Urban.

„Mir tut der Junge so leid. Ich denke, er ist nur deshalb zum Opfer geworden, weil…" Tarne stockte. „Ich hätte das verhindern müssen."

Anne sah das realistischer und bemühte sich, ihn von seinen Schuldgefühlen zu befreien.

Nach diesem ernsthaften Ausflug in den alten Fall begannen sie wieder zu flirten. Er deutete auf ihre Haare, die sie zu einem eleganten Turm hochgesteckt hatte. Nur ein paar gekräuselte Strähnchen hingen rechts und links heraus.

„Das Schwarz ist echt?"

„Jedes einzelne. Ungefärbt, ungetönt. Mein ganzer Stolz. Wenn ich hin und wieder ein graues erwische, reiß ich es aus. Und wenn es mehr werden, im Alter, dann muss ich mich wohl entscheiden, Nachfärben oder Lassen. Aber wie ich mich kenne, werde ich zu mir stehen wie ich dann eben bin."

„Ja, so hab ich dich eingeschätzt."

Tarne entschied sich für ein Thunfischsteak.

„Da soll doch Quecksilber drin sein?"

„Schmecke ich nicht."

„Aber man kann daran sterben."

„Ach weißt du, ob ich das nun esse oder nicht, sterben werde ich irgendwann sowieso. Aber was reden wir da, lass uns lieber von anderen Dingen sprechen."

Sie wählte einen Salat.

„Wenn du Fisch hast, dann nehme ich die Shrimps dazu, das passt dann gut."

Während des Essens sinnierten sie über das Ruhrgebiet und ihre Erfahrungen in ihrem Beruf. Langweilige Observierungen, Kneipenkultur im Ruhrpott.

„Dass du in eine Kneipe gehst und zwei Stunden keiner mit dir redet … im Ruhrgebiet ist das unmöglich. Das geht gar nicht."

Aber auch von anderen Situationen, die in Kneipen passieren konnten, sprachen sie.

„… dann kriegst du eben *auffe Fresse* … das kommt schon mal vor."

Oder ob die Kumpel in Bochum herzlicher seien und in Essen sturer.

„Im Ruhrgebiet kann man den Leuten alles nachsagen, aber eines nicht: Abgehoben sind die nicht!"

„Genau. Einfach nur ehrlich!"

Sie lachten und hatten Spaß. Wenn sie zusammen waren, war plötzlich alles leichter. Einfacher. Alles war möglich. Tarne sagte sich, sollte sie ruhig sehen, was er für sie empfand.

Irgendwann wurde Anne plötzlich ernst und sprach ein Thema an, das sie anscheinend schon lange loswerden wollte.

„Ich glaube, es ist an der Zeit, dass ich dir erzähle, warum ich den Dienst quittiert habe."

„Mich interessiert alles, was dich betrifft."
Seine Bemerkung löste bei ihr ein Lächeln aus.

„Ich hatte mal eine Freundin, während der Schulzeit. So etwas wie die beste Freundin, die man als Mädchen hat. Nach der Schulzeit hatte man sich dann irgendwie aus den Augen verloren. Jahre später, als ich schon Polizistin war, höre ich plötzlich, wie hinter mir jemand meinen Namen ruft. Ich dreh mich um und hab mich total erschreckt. Ich habe sie erst gar nicht erkannt. Das ganze Gesicht war voll Blutergüssen, grün und blau, Schürfwunden und das Weiße in den Augen war rot von Blut."
Anne nahm einen Schluck Wasser.
Tarne bewundert ihre schlanken Handgelenke und ihre feingliedrigen Hände und schenkte ihr nach.

„Was war passiert?"

„Sie war von zwei Typen vergewaltigt worden, zusammengeschlagen und im Wald in einen Bach geworfen und in so einem dicken Betonrohr versteckt worden. Sie wurde nur gefunden, weil der Hund eines Spaziergängers anschlug. Mehr tot als lebendig."

„Hört sich doch so an, als wenn das erst recht ein Grund wäre, bei der Polizei zu bleiben?"

„Das denkst du. Hör erst mal zu Ende. Der Knaller kommt ja noch. Als es dann zur Gerichtsverhandlung kam, holten die Kerle sich den besten Verteidiger, den der reiche Papa bezahlen konnte. Und wurden frei-gesprochen. Stell dir das vor. Meine Freundin hätte ja der Verabredung zugestimmt. Das wäre ein Beweis, dass sie es gewollt hätte. So war die Argumentation. Ist ja klar, dann darf man vergewaltigt und fast getötet werden. Ich kriege heute noch zu viel, wenn ich daran denke."

Anne atmete tief und bekam feuchte Augen. Sie holte tief Luft und schlug mit beiden Händen auf den Tisch. Rechts und links neben dem Teller.

„Das darf doch nicht wahr sein."

„Wenn ich es dir sage. Ich war bei der Verhand-lung dabei. Völlig fassungslos. Die Typen wohnten auch noch in ihrer Gegend. Also würde sie den feixenden Kerlen auch immer über den Weg laufen. Weißt du, was ich dann gemacht habe?"

„Sag's mir."

„Ich hab nach der Urteilsverkündung dem Anwalt eine reingehauen und ihn als Schwein tituliert."

„Ach du …"

„Das kannst du laut sagen. Der wollte mich natürlich verklagen. Aber es wurde außergerichtlich ver-einbart, dass er zufrieden sei, wenn ich den Dienst quittieren würde. Hesse hat das vermittelt. Aber ich hatte sowieso vor zu gehen. Ähnliches hatte ich schon mehr-fach erlebt. Als Polizistin machst du deine Arbeit und dann werden die wieder freigelassen. Diese Unge-rechtigkeit habe ich nicht ausgehalten. Ich dachte, auf anderem Weg kann ich vielleicht mehr erreichen. Und siehst du, jetzt arbeite ich meist für einen Anwalt."

„Aber nicht so einen."

„Bestimmt nicht."

Tarne nahm ihre Hand und drückte sie.

„Mann oh Mann, ich glaube, wir haben mehr gemeinsam als ich dachte."

Nach dem Dessert offenbarte ihr Tarne etwas.

„Ich habe noch eine Überraschung für dich, aber das ist geheim. Du darfst es niemandem verraten. Wir müssen dafür nach Essen fahren. Okay?"

Sie schaute ihn mit ihren großen Augen, in denen er Neugier zu erkennen glaubte, an.

„Gut."

Aber für ihn klang da ein Fragezeichen mit.

Er fuhr mit ihr über die A40, nahm die Ausfahrt Essen Stadtmitte und hielt sich geradeaus bis zu den ehemaligen *WAZ*-Gebäuden, die jetzt zum Hotel umgebaut werden sollten. Hier bog er ab und fuhr dann links in die Schederhofstraße, dann Münchener Straße, vorbei an dem hässlichen *Telekom*-Plattenbau, in die Gewerbehofstraße und links um die Ecke. Ein leichter Regen hatte der Straße ein Glitzern verliehen. Selbst in der Dunkelheit spiegelte sich die Silhouette des Essener Fernsehturms darin.

Tarne parkte gegenüber dem Tor 2 des *Telekom*-Geländes und deutete, bevor sie ausstiegen, mit einem Finger auf seinen Mund.

„Pssst. Personaleingang mit Pförtner ist vorne. Hier hinten erwartet uns keiner."

Er führte Anne Klar zu dem Rolltor und zog ein dickes Schlüsselbund aus der Tasche. An mehreren Schlüsseln waren mit Tesafilm Zettelchen angebracht, die Hinweise gaben, welche Bereiche sich damit öffnen ließen.

„Willst du hier einbrechen?"

„So würde ich es nicht nennen."

„Woher hast du denn die Schlüssel?"

„Ich kenne jemand vom Facility Management …" Er grinste „… so heißt das doch heute."

„Und?"

„Wart's ab."

Tarne schob das Rolltor so weit auf, dass sie gerade hindurch schlüpfen konnten, und verschloss es wieder.

„Pssst", raunte er wieder, als sie über den nächtlich nur mit wenigen Wagen des Nachtdienstes der Auslandsauskunft besetzten Parkplatz des *Telekom*-Geländes auf das höhlenartige Eingangsrohr des in den Nachthimmel ragenden Fernsehturms zuschlichen. Um sie herum der graue Stabgitterzaun mit gebogenen Stahlträgern und mit Stacheldraht gesicherter Krone, der den Bereich vor Eindringlingen sichern sollte. Anne hielt sich an seiner Seite und blickte sich hin und wieder um. Vor der Stahltür suchte Tarne nach dem passenden Schlüssel. Die Tür war gut geölt und schwang leichtgängig und geräuschlos auf. Wenn man sie bisher nicht erwischt hatte, würde man sie hier auch nicht hören. Trotzdem flüsterte Tarne.

„Eigentlich ist dieser Bereich für die Öffentlichkeit nicht zugänglich."

Schnell fand er den Hauptschalter und legte ihn um. Ein Summen zeigte, dass der Fahrstuhl einsatzbereit war. Die Türen schlossen leise zischend. Mit einer sanften Bewegung wurden sie auf den Weg nach oben getragen. Als die Fahrt endete, entließ der Fahrstuhl sie in einen großen Raum mit Fenstern rundum, die unglaublich verdreckt waren. Das geringe nächtliche Restlicht hatte kaum eine Chance herein zu dringen. Tarne ging vor und suchte für sie einen Weg. In der Dunkelheit waren nur schemenhaft Werkbänke und Arbeitstische zu erkennen. Dies schien ein Platz für Reparaturen aller Art und Lagerraum für nicht mehr benötigten Dinge zu sein. Dann geleitete er Anne durch eine Tür ins Freie. Sie traten auf das Dach hinaus. Leichter Wind blies ihnen vereinzelte Regentropfen entgegen. Von hier führte eine Metalltreppe mit Gitterrosten ohne Geländer zur obersten Plattform. Zwischen endlosen Antennen der verschiedenen Funkanbieter hindurch traten sie vorsichtig an den Rand und sahen sich um. Der Ausblick in 159 Metern Höhe reichte auch im Dunkeln weit über die

Stadt hinaus. Zur Orientierung machten sie als Erstes den sich langsam drehenden Mercedes-Stern auf dem Gildehofcenter aus.

Wenn ihr nun seine Überraschung nicht gefiel? Am Ziel angekommen, versuchte Tarne, die aufkommende Verlegenheit zu überspielen, indem er ihr die Geschichte vom Mercedes-Zeichen erzählte:

„Die Firma Mercedes wollte erst einen gebrauchten Stern aus einer anderen Stadt montieren. Als aber die Stadtväter das erfuhren, sagten sie, sie wollten keinen gebrauchten, wir seien ja auch keine zweitklassige Stadt. Also wurde ein neuer angefertigt und hier montiert."

Wenn sie verstand, warum er sie hierher gebracht hatte, war sie die Richtige, dachte Tarne. Seine Augen wurden feucht. Vielleicht kam es durch den Regen und den kalten Wind, der sie hier oben umwehte.

Anne zog ihren Umhang fester um die Schultern.
Tarne fuhr fort die Umgebung zu erklären.
„… und das Licht dort, das ist …"
Anne war still und legte ihm zärtlich einen Finger auf den Mund, um ihn zum Schweigen zu bringen. Ihre Hände fanden sich wie von selbst und sie schauten über das nächtliche Ruhrgebiet.
Ihr Ruhrgebiet.

Über den Autor

Joachim Stengel, geb. 1952, ist verheiratet und lebt seit über 50 Jahren im Ruhrgebiet. Beruflich hat er in den verschiedensten Bereichen Erfahrungen gesammelt. Er ist gelernter Siebdrucker, malt Ölbilder –Ausstellungen 2013 auf Zollverein, 2018 in der Camera Obscura in Mülheim – und hat über 17 Jahre mehrere Szenekneipen betrieben. In Essen hat er auf dem zweiten Bildungsweg am Ruhr-Kolleg das Abitur nachgeholt und in Bochum studiert. Promotion 2003. Seit 1999 arbeitet er als Psychotherapeut in eigener Praxis in Duisburg und ist freiberuflich als Schriftsteller tätig.

Cover-Design & Fotografien

Sibylle Stengel-Klemmer ist seit ihrer Fotografen-Ausbildung und anschließender Meisterprüfung seit über 20 Jahren insbesondere im Bereich Portrait tätig. Sie hat zusätzlich eine Zeichenausbildung in Remscheid bei Günther Gruhlke durchlaufen und ist Mitglied in den Künstlerbünden RKB und BBK.

Ihre Vorliebe gilt den Menschen und den „kleinen Augenblicken", die, im Bild festgehalten, ein Leben lang erhalten bleiben, uns rühren, stolz machen, zum Lachen bringen oder ein Kribbeln verursachen. Sie arbeitet bundesweit und wohnt in Essen, wo sich auch ihr – bedarfsweise mobiles – Studio befindet. Sie bestreitet regelmäßige Ausstellungen im Ruhrgebiet und teils ganz NRW, zuletzt im Herbst 2018 in der Camera Obscura in Mülheim.

www.sibylleklemmer.de
Richard-Wagner-Str. 88 · 45128 Essen
0201 722 39839 · 0176 502 905 42